U0601131

ZHONGGUO XIAOSHUO
100 QIANG

中国小说100强（1978—2022）

桃花源记

叶兆言　著

北京联合出版公司
Beijing United Publishing Co.,Ltd.

图书在版编目（CIP）数据

桃花源记 / 叶兆言著. -- 北京 ： 北京联合出版公司，2023.9

（中国小说100强）

ISBN 978-7-5596-7108-0

Ⅰ.①桃… Ⅱ.①叶… Ⅲ.①长篇小说－中国－当代 Ⅳ.①I247.5

中国国家版本馆CIP数据核字(2023)第117953号

桃花源记

作　　者： 叶兆言
出 品 人： 赵红仕
出版监制： 张晓冬　范晓潮
责任编辑： 肖　桓
特约编辑： 和庚方　张　颖
封面设计： 武　一

北京联合出版公司出版
（北京市西城区德外大街83号楼9层　100088）
北京兴星伟业印刷有限公司印刷　新华书店经销
字数159千字　650毫米×920毫米　1/16　16.5印张
2023年9月第1版　2023年9月第1次印刷
ISBN 978-7-5596-7108-0
定价：58.00元

中国小说100强（1978—2022）丛书

编委会

总　序

“中国小说 100 强”（1978—2022）是资深出版人张明先生和腾讯读书知名记者张英先生共同策划发起的一套大型文学丛书。他们邀请我和宗仁发、谢有顺、顾建平、文欢一起组成编委会，并特邀徐晨亮参与，经过认真研讨和多轮投票最终评定了 100 人的入选小说家目录。由于编委们大多都是长期在中国文学现场与中国文学一路同行的一线编辑、出版家、评论家和文学记者，可以说都是最专业的文学读者，因此，本套书对专业性的追求是理所当然的，编委们的个人趣味、审美爱好虽有不同，但对作家和文学本身的尊重、对小说艺术的尊重、对文学史和阅读史的尊重，决定了丛书编选的原则、方向和基本逻辑。

从文学史的角度来说，1978 年以后开启的新时期文学是中国当代文学的黄金时代，不仅涌现了一批至今享誉世界的优秀作家，而且创造了许多脍炙人口的文学经典，并某种程度上改写了 20 世纪中国文学史的版图。而在中国新时期文学的经典家族中，小说和小说家无疑是艺术成就最高、影响力最大的部分。“中国小说 100 强”（1978—2022）就是试图将这个时期的具有经典性的小说家和中国小说的经典之作完整、系统地筛选和呈现出来，并以此构成对新时期文学史的某种回顾与重读、观察与评判。呈现在读者面前的这套丛书是对 1978—2022 年间中国当代小说发展历程的一次全面、系统的整体性回顾与检阅，是中国当代文学经典化的重要成果，从特定的角度集中展示了中国新时期文学在小说创作方面的巨大成就。需要说明的是，与 1978—2022 年新时期文学繁荣兴盛的局面相比，100 位作家和 100 本书还远远不能涵盖中国当代小说的全貌，很多堪称经典的小说也许因为各种原因并未能进入。莫言、苏童、余华等作家本来都在编委投票评定的名单里，但因为他们已与某些出版社签下了专有出版合同，不允许其他出版社另出小说集，因而只能因不可抗原因而割爱，遗珠之憾实难避免，而且文学的审美本身也是多元的，我们的判断、评价、选择也许与有些读者的认知和判断是冲突的，但我们绝无把自己的标准强加于别人的意思。我们呈现的只是我们观察中国这个时期当代小说的一个角度、一种标准，我们坚持文学性、学术性、专业性、民间性，注重作家个体的生活体验、叙事能力和艺术功力，我们突破代际局限，老、中、青小说家都平等对待，王蒙、冯骥才、梁晓声、铁凝、阿来等名家名作蔚为大观，徐则臣、阿乙、弋舟、鲁敏、林森等新人新作也是目不暇接，我们特别关注文学的新生力量，尤其是近 10 年作品多次获国家大奖、市场人气爆棚的新生代小说家，我们秉持包容、开放、多元的审美立场，无论是专注用现实题材传达个人迥异驳杂人生经验、用心用情书写和表现时代精神的现实主义作家，还是执着于艺术探索和个体风格的实验性作家，在丛书里都是一视同仁。我们坚信我们是忠实于自己的艺术理想、艺术原则和艺术良心的，但我们并不认为自己的角度和标准是唯一的，我们期待并尊重各种各样的观察角度和文学判断。

当然，编选和出版“中国小说 100 强”（1978—2022）这套大型丛书，除了上述对文学史、小说史成就的整体呈现这一追求之外，我们还有更深远、更宏大的学术目标，那就是全力推进中国当代文学“经典化”的历程和“全民阅读·书香中国”建设。

从 1949 年发端的中国当代文学已经有了 70 多年的发展历程，但对这 70 多年文学的评价一直存在巨大的分歧，“极端的否定”与“极端的肯定”常常让我们看不到当代文学的真相。有人认为中国当代文学达到了前所未有的高度和水平。王蒙先生在法兰克福书展上就说：中国当代文学现在是有史以来最繁荣的时期。余秋雨、刘再复甚至认为中国当代文学的成就远远超过了现代文学。也有人极端否定中国当代文学，认为中国当代文学都是垃圾。他们认为现代文学要远远超过当代文学，中国当代文学连与现代文学比较的资格都没有。比如说，相对于鲁（迅）、郭（沫若）、茅（盾）、巴（金）、老（舍）、曹（禺）这样大师级的人物，中国当代作家都是渺小的侏儒，根本不能相提并论，两者比较就是对大师的亵渎。应该说，与对中国当代文学的肯定之声相比，对当代文学的否定和轻视显然更成气候、更为普遍也更有市场。尽管否定者各自的角度和出发点不同，但中国当代作家、作品与中外文学大师、文学经典之间不可比拟的巨大距离却是唱衰中国当代文学者的主要论据。这种判断通常沿着两个逻辑展开：一是对中外文学大师精神价值、道德价值和人格价值的夸大与拔高，对文学大师的不证自明的宗教化、神性化的崇拜。二是对文学经典的神秘化、神圣化、绝对化、空洞化的理解与阐释。在此，我们看到了一个非常有趣的悖论：当谈论经典作家和文学大师时我们总是仰视而崇拜，他们的局限我们要么视而不见要么宽容原谅，但当我们谈论身边作家和身边作品时，我们总是专注于其弱点和局限，反而对其优点视而不见。问题还不在于这种姿态本身的厚此薄彼与伦理偏见，而是这种姿态背后所蕴含的“当代虚无主义”。这种“虚无主义”的最大后果就是对当代作家作品“经典化”的阻滞，对当代文学经典化历程的阻隔与拖延。一方面，我们视当下作家作品为“无物”，拒绝对其进行“经典化”的工作，另一方面又以早就完全“经典化”了的大师和经典来作为贬低当下泥沙俱下的文学现实的依据。这种不在同一个层面上的比较，不仅毫无意义，而且只能使得文学评价上的不公正以及各种偏激的怪论愈演愈烈。

其实，说中国当代文学如何不堪或如何优秀都没有说服力。关键是要进行“经典化”的工作，只有“经典化”的工作完成了才有可能比较客观地对当代的作家作品形成文学史的判断。对当代的“经典化”不是对过往经典、大师的否定，也不是对当代文学唱赞歌，而是要建立一个既立足文学史又与时俱进并与当代文学发展同步的认识评价体系和筛选体系。当然，我们也要承认，“经典化”问题是一个非常复杂的问题，并不是凭热情和冲动一下子就能完成的，但我们至少应该完成认识论上的“转变”并真正启动这样一个“过程”。

现在媒体上流行一些对于中国当代文学经典化冷嘲热讽的稀奇古怪的言论，其核心一是否定中国当代文学有经典、有大师，其二是否定批评界、学术界有关“经典化”的主张，认为在一个无经典的时代，“经典”是怎么“化”也“化”不出来的，“经典化”是一个实实在在的“伪命题”。其实，对于文学，每个人有不同的判断、不同的理解这很正常，每一种观点也都值得尊重。但是，在“经典”和“经典化”这个问题上，我却不能不说，上述观点存在对“经典”和“经典化”的双重误解，因而具有严重的误导性和危害性。

首先，就“经典”而言，否定中国当代文学早就不是什么新鲜事，对当代文学的虚无主义态度在很多人那里早已根深蒂固。我不想争论这背后的是与非，也不想分析这种观点背后的社会基础与人性基础。我只想指出，这种观点单从学理层面上看就已陷入了三个巨大误区：

第一个误区，是对经典的神圣化和神秘化的误区。很多人把经典想象为一个绝对的、神圣的、遥远的文学存在，觉得文学经典就是一个绝对的、乌托邦化的、十全十美的、所有人都喜欢的东西。这其实是为了阻隔当代文学和“经典”这个词发生关系。因为经典既然是绝对的、神圣的、乌托邦的、十全十美的，那我们今天哪一部作品会有这样的特性呢？如果回顾一下人类文学史，有这样特性的作品好像也没有。事实上，没有一部作品可以十全十美，也没有一部作品能让所有人喜欢。在这个问题上，我们应该明确的是，“经典”不是十全十美、无可挑剔的代名词，在人类文学史上似乎并不存在毫无缺点并能被任何人所认同的“经典”。因此，对每一个时代来说，“经典”并不是指那些高不可攀的神圣的、神秘的存在，只不过是那些比较优秀、能被比较多的人喜爱的作品而已。从这个意义上说，当今中国文坛谈论“经典”时那种神圣化、莫测高深的乌托邦姿态，不过是遮蔽和否定当代文学的一种不自觉的方式，他们假定了一种遥远、神秘、绝对、完美的“经典形象”，并以对此一本正经的信仰、崇拜和无限拔高，建立了一整套关于中国当代文学的伦理话语体系与道德话语体系，从而充满正义感地宣判着中国当代文学的死刑。

第二个误区，是经典会自动呈现的误区。很多人会说，是金子总是会发光的。但对文学来说，文学经典的产生有着特殊性，即，它不是一个“标签”，它一定是在阅读的意义上才会产生意义和价值的，也只有在阅读的意义上才能够实现价值，没有被阅读的作品没有被发现的作品就没有价值，就不会发光。而且经典的价值本身也不是固定不变的。如果一个作品的价值一开始就是固定不变的，那这个作品的价值就一定是有限的。经典一定会在不同的时代面对不同的读者呈现出完全不同的价值。这也是所谓文学永恒性的来源。也就是说，文学的永恒性不是指它的某一个意义、某一个价值的永恒，而是指它具有意义、价值的永恒再生性，它可以不断地延伸价值，可以不断地被创造、不断地被发现，这才是经典价值的根本。所以说，经典不但不会自动呈现，而且一定要在读者的阅读或者阐释、评价中才会呈现其价值。

第三个误区，是经典命名权的误区。很多人把经典的命名视为一种特殊权力。这有两个层面的问题：一，是现代人还是后代人具有命名权；二，是权威还是普通人具有命名权。说一个时代的作品是经典，是当代人说了算还是后代人说了算？从理论上来说当然是后代人说了算。我们宁愿把一切交给时间。但是，时间本身是不可信的，它不是客观的，是意识形态化的。某种意义上，时间确会消除文学的很多污染包括意识形态的污染，时间会让我们更清楚地看清模糊的、被掩盖的真相，但是时间同时也会使文学的现场感和鲜活性受到磨损与侵蚀，甚至时间本身也难逃意识形态的污染。此外，如果把一切交给时间，还有一个前提，那就是对后代的读者要有足够的信任，要相信他们能够完成对我们这个时代文学的经典化使命。但我们对后代的读者，其实是没有信心的。我们今天已经陷入了严重的阅读危机，我们怎么能寄希望后代人有更大的阅读热情呢？幻想后代的人用考古的方式对我们这个时代的文学进行经典命名，这现实吗？我不相信后人对我们身处时代“考古”式的阐释会比我们亲历的“经验”更可靠，也不相信，后人对我们身处时代文学的理解会比我们亲历者更准确。我觉得，一部被后代命名为“经典”的作品，在它所处的时代也一定会是被认可为“经典”的作品，我不相信，在当代默默无闻的作品在后代会被“考古”挖掘为“经典”。也许有人会举张爱玲、钱钟书、沈从文的例子，但我要说的是，他们的文学价值早在他们生活的时代就已被认可了，只不过很长时间由于意识形态的原因我们的文学史不谈及他们罢了。此外，在经典命名的问题上，我们还要回答的是当代作家究竟为谁写作的问题。当代作家是为同代人写作还是为后代人写作？幻想同代人不阅读、不接受的作品后代人会接受，这本身就是非常乌托邦的。更何况，当代作家所表现的经验以及对世界的认识，是当代人更能理解还是后代人更能理解？当然是当代人更能理解当代作家所表达的生活和经验，更能够产生共鸣。因此，从这个角度来说，当代人对一个时代经典的命名显然比后代人更重要。第二个层面，就是普通人、普通读者和权威的关系。理论上，我们都相信文学权威对一个时代文学经典命名的重要性，权威当然更有价值。但我们又不能够迷信文学权威。如果把一个时代文学经典的命名权仅仅交给几个权威，那也是非常危险的。这个危险表现在什么地方呢？就是几个人的错误会放大为整个时代的错误，几个人的偏见会放大为整个时代的偏见。我们有很多这样的文学史教训。在这个问题上，我们既要相信权威又不能迷信权威，我们要追求文学经典评价的民主化、民主性。对一个时代文学的判断应该是全体阅读者共同参与的民主化的过程，各种文学声音都应该能够有效地发出。这个时代的文学阅读，最理想的状态应该是一种互补性的阅读。为什么叫“互补性的阅读”？因为一个批评家再敬业，再劳动模范，一个人也读不过来所有的作品。举个例子：现在我们一年有5000部以上的长篇小说，一个批评家如果很敬业，每天在家读二十四小时，他能读多少部？一天读一部，一年也只能读三百部。但他一个人读不完，不等于我们整个时代的读者都读不完。这就需要互补性阅读。所有的读者互补性地读完所有作品。在所有作品都被阅读过的情况下，所有的声音都能发出来的情况下，各种声音的碰撞、妥协、对话，就会形成对这个时代文学比较客观、科学的判断。因此，文学的经典不是由某一个“权威”命名的，而是由一个时代所有的阅读者共同命名的，可以说，每一个阅读者都是一个命名者，他都有对经典进行命名的使命、责任和“权力”。而作为一个文学研究者或一个文学出版者，参与当代文学的进程，参与当代文学经典的筛选、淘洗和确立过程，更是一种义不容辞的责任和使命。说到底，“经典”是主观的，“经典”的确立是一个持续不断的“过程”，“经典”的价值是逐步呈现的，对于一部经典作品来说，它的当代认可、当代评价是不可或缺的。尽管这种认可和评价也许有偏颇，但是没有这种认可和评价，它就无法从浩如烟海的文本世界中突围而出，它就会永久地被埋没。从这个意义上说，在当代任何一部能够被阅读、谈论的文本都是幸运的，这是它变成“经典”的必要洗礼和必然路径。

总之，我们所提倡的“经典化”不是要简单地呈现一种结果，不是要简单地对一个时代的文学作品排座次，不是要武断地指出某部作品是“经典”，某部作品不是“经典”，不是要颁发一个“谁是经典”的荣誉证书，而是要进入一个发现文学价值、感受文学价值、呈现文学价值的过程。所谓“经典化”的“化”实际上就是文学价值影响人的精神生活的过程，就是通过文学阅读发现和呈现文学价值的过程。可以说，文学的经典化过程，既是一个历史化的过程，更是一个当代化的过程。文学的经典化时时刻刻都在进行着，它需要当代人的积极参与和实践。因此，哪怕你是一个对当代文学的虚无主义者，你可以不承认当代文学有经典，但只要你还承认有文学，你还需要和相信文学，还承认当代文学对人的精神生活具有影响力，你就不应该否定当代文学经典化的重要性。没有这个“经典化”，当代文学就不会进入和影响当代人的生活，就失去了存在的意义。每一个人，哪怕你是权威，你也不能以自己的好恶剥夺他人阅读文学和享受文学的权利。

从这个意义上说，当代文学的经典化当然是一个真命题而不是一个伪命题。在一个资讯泛滥的时代，给读者以经典的指引是文学界、出版界共同的责任，而这也是我们编辑出版这套书的意义所在。

最后，感谢张明和张英先生为本套书付出的辛劳，感谢北京立丰天文化传播有限公司、北京金圣典文化有限公司的资金支持，感谢全体编委和北京联合出版公司各位编辑，感谢所有对本套丛书的出版给予大力支持的作家和他们的家人。

是为序。

吴义勤

2022 年冬于北京

目 录
Contents

桃花源记

1

飞机翅膀乱晃时，我最迫切的愿望是撒尿。幸好座位靠窗，头贴在玻璃上，看得见下面是一片水。我又不会游泳。第一次坐飞机就淹死，我那些朋友准保牙都会笑掉。飞机的确在往下坠。我开始后悔不该坐飞机。起飞时间一变再变，这预兆和暗示再明显不过。为什么固执着非坐飞机不可。我叹了口气，飞机抖得更厉害。

空中小姐开始来送纪念品。我陡然有些脸红。飞机正平稳地飞行着。

我去的地方叫桃花源。不是那个“不知有汉，无论魏晋”的世外桃源。是个新开发的旅游区，外国人投资。这个外国人讨了位中国老婆。

我的目的不是游山玩水。我是个编辑，小编辑。此行的目的是找本赚钱的书。赚钱不是目的。有钱，才能出好书。当然，有了钱，盖房子，多来点奖金什么的。我们已经付了五十元的信息费。这个情报绝对靠得住。我们打算出一本《叶群自传》。根据提供情报的人说，有个人手上有八盘磁带，是叶群当年口述的生平自传。武侠热，琼瑶热，已经过去。今天的读者一个个实在难揣摸。不过这本书肯定能赚钱。

飞机开始降落。窗外是个军用机场，人们都在议论，说这里是林副主席当年专用的。跑道两旁，稀稀落落地歇着直升飞机，笨头笨脑的。天近黄昏，看得见人，看不清人脸。我胃里的滋味很不好受，耳鸣，下了飞机，仿佛刚睡醒，刚从热被窝里被人硬揪出来。人都往一个方向走，有一个出口，没有检票的。

老车没有来。也许来过又走了。谁让飞机一误再误。我有一个电话号码，4444，拨了半天，没人接。风很大，好在我把冬天的衣服全带了。总算接通了电话，人又不在，女接线员正不高兴，摔电话的声音吓人一跳。我只知道一个老车，还有4444，急得开始冒汗。

这地方鬼不生蛋。飞机上下来的人都还没走，冻得缩脖子，又不得不伸长了颈子等汽车。汽车迟迟不来。好几个女人在做旅馆生意。一个丑而且老的女人盯住我不放，口水直溅到我脸上。路灯突然亮了。一个眉毛扯得极细的姑娘让我住到她那儿去。老女人气呼呼地走了。这是最后一班汽车，细眉毛姑娘说，她提供的是最后一次机会。我开始犹豫。老车不来，我不能在飞机场冻死。细眉毛姑娘塞给我一张名片似的东西，上面写着“林尽山房住宿证”。“走吧”，她极温柔地叫了一声，我心头一热，糊里糊涂地接下了那张住宿证。

汽车在一个糊里糊涂的地方停了一下。细眉毛姑娘把三五个房客撵鸭子似的赶下来。没有路灯，没有月亮，天上七八颗星。不知谁拿着支钢笔电筒，射在地上像头小白猪在跑。有人绊了一下。我们离了公路，身不由己地走着。我突然想到，如果有人跳出来剪径，身上一千元公款肯定保不住。不能为了一千元，我把命豁出去。也许这细眉毛姑娘就是山大王的手下。

“林尽山房”是茶场的一排什么房子。泥墙草瓦，有点古朴。中学下乡劳动，住过类似的建筑。我疑心自己又回到了当年的岁月。

不用说这一夜老鼠怎么怪叫，棉被怎么有霉味，单是那饿得难受劲儿，就够我回味一星期。我有一种叫人遗弃的感觉。忙这忙那，睡在床上才想到没吃晚饭。中饭是机场的两块玩具似的袖珍蛋糕。我真后悔，没有把小芸买的两袋法式面包带上。

面包是昨天在鼓楼医院买的。我们约好在那儿偷偷见面。那面包大约刚到，我去时，小芸正高举着面包从人群里挤出来，还热乎乎的。然后她去化验室，取报告单。我说不出一种确切的滋味，看着她的背影，看着她默默地走，一瘸一拐，看着她红脸进去，白脸出来，最后又是红脸。我们都知道事情不会太妙。一切和最糟糕的预料一样。大家无话可说，都笑，和哭差不多的笑。脸上的表情仿佛什么都不在乎。最后审判似乎已经结束。太阳懒懒地射在身上，冷冰冰的。我印象中，小芸嘟嘟囔囔地说了句什么。当然，事实上也许什么也没说。

2

老车一见到我，就说：“找你真不容易。”我激动得差点流眼泪，我私下曾对自己说：“今天要是见不到老车，明天狗日的不回南京。”

我已经在林尽山房住了两个晚上。饥鼠绕床，臭味扑鼻，我实在受够了。那一千元公款差点把人烦死，时时得担心会被人偷掉。我甚至不惜装穷。虽然不是第一次组稿，我仍然缺乏出公差的起码经验。人的忍耐也有个极限。八盘磁带和一本《叶群自传》，究竟和我有多大关系？我拎着装有公款的黑包，做贼心虚似的走来走去，旅馆的服务员会怎么想？说不定他们已和派出所联系过。我的工作证早丢了，为了出门方便，用的是另一位同事的证件。除了都戴着副近视眼镜，我和证件上的同事显然没有任何相似之处。

我打了一天半电话。一部手摇电话机差点被我摇散掉。接线员一听到我的声音就把电话挂了。我死皮赖脸地缠着细眉毛姑娘不放。是她把我骗到这个倒霉的地方，她没理由丢下我撒手不管。林尽山房的电话机是个摆设，我必须到六里路之外的场部去用电话。细眉毛姑娘有一辆加重的“凤凰车”，我想尽了歪点子也没把车骗到手。我说，我皮包里的钱足够她买五部新车。但是她毫不动心。六里多路，走一会就到了，她说，路很好走。

最后她答应用车子驮我去。她正好要去看一个人。

一路上颠得够呛。陡坡很多，我跳上跳下忙个不歇。天气很冷，我没手套，两只手交换着扶坐垫。她一路哼着各式各样的电影歌曲。为了讨好，我骗她自己是写电影剧本的。她开始对我刮目相看，并让给我一只棉手套。“你说现在什么电影最好呢？”她用征求意见的语气问我。我把当前的电影海骂一通，狂得自己都莫名其妙。今天的事倘若叫未婚妻知道，准饶不了我。即使是小芸知道了也会生气。我的骂使细眉毛姑娘肃然起敬，她细声细气地问我的剧本叫什么。我知道这么做不太好，但还是胡诌了一个。

“谁演女主角呢？”她问。

“小芸。”

“电影的主角叫什么？”

“小苓。”

“‘小芸’‘小苓’，”她念叨着，“这名字真像。这么巧？”

我说：“是有些巧。”

我打电话时，她要回林尽山房。我求她别走，我不认识回去的路。电话打不通，她说不能老等我，她还有事。“再说，小王还想搭我的车呢。”她指了指一个穿红滑雪袄的姑娘，也是眉毛扯得细细的，“我这车带不了两个人！”她们笑着走了。

中午在场部的食堂混了一顿饭。因为电话好不容易通了，却叫我下午一点钟再打。我向食堂的大师傅说了一通必须在他这儿吃中饭的理由。大师傅极通人情，我吃了饭，菜是笋干烧肉，却没收我的钱。从一点钟到四点钟，我不停地摇电话。也许是因为有点生气，也许是想抄近路，回林尽山房当真迷了路。眼见着目的地就在前面，偏偏一道道山沟挡住路。不止一次我差点叫树根绊倒，鞋带也断了，我意识到自己有为出版事业献身的可能。《叶群自传》准是本了不得的好书，否则没必要叫我付出如此巨大的代价。

小芸正在家里等着我拿主意。事实上我们已经慌得不行，虽然嘴上一个劲地说不怕不怕。未来的丈母娘大人和未婚妻现在还蒙在鼓里。我一会热，一会冷，回到林尽山房天都黑了。我的老丈人是大学的副教授，又和我们总编辑同班同学。现在好了，我的事一定会闹得满社风雨。天知道我会被人们想成什么模样。说不定未婚妻会和我玩命。早在我们的关系敲定之初，她就和我明言约法。我们的关系只许她和我断，我却没权利考虑类似的要求。男人抛弃女人的时代已经一去不返，她说得理直气壮，斩钉截铁。女人比男人脆弱，感情比男人丰富，因此法律保护女人。多少年来，说实话都是我求着她。我心甘情愿，遵循这不平等条约。她一会冷，一会热，一会白天，一会黑夜。我知道爱情都这味。女人不是东西，是有感情的人。人可是了不得的东西。我有的是力气，要那么平等干什么。力气存在那里不用，也是一种能量的浪费，让人家去笑话我是丈母娘家的农民工临时工好了。

直到吃晚饭，我仍然摆脱不了惶恐不安。人越是劝自己别害怕，越是一个劲地害怕。问题的性质至少有它严重的一面。我把未婚妻妹妹的肚子弄大了，虽然有婚姻法做后盾，我还是感到一阵又一阵地发冷。也许我只是在道德上犯了些什么错误，然而我行为的合法性否定不了。我不停地向自己演说，模拟着辩护律师的腔调，饭吃完了还在空碗里扒来扒去。一睡上床，我便在心里大声向未婚妻道歉。我知道自己的行为有些问题。假如允许的话，我愿意承担勾引她妹妹的罪名。爱情是神圣的，我的行为起码已经玷污了什么东西。

3

天亮时，我还醒着。脑袋重得活像灌了水。已是连续两天失眠，我记得两天前的一天，睡得也不好。到了一个叫作桃花源的地方，睡不着，真正糟糕。我试图把自己的注意力转移到《叶群自传》上，聚精会神。那八盘磁带里一定有不少玩意。我作了种种假设。人的隐私其乐无穷，而且隐私有时候值大价钱。如果把磁带弄出国，就可能会成为富翁。富翁干什么不行。外国女人也不知什么味，有机会真不妨先痛痛快快堕落一阵。我想入非非。忽然，那个称作良心的东西回到我身上。我意识到自己应该把小芸带出去。我走了，她怎么办？我的孩子，还在她肚子里的那一个，怎么办？

于是我从床上跳下来。说什么我也必须先工作。睡不着觉是个人的事，我必须去找老车，去找那八盘磁带。

老车也在拼命找我。昨天场部打电话时，他刚接到我五天前发的电报。他已经和机场联系了十次。我借了细眉毛姑娘的车子，赶到场部挂电话，一挂就通。接电话的人说，老车正无头苍蝇似的找我。她让我不要走，守在电话机旁等。我守了一个小时，又挂电话过去，对方还是老话，让我等着。

那天的太阳很好。老车骑着辆红摩托车来接我。他并不像想象的那样年轻。我们一起先回林尽山房，然后我坐在摩托车后面，雄赳赳地去另一个地方。那种孤独和被遗弃的感觉烟消云散。我开始觉得那细眉毛姑娘十分可笑，滑雪衩上的花护袖说不出的乡气。老车发动摩托时，我照了照竖在车头的圆镜子，对着那个缩小和略略变形的我挤挤眼睛。

老车带我去的地方叫又一村。这地方起名字都这个味。一路上，我不停问老车磁带怎么说，他总是笑，一遍又一遍地笑：“急什么，急什么？”一路上他大谈这儿的旅游，一会让我向左看，一会让我向右看。

“你必须知道旅游业。这是一把尺。旅游的兴趣，就是人的文明程度。”他甚至伸出一只手，指着一排茅草房子和我说话，“你注意到了没有，这就是我们这儿的特点。土，是不是？我们这儿不靠名山胜水赚钱。我们靠什么？土。你知道，田园风光，‘老外’最吃。外国人早玩腻了。他们要看看真正的中国。”

又一村的规格是宾馆级的。外表像一家地主大院，实实在在的田园风格，木凳，木床，故意弄得歪七扭八。现代化设备却应有尽有。空调，卫生间，还有一台小彩电。老车把我介绍给一个叫作老李的女人，“在这儿，你就跟在自己家一样。老李，这是我的朋友，好好招待。他是出版社的，日后会寄书给你。”我伸出手去，想和老李握手，她似乎不习惯，笑着说：“泡茶吧，开水有。”

屋里只剩我和老车，我又问磁带的事。老车把空调上的旋扭转了又转，满脸是笑，“看你急的。你先歇着，我去取。”没想到他这一走，黄昏才来。那种消逝了的孤独和被遗弃感，又和我开起玩笑。我一次又一次地想到了小芸，心不在焉地吃了中饭，心思重重地上了床，心思重重地睡了。

我睡得很沉。老李说，她进来几次，我都不知道。“为什么你不脱了衣服睡呢？还有，你究竟打算住几天？你不在的时候，空调最好不开，我们只收你普通房间的钱。”我发现又一村只有我这么一个客人，老李是唯一的工作人员。她向我解释说，眼下是旅游淡季，一般的国内游客，又住不起这种规格的旅馆。“到了旺季，我们请了十几个小丫头来帮忙，还忙不过来呢！”老李最初给我的印象是不爱说话，但是很快我就意识到自己的判断失误。等到老车捧了盘磁带兴冲冲赶来，我们已经谈了许多许多。她的每句话都很诚恳。话是家常话。她认真地说，我便认真地听。

老车把那盒磁带塞在录音机里。一阵的沙沙声，我听到了一个陌生女人在谈话。听了一会，不知所云。“啪”的一声，录音机关了，老车说：“怎么样，就这东西，还有七盘，我们谈谈？”老李识相地走了。我挺了挺腰，正襟危坐，等下文。老车忽然一看手表，说先领我去吃饭。他用摩托车把我带到一条正在黑下来的小街上。“这是唐街，照唐朝风格设计的，觉得怎么样？”他领着我在街上走，什么东西都看不清楚。一个小店里一男一女在笑，女的在柜台里，男的似乎磕在了柜台上。两条狗一前一后地走着。老车问我这像不像世外桃源，我觉得奇怪，既然叫桃源，为什么不叫秦街楚街，或者起一个更古老的街名。“美国的唐人街是假的，没听说那儿的中国馆子，卖的都是土豆做的沙拉？老实说，我们这儿，才是地道的民族风格。”老车对唐街充满感情，不时地停下来向我说几句。

我们在一个叫作蟠桃宴的馆子里吃了晚饭。老车和这家的经理显然很熟，他一进去，就使劲地拍对方的肩膀。他把我当作出版家介绍给经理，把经理当作企业家介绍给我。我们相互握了手，老车又为我们未来的合作祝贺。我们在一个据说专门接待外宾的小房间里吃了一桌。全是山珍野味。我第一次吃到刺猬，穿山甲，红毛野兔，还有蛇和野鸡共煮的龙凤汤。老实说，大师傅的手艺就那么回事，也许是放冰箱的缘故，什么肉都是一个滋味，都有点辣，都咸。我不知道客是谁请的，因此不知该向谁致谢。

回到又一村，我和老车一人沏了杯茶，开始谈判。老车的条件吓我一跳。八盘磁带，要价是一盘一千。出了书，又必须按每千字稿酬二十付钱。这不算，出书前，还必须先给他找个杂志发一下，稿酬仍然是二十。这还不算，印数超过五十万册，得付两倍稿酬。“你别说不可能，不可能，”他笑着看着我，看得我很不好意思，“磁带的钱我一分钱拿不到。不是已经说了吗，磁带不是我的。人家要的就是这价，你们不肯，她会去找别家出版社。现在的行情，你们不会不知，磁带就这么几盘，出版社可不是你们一家。我们是朋友，否则，谁照顾谁呀？你们的事，老实说，我都懂。”我发现老车远比我在行。相形之下，我是世外桃源的人。在这咄咄逼人的条件进攻下，我以守为攻，不敢随便发表意见，口口声声说要“打电话请示总编辑”。他对我的回答表示理解，“那当然，那当然。”

老车走了以后，我意识到自己遇上了个厉害角色。好在他答应明天与我一起去部队挂长途。我将按总编辑的意图办事。天塌下来，和我没关系。

我看了看手表，睡觉为时太早。外面老李和老车正大声说什么。我进卫生间方便了一下，又看看有没有热水洗澡。等我走到外面，老车的摩托已带着噪音走了。老李正站在那里，她身后的房间灯火通明。我突然对这个女人产生了极大的兴趣，身不由己地走了过去。

4

我最初见到的是小芸。介绍人把我领了去，一个又瘦又小的姑娘开了门。我们的脸顿时就红了。介绍人说：“这是小芸，她妹妹。你姐姐呢？”五分钟后，小苓才从一个房间里走出来。她假装不曾看到我，和介绍人兴高采烈地说着什么，突然转过脸来，很有意味地看了我一眼。我敢说戏刚开场，我就尝到了爱情的滋味。事情就是这么滑稽。我甚至形容不出她是怎么的漂亮，当然，我并不是想说她就和电影上的那些女的一样。好多事真没法说。我神魂颠倒，几天工夫，人就瘦了。她执著着不肯最后表态。临了，我按着介绍人的馊主意，堵在她单位门口，光天化日之下，向她说了一大通只有电影或电视里才敢用的话。

我给她留下了一个错误印象。这几年来，她一直为这事耿耿于怀。

“你怎么会是现在这个样子呢？”她总是用一种无法理解的口吻说，“你身上的骑士精神呢？”她嫌我身上缺少一种她喜欢的浪漫劲儿，为了这，她常常带一些她的男朋友和我见面。在她的男朋友面前我十分腼腆。我对自己说，人不该妒忌，作为一个男人，得装得什么事都没有一样。她的男朋友真不算少，她说，“你担心什么，要是我的朋友真成了一个两个，你倒是才应该真的担心呢。”

小芸的事，是她在一个阴天里向我提出来的。我知道小芸小时候得过大脑炎，因此一条腿有些跛。但是她告诉我一些更让我吃惊的事。她说小芸刚念初中时，有一段时间学习不好，她妈妈为她找了个老教师。那老头不是个东西，好几十的人了，都有了孙子，又是她妈妈的老朋友。“小芸一直不敢说，那老家伙吓唬她，说要把我们全家都杀掉。小芸那时还真是个小孩呢，那老家伙，小芸去一次，就弄她一次，有一天，连弄了她三次。你知道，为了这事，我们一家都觉得对不起小芸。我爸爸妈妈一直对我有些偏爱，小芸从小就自卑。”

小芸当时正在外地念中专，马上就要毕业。她爸爸妈妈千方百计，想把这受苦受难的女儿分回来。他们想到了这么个怪主意。“你知道，我也欠着妹妹的情。就算是为了我，你委屈一下，反正是假的。”

于是我们合伙和法律开起了玩笑。在一个风和日丽的下午，我们，我是说我和她们姐妹俩，又一次来到结婚登记处。上次来女办事员非要医院证明。但是小芸死活不肯去医院。总算托人弄了两张合格的体格检查报告单，我奇怪那好顶真的女办事员，为什么没注意到小芸的跛脚，和体检单上的报告不符。直到那鲜红的结婚证书盖上印，我都没有意识到我们的玩笑开得太大。虽然内心极不乐意，但为了未婚妻心甘情愿。我妈妈老说我将来要怕老婆。怕老婆没什么不好。我爸爸就是个例子，儿子像老子并不奇怪，况且我未来的老丈人也总让着丈母娘。出版社就是有名的怕老婆单位。我们那儿有句笑话，出版社的人怕老婆，怕得连母蚊子叮在身上都不敢拍。

我的忠诚合作不能说没用。小芸果然如愿分到南京。她姐姐和我的关系更进了一步。我们商量如何解决那假的结婚证书，并且开始逛家具店。我在丈母娘家的地位得到确认。星期日再也用不着在食堂吃饭。换煤气，擦窗户，天冷装炉子，所有的力气活，顺理成章由我承包。

问题也许就出在装炉子上。这一天原来说好一起看电影，我的未婚妻却约了个夜大的同学来。他们没完没了地谈着他们的功课，弄得我傻坐在一旁，像个第三者。天忽然冷了，丈母娘怕老头子冻着，愁得不行。我孤单单的一人，骑着车子上街买炉子。不知走了多少店家，问了多少人。装炉子时，却发现烟筒短了一节。再买回来的烟筒不配套。未婚妻的男朋友怪我不该在两家店里买一样东西，“现在的产品，都是一夫一妻制。”他的话把大家都引笑了。我只好再上街。要不是多了个人手，天知道怎样才能把那炉子装起来。未婚妻在一旁瞎指挥，她的男朋友毛手毛脚地把日光灯管打了。

那顿饭吃得窝囊。因为忙，因为乱，丈母娘烧了夹生饭。老丈人提议大家喝些酒。小芸不知为什么生起气来，不肯上桌吃饭。就喝了一小杯酒，想不出一句话，场面都叫未婚妻的男朋友撑去了。吃了饭，匆匆地去买灯管，匆匆地去换煤气。直到电影快开场，未婚妻突然建议电影票作废算了，她的男朋友说：“这电影有什么好看，《谋杀没有证据》，没证据，谋杀还是谋杀，通都不通。”

结果是我和小芸一起去看。既然我坚持要看，未婚妻说我就没理由浪费另一张票。丈母娘从来不放心小芸一个人上街，一个劲地怂恿我带她去。电影就要开场，两张电影票还在我的宿舍里。我骑车带着小芸穿小街小巷，转来转去，最终还是遇到警察。警察并没管我们。电影已经开场。赶也没什么用，我们索性慢慢地走起来。我推着车，她跟着我，一句话不说。也许她在想，为什么我要把票留在宿舍呢。

我的宿舍在一个朝北的小屋里。同住的人结婚了，我实际上是一个人住。这地方对小芸来说并不陌生。她时常向我借书，借了书，又还书，换书。一进屋，我连忙打开红外线石英取暖炉，又把一盏三百瓦的大灯泡点起来，顿时一股热浪旋转开了。我拿起两张睡在桌上的电影票，气鼓鼓地说："看什么电影，一半都没了！"小芸说，她本来就不想看。

我们一时无话可说。小芸坐在床沿上，翻着一本摄影画册。画册上有许多穿比基尼的女孩子。房间里很热，小芸的脸涂了一层胭脂。我突然发现她穿了条牛仔裤。没想到她这么又瘦又小的一个人，牛仔裤照样绷得紧紧的。房间里热得让人有些气闷。画册上，穿比基尼的女孩子表情十分严肃。我深呼吸着，眼睛盯在一个地方上发直。

我拼命地想把一个念头打发回去。效果恰恰相反，我发现自己又回到了杭州灵隐。那是和她们姐妹一起去玩，小芸蹲在石弥勒旁让我拍照。未婚妻干别的事去了。我的位置更低，仰着脸，取景框里看得见她裙子深处。那是一条水绿色的小三角裤，窄窄的一条。我把照相机拿上拿下，假意让她的眼睛看别处。她的手搭在石弥勒的胖肚子上。那胶卷后来整个地报了废，但是有一张照片却永远留在记忆这本相册里。从此，我的眼睛对水绿这种颜色十分敏感。我的大脑开始专门贮存一些特殊的信息。在丈母娘家，我总是有意无意地注视着晒衣服的凉台。那个不为人知的秘密，不止一次让我想入非非。

小芸热得有些熬不住，滑雪袄的拉链往下拉了一截，问我为什么不把那大灯泡和取暖器关了。一道电流从我身上走过。我醒悟过来，发现自己原来早就别有用心。那两张电影票傻傻地躺在桌上。也许这一切都是精心策划的。我在丈母娘家傻傻地干活，事实上我根本不傻。世上没有必然不在作怪的偶然。那个秘密折磨着我。我忽然想，为什么不把那两张过时的电影票撕掉呢？

5

我和总编辑通了好几次电话。他在电话里使劲叫唤："问题的要害，是鉴定那磁带的真假。钱当然可以付，但是不可能那么多。你看着办吧。"挂电话前他总忘不了补一句："不过，要慎重。"

老车固执着不肯降价。我告诉他实在没有办法。如果钱是我的，他要多少给多少。当然，钱要真是我的，那磁带三块钱一盘，说不定我都不会要。有一段时间，我真心希望生意谈崩掉拉倒。总编辑再三关照要不惜一切代价，同时又唠唠叨叨地要我注意分寸。我怎么知道这磁带的真假？叶群是福建人，但是在我的耳朵里，福建话和广东腔一个味。况且叶群还干过播音员。

我意识到这桩事要让我搞得虎头蛇尾。事实上，我很少去过问那磁带。我被动地把这个人的消息告诉那个人，又把那个人的消息告诉这个人。几天来过得昏昏沉沉。老李有辆破自行车，我跑东跑西，所有的景点都去应了卯。小芸始终陪伴着我，无论在哪，都没法意识不到她的存在。也许在世外桃源的缘故，我对现实世界的认识开始变得清晰。我发现了一系列的精心策划，很显然，我已经身在陷阱之中。

无论是法定婚姻，或者事实婚姻，我的处境都不妙。我有许多说不清的事。说不清三个字本身就够我呛。我开了个玩笑，这个玩笑的对象却是我自己。除了在道德这个命题上明显吃亏，我还必须考虑和小芸的婚事。我忽然明白，把我和小芸捆绑在一起，是一切阴谋的阴谋。陷阱的中心点是，让我被迫娶一位别人认为应该娶的人。人们看中了我的老实，因此放心大胆合理利用了这种老实。窝囊就窝囊在没任何招架余地。小芸作为受害者占足了便宜。

我开始怨天尤人，开始明白了人们所说的这个世界是丑恶的真实含义。我正经八百地开始恨一切人。我是说，我恨那位为我拉过皮条的介绍人。仇恨这个词用在我身上一点不为过分。我仇恨未婚妻，仇恨丈母娘和老丈人。当然，也恨我自己和小芸。为什么不早就有所警惕，又为什么我的枪法一发就中。毫无疑问，小芸对我有那么点好感。好感又意味着什么？意味般配，意味她和我的确合适。般配和合适这些词引起我一身鸡皮疙瘩。那天，我差点把她的膀子折断。我的行为，活像谋杀案中正在施暴的歹徒。

在桃花源，老李成了我唯一的安慰。这位比我大得多的女人，分散了我不少注意力。既然人在世外桃源，何苦为现实世界里那么多苦恼事烦神？祸已经闯了，我免不了有一种破罐子破摔的心情。让因果报应去报应好了。桃花源的天气琢磨不透。虽是早春二月，老天爷却存心把人冻死。好在老李房里的电炉总是点着，红红的炉丝上面，煮了一大锅狗肉。

这狗肉是附近的农民送给老李的。她从不吃狗肉，偏喜欢闻狗肉的香味。我花了三个晚上，才把那锅狗肉吃完。一边吃，一边听她说东道西。天天晚上都是迟得不能再迟。在远离现实世界的桃花源，白天从来不是白天，黑夜也不成其为黑夜。饿了吃，困了睡，我忽然产生了勾引老李的念头。这个念头来得像一阵风一样不可测。我已经没什么贞节可守。为什么要像清教徒一样，用性来折磨自己。压抑不管怎么说都不是桩好事情。我和未婚妻来往几年，最佳战果不过是在胸口摸来摸去。我已经被压抑害苦，谁也不能说我的困境和压抑无关。我对自己说，别傻了，放纵一下算了，没什么大不了。

我向老李大谈弗洛伊德。俄狄浦斯情结这个词让她十分困惑。她越是想不通，在人的本能这个话题上，我越是说得轻松自如。看着她的脸像电炉丝一样红起来，我享受到了一种从来不曾领教过的乐趣。她和老车的事我早就看在眼里，我出其不意，直截了当地指出他们这种关系的合理性。我的宽容态度活像一个圣人，但是她却像遇到恶魔似的瞪着我。我们进行了一场成人与儿童之间的游戏。我看得很透地说："什么都是合理的。不合理只是一种假设，即使这种假设，也同样意味着合理。"

整整一天我都在考虑是否应该突破最后的界限。《叶群自传》早让我丢到九霄云外。我觉得小芸正躲在一个看不见的地方，唆使我做这做那。天黑得仿佛过了几个月一样，我却还在房里走来走去。我的左肋有些隐隐作痛。电子手表忽然停了，十二点准时去老李那儿的计划落了空。我的心开始嘣嘣乱跳。也许这不是个吉祥的预兆。也许天赐良机，来了个问时间的最好借口。我决定先睡一会，养精蓄锐。

刚刚睡着，我便和老李坐在一起。说不清是她来找我，还是我找她。反正她拍了拍我的额头，轻轻地就把我抱起来。"你怎么会有这样一些怪念头呢？"她把我放在膝盖上，哄孩子似的说着。我丝毫也没意识到自己在做梦，只是突然发现了我们体积方面的差异。那是一个孩子和一个巨人在一起。我发现自己的手脚小巧得可怜，甚至还穿开裆裤。“你把腿夹这么紧干什么？”她扒开我的腿，开始把尿，嘴里吹起口哨。我羞得无地自容。她又把我放在膝盖上，亲了我一下，哄我玩，说，“怎么，不喜欢小芸？”我吃了一惊，想说“你怎么知道小芸”，但是说不出声音。她说：“我小时候也叫小芸。”我意识到她是在骗我。然而她看透了我的心思，说小芸是个好姑娘，“你应该喜欢她。女人喜欢上一个人不容易。你怎么哭了？”我觉得奇怪，说自己没哭。她说那就是小芸在哭。我嘴里果然有一股咸味。她又说：“这是小芸，是小芸的心在哭，你看你。”

我醒来时发现自己浑身冰凉。被子已经被踢开，手心里湿漉漉全是冷汗。窗外是一种天快要亮的黑。我一边穿衣服，一边往院子里去。天上依然七八颗星。凉风习习，在一种湿润的气氛中，我有一种被净化处理过的感觉。黑暗中，小芸珠光宝气地走了过来。她是面镜子，在她身上看到了人的丑。

天说亮就亮。公鸡使劲地叫开了。桃花源的宁静让人厌倦。突然间，我狂热地热爱起自己的生命来。所有的奇迹都取决于那么一刹那。我决定重返人间，一刻也不耽误。那个包含着丑和恶的现实社会诱惑着人，虽然不可思议，我的确从来不曾这么全心全意地喜欢俗世。我的决定使老车和老李大吃一惊。谁也无法理解，也用不着理解，为什么忽然间我怕死怕得连飞机都不敢坐。一个新的生命已被我制造出来。我不打算像林副统帅那样从高空中掉下来。汽车的速度太慢，说不定到中途我就会变卦。一切的想法都太突然，突然突然，还是突然。我甚至吃不透自己火烧火燎的真实目的。唯一的念头就是快，快，快回家。想象中，汽车的发动机已经轰响。车轮飞转，公路旁两道白杨树，火炬般燃烧着闪闪而过。

我在桃花源住了一星期。记忆里又一村的院子印象最深。那院子不大不小，有两棵树。一棵叫不出名来。一棵是樟，大大咧咧的，满地的树阴，满地残叶。

诗人马革

1

“信不信由你。”电闪雷鸣中，诗人马革坐在轮椅上，匆匆写着自传，他在开头这么写着，“我一生中已经遇到了四次雷击，这是一个了不得的奇迹，很显然，在无可逃避的第五次雷击下，我会失去宝贵的生命。”时间是一九八六年夏季，距离著名的唐山大地震整整十年，风云变幻暴雨倾盆，刺眼的闪电不时地闪烁在对面的楼上，死亡的恐惧像饥饿一样啃着诗人马革隐隐作痛的胃。

“呵——，雷电女神正驶着她的双轮马车，穿过高山越过大海，又一次向我疾驰而来。”诗人马革的脸上显现出一种非常滑稽的庄严，在一大串花里胡哨的字眼之后，他用笔简略地回忆了自己几次惨遭雷击的经过。“自古人生谁无死，我短暂的一生中，竟然四次遭雷击，实在是难得，实在是有幸。外面狂风大作，闪电一个追着一个，在第五次雷击即将来临之际，我写下这篇小小的自传。我，一个诗人，死到临头，仍然为这一称号感到自豪。我希望在我的墓碑上刻上四个字，有这四个字就足够了，这四个字是：诗人马革。”沉浸在自传用词造句中的马革甚至暂时忘记了恐惧，灵感和冲动又一次使他变得神经兮兮，他仿佛置身于无边无际的大草原，手中的笔好像是驰骋着的烈马，失去控制地到处乱冲乱撞。

一道强烈的闪电过后，电灯突然灭了。周围的世界黑得就跟漆似的。哗啦哗啦的暴雨在空中爆炸，诗人马革觉得自己正赤身裸体，孤立无援，沿着一条又细又长蛇一般的小路，奔走在长满狗尾巴草的田野上。

2

诗人马革长蛇一般的记忆中，第一次遭遇的雷击必须回到二十年前，同样的一个风雨交加电闪雷鸣的夜晚。出生于破落地主家庭的马革，因为大跃进时代的一组浪漫主义诗歌，名噪一时大出风头，被许多漂亮的女孩子舍生忘死地追求。没完没了地谈恋爱，没完没了地变换恋爱对象，他整个是一个被好运气宠坏的孩子。

大学毕业以后，他在一所中学任地理老师，课堂上，常常一边转着地球仪，一边忘形地向他的学生念自己的诗。从教学的角度来说，他毫无疑问是个误人子弟的坏老师，但是他疯癫癫的样子，却深得学生的喜爱。一学期里，诗人马革可以收到很多首女学生写给他的情诗，虽然这些诗毫无韵味，拙劣得像小学生刚开始练习的毛笔字，直露得仿佛是猫在叫春，然而他来者不拒，一概宝贝似的珍藏。

风雨交加的夜晚暗示着大灾难正在逼近。诗人马革被关押在学校一所旧房子的阁楼上，打摆子一样地直哆嗦。红卫兵小将已经给他罗列了一大堆罪名，当他在大街上游街时，他胸口的小黑板上用美术字写着：地主阶级的孝子贤孙，流氓成性的坏分子。一切都来得太突然，措手不及的马革被自己的罪孽深重吓得喘不过气来。

整整一天他都在为找不到一根合适的绳子深深烦恼。尽管系在腰上的那根时髦的皮带，很轻易地就可以把人带到另外一个世界，可他不得不重新找一根绳子拴住自己的裤子。他的短裤已穿了无数天，他不愿意自己悬在半空中，长裤挂在脚背上，脏兮兮的短裤像旗子一样暴露在众人面前。这一天饿得他够呛，红卫兵小将狠狠地揍了他一顿，然后就忘记了诗人的存在。

诗人马革已经打定主意要死。死像一行最好的诗句那样在他脑海里盘旋。这一天里，他无数次偷眼对窗台上张望。死的方式他早已选择好，他觉得自己像面旗帜似的挂在空中，这结局充满了一种浪漫主义的诗意。多少年后，诗人马革重温旧事，仍然无法明白自己当时为什么不选择另一种最具浪漫主义诗意的死亡方式，从窗台上像鸟一样地飞下去，既简单，又实用，更万无一失。

老天爷直到黄昏时分才突然变脸。天突然变得闷热无比，小小的阁楼仿佛成了一个蒸笼。诗人马革挥汗如雨，饿得头昏眼花。空气已经凝固，甚至天天老时间开始出来肆虐的蚊子，也躲在阴暗的角落里不愿动弹。诗人马革伏在窗台上，正在想象自己受难者一样镶在窗框里，会是怎么一副模样。他情不自禁伸了一下舌头，哭一般地干笑了几声。那是一扇面西的窗户，落日时分的红太阳藏在了乌云后面，只剩下一点点十分压抑的猩红。他极目远望，马嘶差不多地叹了一口气，开着的玻璃窗上反射出诗人马革变了形的面目。

自从出了娘胎，诗人马革第一次真正尝到了暴力的滋味。那些几乎还是孩子的红卫兵小将，用拳头用脚，用皮带用棍子，肆无忌惮地发泄着他们本能中的仇恨。很长时间内，诗人马革一直怀疑自己的睾丸被踢碎，一位嘴唇长着黄黄的小胡子的学生，竟然扬言要把他的作为男人的东西剪掉。长着黄胡子的学生用两根手指做了个夹击动作，诗人马革立刻想到了传说中，皇帝朱元璋的著名诗句："双手劈开生死路，一刀斩断是非根。"他顿时膝盖发软，屁股往下坐，两条细细的大腿绞麻花似的扭在了一起。

终于起了风，眼睁睁看着天昏地暗。诗人马革久久地伏在窗台上，享受着扑面而来的狂风。风卷着地面上大字报的碎纸片，扬起来，落下去，在操场上翻跟头。天很快黑得像是泼翻了的墨，闪起了一场大暴雨到来之前的第一道闪电。闪电照得小阁楼和白昼一样明亮，诗人马革从躺在地上的小黑板上获得了灵感，那是一根用几股细铁丝绕成的把手，他迫不及待地走过去，手忙脚乱解那个把手。把手立刻还原成细铁丝，诗人马革苦笑着，将细铁丝当作裤带系在腰上。时髦的皮带挽成了一个圈套，早早地就挂在了窗框上，最后的伟大时刻已经来到，在越来越严重的电闪雷鸣中，诗人马革丝毫不犹豫，坚定不移地爬上窗台，把他那颗浪漫主义的脑袋伸进了圈套。

3

第一次雷击救了诗人马革一条小命。当他悬挂在半空中，拼命地踢那两条细腿的一瞬间，闪电击中了小阁楼。人们看见燃烧着的一团火球，仿佛暴怒的雄狮，从小阁楼的窗户里冲了出来，诗人马革连同挂着他的整个窗框，“轰”的一声，实实在在地砸在地上。在这场千年不遇的巧合里，诗人马革奇迹般地没有丧命，除了跛了一条腿，附加断了两根无关紧要的肋骨，不到半年，就又成了一个活生生的人。

在第一次雷击中，诗人马革受伤之外，另一个奇迹，就是被烧焦了一件上衣。第二次和第三次的雷击同样有惊无险。这两次前后时间仅相差十天的意外事故，距离第一次雷击大约五年。在同一个雨季里，一个人能够两次被雷电击中，是诗人马革创造的大纪录中的一个至今未有人打破的小纪录。

当时是在学校的校办农场，诗人马革改行成了位可有可无的语文老师，带了一个班的学生在农场劳动。轰轰烈烈的“文化大革命”正走向沉寂，读书无用和读书做官的观点交替受到批判，老的红卫兵小将已经上山下乡，新的正在读书的中学生懵懵懂懂，都觉得在农场里非常有趣好玩。农场位于一座小山脚下，小山的山腰上有一个小山洞，调皮的学生动不动就往山洞里钻。

“马老师，我们看见一头猪钻进了那山洞。”一个同学开玩笑地对诗人马革说。班上的同学都知道他腿不好，上山不方便，故意寻他的开心。

“一头猪，山洞里怎么会有猪？”

“真的，这么大，就这么大。”那个学生做手势，比划着。

于是不肯相信的诗人马革由学生领着，一瘸一拐上了山。很快到了山洞口，学生们自顾自地散开了，各人玩各人的。诗人马革气喘吁吁，早把山洞里的猪忘到了脑后，坐在洞口的石头上懒洋洋地观看山下的风景。和第三次第四次雷击的前奏如出一辙，他突然注意到远处的乌云正急驰而来，空气停止了流动，蜻蜓低飞，小鸟擦着地面惊叫着掠过，一场大暴雨所需要的预兆同时出现。惊慌失措的同学们大呼小叫朝山下奔去，当诗人马革意识到自己必须找个躲雨的地方时，五分硬币那么大的雨点已经啪啦啪啦砸在他身上。他一头钻进山洞，还不曾明白过来怎么一回事，一声接一声的轰雷，仿佛是到了炮火连天的战场，突然一声巨响，一团火球就在诗人马革的头顶炸了开来。闪电击中了山洞口一块突出的大石块，稀里哗啦的石块纷纷往下落，诗人马革不得不狼狈不堪地向山洞深处跑。大雨引发了泥石流，事后，吓得发了傻的同学们手指扒出了血，才把他们的语文老师从洞口已被封住的山洞里救出来。

十天以后，诗人马革又一次遭遇雷击。再过两天，这次所谓学农的活动就要结束，同学们依依不舍，都想在农场痛痛快快再玩上几天。偏偏又遇上了雷雨大作，诗人马革站在门口，招呼大家赶快进屋躲雨，正说着，霹雳一声，闪电仿佛就在他眼前爆炸，他一个后仰，跌到了屋子里去，右手立刻骨折。

诗人马革快到五十岁的日子里，又一次尝到了功成名就的甜头。这时候“四人帮”已经粉碎，文学重新受到重视，他梅开二度再次走红，一本诗集差一点就得到全国最著名的文学奖，诗人马革成了他的正式头衔，他到处讲学作报告，到处发表新写出来的诗歌。他的诗虽然有失矫揉造作，却因为充满了浪漫主义激情而深受读者的喜爱。诗人马革的诗歌总是登在刊物最显眼的位置上，常常为拿不到最高的稿酬标准，他和编辑部吵得不可开交。不能免俗斤斤计较，使他成了文坛上有名的坏脾气。钱的多少并不是什么大事，然而当钱和一个人的名气休戚相关，意味着对某个人的劳动尊重与否时，锱铢必较便是一个原则问题。

快到五十岁的马革孑然一身，突然被性的欲望纠缠得失去了分寸。自从一位漂亮的女大学生决心以他为毕业论文对象后，诗人马革便有些神魂颠倒。他一次次沉浸到了自己风华正茂时的得意和神气里面，一次次回忆起他的大学时代和大学毕业后刚当教师的岁月，回忆起自己收集的一封封情诗。在一次去深圳领奖的途中，他一路都在为要不要向漂亮的女大学生发起进攻深深苦恼。

领奖后的那天晚上，诗人马革寂寞得很想找一个人聊聊。同屋的一位诗人住到朋友家去了，临走挤了挤眼睛，十分郑重其事地向他暗示，是去一位关系非同一般的女友处。浪漫是诗人的标志，诗人因此容易浪漫。良辰美景，豪华大酒店高档的房间里，诗人马革孤独地看着闭路电视。是乒乒乓乓枪声四起小汽车追来追去的警匪片，诗人马革心不在焉地看着，脑子里漂亮的女大学生和前去幽会的同屋活生生的影子不断重叠，害得他一时激动一时沮丧。半夜里，一个陌生的女子打来电话，听声音是一个年轻的姑娘，甜滋滋地问他是不是寂寞，是不是需要有个人陪陪。

“你是谁？”诗人马革试图在记忆深处，找出一个他可以记得的名字。

“我是谁这无关紧要，问题是，你到底需不需要有个人陪。住在那么豪华的房间里，一个人不是太可惜了吗？”

一大串女孩子的面孔在诗人马革的脑海里闪过：“你到底是谁？”

电话里咯咯咯清脆地笑起来，接下来提出的是一个下流的暗示，诗人马革生气地挂上电话，他突然想起负责接待他们的会议召集人的关照，明白这是所谓改革开放的垃圾之一的暗娼。半夜三更，诗人马革全无了睡意，非常寂寞地生了一会儿气以后，他有些后悔自己为什么不在电话里和那姑娘多聊一会。第二天，参观一家正在修建的大型游乐场，和他同屋的另一位得奖诗人带着女友，众目睽睽下招摇过市。诗人马革有些与自己赌气，参观的人群一哄而散，他却守在那辆带空调的面包车附近不肯离开。

过分的低气压使诗人马革意识到一场大暴雨即将来临。已经遭遇过的三次雷击的情景同时出现在他脑海里。“我三次都是差一点叫雷给活活劈死。”他带有卖弄意味地自言自语，十分遗憾身边竟然没有一个人可以听他吹嘘。除了那辆带空调的豪华面包车，人们越走越远，他成了真正意义上的孤家寡人。天终于变了，霎时间飞沙走石，一起去参观的人急匆匆往回跑，诗人马革站在面包车旁，幸灾乐祸得意洋洋。“有什么好看的。”他对那些向面包车奔来的人叫道，“像我这样待着按兵不动，多好。”雨说下就下，司机不知钻哪去了，大家心里干着急，没办法躲进面包车，便纷纷向不远处一株大樟树下蹿去。诗人马革腿脚不便，不愿让人看见他一瘸一拐赶路的狼狈样，坚持要守在面包车旁等司机来。司机就是不来，雨越下越大，大樟树下叽叽喳喳的人声都在叫他过去躲雨。滚滚而来的雷声使诗人马革不寒而栗，一种不祥的预感突然像道闪电，从他惊恐不安的身躯上划过，他迟疑了一下，冒着倾盆大雨，咬牙切齿地向大樟树走过去。

4

第四次雷击是场灾难，它使诗人马革右半个身子彻底瘫痪。经过几天的昏迷以后，他从医生那里得知，在剩下的人生岁月里，他将永远离开不了轮椅。当他一瘸一拐向大樟树走去的时候，曾想到打雷时不应该躲在大树下的说法，但是闪电没有击中大树那么显眼的目标，偏偏就在他身边开花爆炸。在这次雷击中，站在不远处大樟树下的人亲眼目睹了难以置信的场面。诗人马革应声倒地，人们看见他头上那顶时髦的凉帽，像滑翔着的海鸟飞向一边，已经开始灰白发枯的长发仿佛火炬一样燃烧起来。

大难不死的诗人马革发誓从此再也不出门。他坚信下一次雷击的遭遇，一定就是他的末日。雷电女神已经给了他四次机会，绝不会再有第五次虎口脱险的奇迹。任何类似雷鸣的声音都足以让他惊恐万分，在雷雨交加的夜晚，他起草了无数份遗嘱，然后又在晴朗的天气中将遗嘱一一撕毁。

漂亮的女大学生完成了关于诗人马革的毕业论文。她一次次来看望自己的崇拜对象，无微不至地关心他照顾他，刚工作时来，以后是带着男朋友来，再下来是结了婚，结了婚以后又怀孕挺着大肚子来，最后便是领着她那可爱的千金一起光临。坐在轮椅上的诗人马革面对女大学生的一次次来访，一次次体会到时光流逝岁月无情的悲哀。

性的问题又一次开始重新折磨已半身不遂的诗人马革。这问题变得非常严重，让他自己也感到害怕和脸红。作为一个纯粹浪漫主义的诗人，他在两性关系上，仍然是所知甚少白玉无瑕的童男子。风华正茂的年代里，他爱过许多女孩子，同时也被许多女孩子所喜爱。爱情对诗人来说永远是一个纯洁的字眼，虽然已经步入黄昏，他和女性的接触，只是握握手，接个吻。记忆中唯一的一次出格，就是在一个春风沉醉的夜晚，用手捏了捏一位长辫子姑娘高耸的乳房。这短暂的经历在日后的岁月里不止一次让他神魂颠倒。

半身不遂并没有摧毁诗人马革的性功能，恰恰相反，长时间坐在轮椅里享受春天的太阳，他的脑海里灌了气似的，充满了体会一下异性的欲望。他知道自己将不久于人世，死到临头，想到自己竟然不知道女人是怎么一回事，便草草结束人生，实在有点不甘心。在生命的终点站附近，他忽然想明白了一个千真万确的道理，这就是自己拥有的男人的那个玩意儿，不能仅仅用来撒尿和自慰。漫漫长夜百无聊赖，诗人马革不止一次想到了深圳豪华大酒店陌生女人半夜里打来的电话，他无数遍地想象对方的模样，想象他和她真的在一起的情景。当他拿到一笔数目可观的稿酬时，他感到的最大悲哀就是自己没有勇气再去深圳，而且即便是去了，他也不敢把暗娼叫到房间来有所作为。

他和邻居家合用的保姆阿梅弄得他心猿意马十分狼狈。那是一位身体健壮如公牛，嘴唇上长着与男人差不多的小胡子，来自苦地方自称和丈夫打了架逃出来的中年妇女，手脚麻利性格开朗。尽管是住在邻居家，然而无论洗澡还是上厕所，阿梅都喜欢在马革这边。当她弯腰做事时，诗人马革坐在轮椅上，看见她那肥厚的乳房和黑黑的乳头，便忍不住心惊肉跳颤抖不止。连续几次，诗人马革都是假装打瞌睡，透过卫生间的毛玻璃，全凭想象力偷看正在洗澡的女用人。

一个月以后，诗人马革顾不上让人笑话，非常严肃地向阿梅坦白了自己的苦衷。“我只是想让你知道，一个已经像我这样一副皮囊的人，竟然还会这么的不要脸，”他结结巴巴地说着，一边狠狠地谴责不可遏止的下流欲望，一边用即将告别人世的遁词为自己辩护。女用人被他的真诚和不幸深深打动，作为回报，阿梅也交代了她隐瞒的实情。原来她是位已经死了三位丈夫的寡妇，隐瞒这一事实的目的，在于害怕挑剔的主人会因为她是个不吉利的女人而不敢要她。诗人马革几乎没有任何犹豫，立刻向女用人求婚。

不知所措的女用人和诗人马革一样，突如其来的好事，搞得她晕头转向。虽然是个半身瘫痪的男人，但是她喜欢他的心地善良。她已经死了三个好端端的男人，克夫的恶名压得她抬不起头来。

“都说我是白虎星，你真的敢要我？”她非常心虚地问着。

“我要的就是白虎星！”诗人马革斩钉截铁地说。

为了表示自己的决心，诗人马革最后一次克制住了蠢蠢欲动的欲望。他变得比他自己想象的还崇高。他让阿梅找来纸和笔，用发着抖的左手，给她娘家写了一封激情洋溢的信，并随信附去五百元人民币。在信中，他请求她的娘家人尽快送来结婚所必需的一切证明，高高兴兴地来喝他们的喜酒。“我真希望今天就是新婚之夜，”他红着脸看着和他一样红脸的女用人，爱情的甜蜜一阵阵涌上心头，“让我们等着那辉煌的新婚之夜吧。”

5

婚后的一年零三个月，是诗人马革人生旅途中最温馨的日子。他痛痛快快地享受着这欢乐的时光。孑然一身的日子仿佛逝去的一场噩梦，他再也用不着天天不洗脚，像狗一样弯着身子爬上等待着他注定失眠的小铁床。健壮如公牛的新婚妻子阿梅好像抱小孩一样，轻而易举地便把他抱到了床上。在风雨交加的时刻，他可以在一个女人结结实实的怀抱里安心而眠。写诗的热情并没有因为巨大的幸福有所增加，相反，他情愿花大量的时间，在床上孩子气地和女人厮磨，而把一封封催稿信揉成一团，不当回事地扔进废纸篓。

过去的日子里的阴影不时钻出来吓唬诗人马革。他郑重其事地写了一封遗书，对自己不多的财产一一作了交代，并请信得过的朋友送去公证。他知道自己已不可能久留人世，因此一再催促有关部门尽快把他妻子的农村户口调上来。他的名声蒸蒸日上，正处于继续走红的顶点，他却预防万一地买下了双重的人身保险。死神就在他身边徘徊，有时是在梦中，有时是大白天，有时是一场美梦刚刚醒来，他听见了死神猫一般轻巧的脚步，闻到了死神嘴里呼出的难闻的臭味。他反反复复向阿梅讲述自己四次遭遇雷击的故事。他觉得这故事太奇特了，有时连自己都难以置信。对于一个已经连续克死了三位男人的女人来说，阿梅坚信天下可能发生的任何事，她扮演着女主人、女用人、母亲的三重角色，无忧无虑的日子使她变得又白又胖。

阿梅唯一的一次生病给诗人马革带来了极大的恐怖。坐在轮椅上，看着她烧得通红的脸，他一次次胡思乱想，第一次意识到了别人的生命，对于他竟然会那么重要。他不敢想象没有了阿梅的日子该怎么过。一个人已经孤独地过了大半辈子，没有比重返孤独更可怕的事了。

诗人马革死于一个电闪雷鸣的夜晚。起因只是一场小小的感冒，感冒引起了发烧，持续的发烧使他不得不住进医院。在那个电闪雷鸣之夜，哗啦啦的暴雨敲着病房的玻璃窗，蓝色的闪电接二连三，惊恐不安的诗人马革突然坐起来，紧紧地抓住阿梅的手不肯丢。

“我要死了，”他悲哀地说着，一道闪电照亮了他惨白的带着苦笑的脸，“我真的要死了。”

诗人马革在一阵滚动着的雷声中咽下了最后一口气。他是一位已经成了名的著名诗人，尸体火化后的很长一段时间内，骨灰不知该按什么规格处理。自从中学毕业，决心和剥削家庭彻底决裂的诗人马革，再也没有重返过故乡。他死后骨灰得不到妥善处理的消息传回故乡，他的母校因为难得出了他这样一位有名的诗人，请求将诗人马革的骨灰葬在学校后面的一座小山上，并按照诗人的遗愿，竖了一块很高大的石碑。若干年以后，本地几位年轻的诗人在小山上野餐，发现了那块写着“诗人马革”的墓碑。新的诗人照例看不起老诗人，一位剃着光头的现代派诗人，在墓碑下轻薄地撒了一泡骚尿。到下午三点钟，意外地下起了一场大雷雨，几位年轻的诗人狼狈逃窜。一声霹雳，写着“诗人马革”的墓碑被拦腰劈成了两截。

1992 年 1 月 18 日

作家林美女士

林美女士死于一九八三年年初，那一天正好是大年三十，家家都在忙年夜饭。几个淘气的小孩在门外的巷子里放着爆竹，不时地发出怪叫。林美女士已经难受了好几天，她一直病歪歪的样子，药大把大把地吃，吃了也不见好。那药是女婿用公费医疗证配的，反正不要钱，隔一段时间，女婿就拎着一大包药来看她一次，问问她的病情，再坐一会，又问她有什么事要做，然后离去。

林美女士有三个女儿，经常来看望她的是二女婿。除了这个女婿，其他的两个女婿和三位女儿，长年累月不见一面。他们和林美住在同一个城市里，可是他们很难得来看她一次。林美女士早就说过，要想指望他们一起来，只有等她咽了气。“我真咽了气躺在这，你们不来，也得来。”林美十分平静地对自己说着。她似乎知道自己最后的节日就是死亡。她知道自己在这个世界上，要想引起别人的注意，最后的也是唯一的一招，就是死亡。她注定要伴随着寂寞走过一辈子。除了死亡，她别想再引起别人的注意。和这个世界上所有的普通人一样，林美还不想死。和这个世界上所有的普通人一样，她最终也逃脱不了一个死。

二女婿在小年夜那天来过，他将新配的药搁在梳妆台上，问林美大年三十打算怎么过。林美看着鬓角已经微微泛白的女婿，做出一种很古怪的笑来。她反问说你们打算怎么过，女婿顿时显得尴尬，犹豫了一会，邀请林美去他家去吃年夜饭。林美说：“算了，大过年的，我不想害你们吵架。”女婿无话可说了，过了一会，才说：“今年说好了，大姐一家到我们家来。”林美的三个女儿性格都倔强，互相之间不来往已经有好几年。林美说：“蛮好，一起吃顿年夜饭，不过别再吵架。”女婿也不再提喊林美去吃年夜饭的话题。

林美的脸色很难看，女婿只想到她心里不痛快，没想到她是走到了生命的尽头。女婿已经太熟悉林美的古怪，对她所有的乖僻都不以为奇。林美执意要女婿看看她屙在痰盂中的大便，让他注意大便里面黑颜色的血块。女婿随口安慰了几句，临走时，斜躺在床上的林美有气无力地说：“你把门锁上，我不想起来关门了，听见没有？”

在林美死后的第十个年头，两位读博士的年轻人，出现在林美咽气的那间破房子里。城区正在大规模地改造，要是这两个年轻人迟来几天，成片的老房子将成为一片废墟。陪同这两位博士生的是林美女士的小女婿，他是梅城中学的副校长，穿着不是很考究的西装，很随便地系着一根花领带，站在房间的中央，指手画脚地说着什么。

那位女博士生正在撰写关于女作家林美的学位论文。自从海外出现评论林美女士的论文以后，国内以林美研究为题的研究生已有好几位。女博士生的硕士论文是研究林美的，如今要写博士论文，仍然是关于林美。由于市面上一切和林美有关的书籍都能卖钱，一家出版社已经决定要出这本关于林美的专著。女博士生长得很漂亮，桃子脸，唇红齿白，天生了一双勾人的眼睛，她这时候正从梳妆台的镜子里，看着林美的小女婿，看着他振振有辞地说着什么。男博士生是女博士生的男朋友，他此行的目的完全是陪同，关于林美的故事他已经从女朋友那里听说不少，他突然发现林美的那位小女婿，其实对林美的事知道得很少很少。

房子里除了林美生前用过的那张老式梳妆台，一切都搬空了。女博士生一边听介绍，一边在脑子里想象林美生前这房间里的摆设。从墙上留下的印痕，似乎还能见到当年的蛛丝马迹。房间很小，一张床，一张梳妆台，一张吃饭的方桌，剩下的地方也就不多了。“林美当年是在什么地方写作呢，”女博士生忽然想到地问，“是在吃饭的桌子上写，还是在梳妆台上写？”这问题林美的小女婿根本没办法回答，他从来就没看见过林美写过任何东西。他目瞪口呆地看着她，笑了笑。

女博士生说：“我想她应该是趴在梳妆台上写作。因为从她的文风看，她一直是在对着镜子里的自己写作。她在后来，写的文章只有她自己看。”

在堆满杂物的楼道上，女博士生看见了一张刚粉碎“四人帮”时候的招贴画，林美女士当年就在这做饭，招贴画上全是油污。林美的小女婿说，他的岳母本来是和人家合用一间厨房的，但是合用的那家太霸道，老是和林美吵架，结果林美只好搬到楼道里来做饭。他指着角落里的一个铁皮煤油炉，告诉女博士生这就是他岳母当年用过的遗物。在底朝天的煤油炉旁边，还有一个满是油污的塑料筷子笼，几只已有了裂缝的破碗。林美女士是女博士生心目中的偶像，她心里十分恭敬地弯下腰，用脚在杂物中踢来踢去，想找一件能够留下来作为纪念的东西，但是她什么也没有找到。

林美在文坛上走红，是一九四二年。有一天，她捧着一叠手稿，怯生生地走进《红色》杂志社，把那手稿留在了主编的桌子上。主编当时正在和一位戴眼镜的胖女人隔着桌子说着话，这位胖女人是当时文坛上的一位红人，她十分傲慢地看着林美，有意无意地拿起了那手稿。林美在女作家把眼光投向自己手稿的一瞬间，像犯了什么错误似的，仓皇逃走了。

林美后来才知道，自己的那部手稿，恰恰是因为女作家的推崇，才使得主编决定刊用。林美早就读过这位女作家的小说，她觉得她的小说写得很糟糕，自己所以会在她的面前仓皇逃走，最重要的原因，是羞于和这位名噪一时的女作家为伍。林美女士从一开始，就是一位傲气十足的作家，她看不上别人写的文章，也不是太喜欢自己的小说，她知道自己写小说，完全是迫不得已。

林美像一颗耀眼的流星出现在了文坛上。成名来得太容易了，她的带有自传色彩的小说，使得一家很一般的文学刊物，从此销路大增。报纸也开始连载她的小说，是那种供平民百姓看的小报，林美的故事一边写一边刊登，她故事中的人物命运，很快成了人们茶余饭后的重要话题。这是在日本人统治时期，南京作为汪政府的首都，空气说不出的沉闷。商女不知亡国恨，隔江犹唱后庭花，没人谈政治和国家大事，大家都在醉生梦死。

林美成了故都南京当年最重要的女作家。她的小说，沿着交通线逐渐蔓延到临近的城市里去。到了一九四四年，在上海和武汉的街头，很容易地就能找到她的书，都是盗版书。林美的原版书都由南京的钟英书局出版，封面的题字全是集汉《乙瑛碑》。在父亲的影响下，林美从小就在汉碑上下过工夫，她临得最多的是《华山庙碑》。林美性格的古怪，通过小说的名字就可以看出来，她所有的小说名字，前提一定是在《乙瑛碑》上必须找到。她总是有了合适的小说名字才不急不慢地开始写小说。她的小说只要一旦写起来，其速度便是让人难以置信地快。每天五千字对她来说，是平常不过的事情。

林美最著名的一本书叫《平行》，这本书在初版的六个月内，先后再版了七次。仅上海一地，就有三种盗版本。《平行》是一本颇具现代意义的小说，有些像英国的女作家维吉利亚・伍尔芙的文笔，又有些仿佛曹雪芹《红楼梦》的章法。对于别的女作家来说，这几乎是不可能的事，对于才华横溢的林美来说，却显得轻而易举。林美上大学读书，就是念的外国文学，她不仅熟悉伍尔芙，还熟悉伍尔芙同时期所有著名的英国女作家。她写过关于凯瑟琳・曼斯菲尔德的论文，翻译过曼斯菲尔德的日记。伍尔芙在一九四一年的投水自尽，是林美决定写小说的一个重要契机。当时二次世界大战正打得昏天黑地，伍尔芙自尽的消息通过英吉利海峡，传到尚未沦陷的香港，再传到南京。林美被这条消息震惊了，十年前，她上大学的时候，曼斯菲尔德已经病死了，伍尔芙曾经因为曼斯菲尔德的不幸早逝，觉得自己将鹤立鸡群，从此孑然一生没有对手，现在，尚未写过小说的林美女士也开始尝到了这种寂寞的悲哀。

在林美女士成名的五十年以后，那两位博士生下榻在粮食局办的一家招待所里。春节期间放假，招待所的客人空得只剩下两位博士。雇的农民工也回家过年了，招待所里还剩下一名看门的老头和一位值班的中年妇女，她是招待所的副所长，是那种忍不住就要管管闲事的女人。从招待所的窗户里，可以看见林美的故居，孤零零地立在一片废墟之中。要不是因为过年，女博士将会发现她千里迢迢地赶来，结果什么也没看到。

根据所能收集到的资料，女博士生知道林美出生于一个名声显赫的世家。林美的父亲前后娶过七个姨太太，林美是父亲的六姨太生的。到林美出生的时候，已经走下坡路的林美父亲依然保持着最后的威风，他回到了梅城定居，过着悠然自得的日子。林美的童年，是在六个活着的姨太太的明争暗斗中，在成群的佣人照顾下无忧无虑地度过的。林美从九岁开始跟比他大十岁的侄子学英文。学习英文是满清遗老遗少很重要的一个家教，学好了英文可以留洋，在一个全新的时代里，遗老遗少们除了学会把钱存到外国银行，还学会把人也送到国外去镀金和避难。

林美的父亲对林美特别疼爱，原因并不是因为他喜欢六姨太。事实上，在所有的姨太太中，他最讨厌的就是六姨太。六姨太太爱嫉妒，男人不会喜欢那些爱嫉妒的女人。老人家所以喜欢林美，是因为偶然发现林美对旧诗词有一种惊人感悟。林美似乎天生就应该是写诗的人，她小小的年纪，对平仄声和押韵一点就通，对古人所讲究的意境一说就明白。古典诗词作为一种即将失传的技艺，已经被同时代的许多年轻人所抛弃。林美的父亲带着少年的林美，频繁出席由梅城的名士们轮流举办的诗会，在这些老人酬唱的聚会上，林美不仅学会了即席做诗，而且因为诗做得好而屡获嘉奖。她还是在很小的时候，旧诗词方面的天赋便体现了出来。

女博士生曾经翻阅过林美父亲留下的诗集。老先生当年颇有些诗名，能留下诗集来就是明证。可惜女博士自己对旧诗词的学问所知甚少，读是读了，实在说不出什么好来，别人指出这一首不错，那一句是名句，朦朦胧胧也觉得是这样。在林美父亲的诗集中，能见到好几处提到小女怀瑜的地方。怀瑜是林美的本名。其中有一处是贺林美新婚，把这样的贺诗也收在自己打算藏之名山的诗集之中，足见老人对林美的赏识。林美是在二十三岁那一年结婚的，那时候她差半年就可以大学毕业了，但是老太爷下了狠心，一定要她回梅城嫁人。在一个老派的人眼里，女人二十三岁还不嫁人，这太过分。

林美的父亲买下了半条街的四十间房子，送给林美作嫁妆。林美的丈夫比她还小一岁，是一位留学日本的破落户败家子。和林美结婚，兴趣似乎不在林美是个才女，而是看中了她的陪嫁。七年以后，林美的丈夫带着林美去南京税警局谋职的时候，作为嫁妆的四十间房子已经被他卖掉了一半。这时候，林美的父亲死了，嫡母和庶母不是死了，就是被自己的子女接到国外去住。林美已是两个小孩的少妇，她丈夫借助老丈人的名望，开始混出些人样了，常常外面有交际，有时还去吃花酒。又过了一段时间，林美的丈夫家也不要了，偷偷地和一个姓叶的女子姘居，把钱都花在了这女子身上。

没有工作的林美只好一趟趟去找丈夫，打过，闹过，为了钱，她也顾不上要脸面。她丈夫终于落水当了汉奸，钱也多了，怕她闹，到时间就派人给她送钱过来。林美想离婚，又怕离了婚养活不了两个女儿，于是就不离。她丈夫和姓叶的女人之间有了什么不痛快，也回来和她住一阵，这一住，林美便又多了一个女儿。有三个女儿的林美开始用写小说来赚些钱贴补家用，那年头的稿酬并不丰厚，林美很轻易地就成了名，可是她从来就没有靠写小说发过财。林美的丈夫在抗战胜利的第二年，被国民政府判处无期徒刑，林美的小说也因此立刻没有了销路。先是小报造谣说林美窝藏了丈夫侵吞的金银财宝，以后又说林美所以能够成名，是日本人有心捧她的缘故。

林美和三个女儿之间几乎没什么亲情。刚开始，小孩都是由奶妈带的，到后来家境失势，林美对女儿们便采取听之任之的态度。林美是在一九五〇年带着三个女儿重新回到梅城的，此后的多少年里，她一直靠变卖家产度日。一九五二年的冬天，她曾去一家中学上过不到半学期的英文课。她的英文很棒，但是据听过她课的人说，她的教授方法却很糟糕。她总是嫌她的学生太笨，一堂课中，有半堂课是在教训学生。有一次正上着课，公安局的人把她从课堂上传了出去，带上一辆吉普车，直接开往南京的监狱。她在监狱里被莫名其妙地关了一年，理由是公安部门想从她嘴里掏出传说中的金银财宝。

一年以后，林美从监狱里放了出来。没有任何结论，就跟抓她的时候一模一样，有一天她突然接到通知，说是你被释放了，没你的事了，你自己回去好了。林美乘着长途汽车回到梅城，她失去了中学教书的差事，而且从此再也没有找到过任何正式的工作。她不时地找些临时的工作养家糊口，折过纸盒子，打扫过火车站附近的公共厕所，断断续续地替图书馆抄写卡片。梅城拥有一座中小型城市所不能想象的图书馆，图书馆里收藏了大量中外文图书。图书馆的旧址是前来梅城避暑度假的外国人赠送的，一九五七年的春天，梅城市政府作出决定，决定把市府机关搬到颇为壮观的图书馆大楼里去办公。

大量的中外文图书被送往位于郊区的图书馆新址。林美受聘前去重新整理混乱了的图书，十分出色地完成了任务。她为十几万册的图书重新编目，编出了一份非常有利于读者查找的图书目录，并配上简明扼要的内容介绍。许多被读者翻坏了的图书，被林美细心地修补好了，经她的手重新装订过的书籍，甚至比新书还禁得起翻阅。所有这些整理工作，都是由林美一个人完成的，她前前后后一共干了四年多，在这项艰巨的工作尚未最后完成的时候，她被通知用不着继续干下去了。

林美的三个女儿似乎都不喜欢她。大女儿的性子很倔强，她在中学还没毕业之际，就在心目中和关在牢里的父亲，以及刚从牢里放出来的母亲划清了界限。中学一毕业，她就和郊区的一个农民结了婚，结婚是她作出的彻底脱离林美的姿态。二女儿对林美的态度和姐姐如出一辙，她学习极度努力，考上了大学，因为成分的缘故不让她上，最后只好去当护士。她一直熬到三十三岁才结婚，丈夫是医院的一位药剂师，这位药剂师结婚多年以后，才知道自己在本市还住着一位丈母娘。二女婿是林美晚年身边唯一一位和她有些来往的亲人。除了这位二女婿，其他的女儿女婿都不来探望她。

晚年的林美性格十分古怪，在“文化大革命”中，和许多历史不清白的人差不多，她逃脱不了一场非人的折磨。她的一根肋骨在一次批斗中被打断了，多少年来，她老是觉得自己就快要死了，然而却一直让她自己都感到吃惊地顽强活着。只要有一点可能，她便昂起那颗生性傲慢的头颅，得理不让人地和别人大吵一场。她从来不轻易放弃属于自己的权利，而且从来也没有和邻居搞好过关系，“文化大革命”前，她作为房东，为了房租不时地向人逼债，因此落得了一个黄世仁的骂名。黄世仁是样板戏《白毛女》中的坏人，房客们后来干脆联合起来，大家都不给她钱，不给就是不给，她哭，她闹，她撒泼，全没用。

林美的二女婿是天生的和事佬，他是个很善的人，没办法调和林美跟女儿之间的感情沟通，也没办法改变林美和邻居之间的水火关系。他曾经努力做过一些工作，一点用也没有。他改变不了林美的寂寞处境。他去看望林美，实在是觉得她孤立无援的一个人，太可怜了。可是林美却看不起他，有一次，林美把自己的诗稿让他看，他看了半天，说不出好来。他红着脸，不好意思地说：我不懂诗。林美鄙视地看了他一眼，说：你当然不懂。

直到九十年代，梅城的人才意识到他们居住的这座城市里，曾经生活过一位非常不错的女作家。由市政协赞助出版的《文史资料》出了一期纪念专号，这本厚厚的专号中，不仅收集了海内外的评论文章，还发表了林美当年写的一篇小说。早就死去的林美父亲也跟着沾光，他的诗在文章中不断地被引用。一位本地的小学教员，写文章要求建立关于林美的纪念馆，理由是在梅城的历史上，找不到比林美更出色的女作家。

这位小学教员的建议，刚开始的时候，大家都觉得荒唐。但是很快就有了进一步的反应。先是香港和台湾组成的一个女作家代表团，专程前来梅城瞻仰林美的遗址，她们在大街上溜达，终于问到了林美的住处。人去楼空，一把已经生锈的锁，锁住了空空的只剩下一张梳妆台的房间。女作家们争先恐后，轮番从门缝往里窥探，嘻嘻哈哈有说有笑。终于一位穿着红衣服的女作家忍不住了，她是林美的崇拜者，鼻子一酸，坐在堆着破烂的楼梯口，捂着脸，孩子一般大哭起来。

在由市政府出面招待港台女作家的宴会上，女作家们向市长重复了小学教员的建议。干完了一杯表示祝贺的烧酒以后，那位穿红衣服的女作家，带头表示愿意为修建纪念馆捐款。市长随口就答应了女作家们的请求，他提出的要求就是，如果修好了纪念馆，希望这些女作家能够经常到梅城来做客，不断地来看看。市长说：幸好你们早来了一步，要不然，你们连林美女士当年住过的旧房子都见不到了。

林美的小说开始再版。最初反应平常，征订数只有两千本。出版社狠了狠心，印了五千册，推到市场上，也没什么人买。请了评论家在报纸上吹捧，仍然打开不了销路。等到出版社感到绝望之际，林美的小说却在一次南方的图书展销会上大出风头。一位颇具眼光的书商承包了林美小说的发行权，他展开了强大的宣传攻势，使得无数盲目读书的读者在没读到林美的小说之前，先熟悉了一连串关于她的传奇故事。在一系列的成功策划之下，经过全方位包装的林美小说，一夜之间风行起来。

林美的女儿女婿渐渐为书商们的纠缠感到厌倦。林美的小说成了好卖的畅销书，不时地有书商拎着装满了钱的皮箱，跑来找林美的后人要求出版林美的作品。谈论第一笔稿费的时候，林美的女儿女婿们还感到有些意外，十分扭捏地不知道怎么办才好。然而时间一长，所有经济上的谈判，都由小女婿亲自出面洽谈。稿酬的标准被越提越高，林美的小女婿俨然成为已去世的林美的最合法的代理人，接待各类来访者也成了他不得不尽的义务。刚开始，所有的接待都是免费的，他喋喋不休地向来访者介绍着林美的生平事迹，终于有一天，他开始毫不含糊地收起费来。

林美对自己的小说从来评价不高。她一直认为自己如果再用心一点，她的小说会写得更好。让林美引以为自豪的是她的旧体诗词，她的词不仅是功力深厚，而且的确成了她一生的寄托。如果没有旧诗词这种古老而且陈旧的形式，她一生的不幸将更不堪回首。早年被丈夫抛弃，后来又几乎和三个女儿断绝往来，进监狱，遭批斗，贫病交加，人生的种种愁苦，除了一字一血地在纸上呻吟，实在没有什么别的排遣办法。正因为如此，林美真应该好好地感谢旧体诗词，感谢这种在别人看来已经死亡的艺术形式。

没办法知道林美一生究竟写下了多少首词。林美的二女婿见过她用清丽娟秀的小楷抄了厚厚的几大本。晚年的林美曾让他去查找过她当年写的小说，这时候“四人帮”已粉碎，林美也病入膏肓。女婿到处托人，总算找到一本民国三十三年出版的《平行》，借的人是林美当年的崇拜者，书是答应借了，但是限日子归还，并要求一定不许损坏。女婿如获至宝，送去给林美看，林美躺在床上看了两天，第三天，便将那本纸张早就发黄发硬的《平行》扔在搪瓷脸盆里，然后点上火烧掉了。

巨大的寂寞伴随了林美的一生，越是到了晚年，她越是经常做出一些不合情理的古怪举止。二女婿是从一位老中医的父亲那里，知道他岳母的古典诗词写得不错。由于林美没有公费医疗，女婿总是用自己的医疗证为她配药，有一次，一位年龄不小常为二女婿开药的中医，心血来潮地说自己还健在的老父亲想读读林美的词集，因为他老人家也有对这种陈旧老古董的嗜痂之癖。林美先是不近人情地拒绝了这一请求，后来勉勉强强算是答应，说既然是真喜欢，送一本给他就是了。老中医的父亲对林美的词爱不释手，读着读着，老泪纵横，从现实生活中移入词的境界中不肯出来。老人家用一句话概括了自己的强烈感受，这就是想不到自李清照之后，还有人能写出这么绝妙的好诗词来。这话传到林美的耳朵里，引起她好大的不高兴，认为这话算不上什么了不起的夸奖。林美恃才傲物，觉得自己的词本来就好，而且在李清照之后，能写出好诗词的女诗人也不在一个两个。李清照的诗词固然写得不错，可惜她的俗名太大，因此也太霸道，把别人应有的光辉全遮住了。

林美要女婿立刻把自己已送人的词集要回来。女婿感到很为难，又拗不过她，不得不硬着头皮去讨。老中医的父亲不敢割人所爱，马不停蹄赶紧亲自动手抄，允诺一抄完了立刻归还，老人家毕竟年龄太大，字写多了，血压也跟着升高。林美知道了，更不答应，说自己写了一辈子词，过去没打算给别人看，现在也不想献丑让人看。她不停地写，只是为了给自己看。她又哭又吵，毫无道理地大闹了一场，弄得女婿里外都难做人。最后还是老中医想出来了折中办法，他将林美的词集送去复印了一份，才算把这场风波平息下去。

这本复印的词集是林美留下的唯一一本旧体诗词集。不知道这本词集在她所写的大量旧体诗词中究竟占了多大的比重。反正林美在她临终前，将她所有的诗词统统烧掉了。不仅是诗词，就连那些留有她手迹的纸片，也烧得一张不剩。大约从一九八二年的秋天起，寂寞中的林美开始屙血，是那种黑黑的柏油一般的血块。二女婿每次去，她都和他说自己屙血的事。

"我就要死了，你知道不知道？"林美叹着气说。

类似的话，林美已经说过许多遍，女婿都听腻了。

两位博士生在梅城待了近十天离开。他们原来打算去凭吊林美女士的墓，但是据林美的小女婿说，当年根据林美女士的遗嘱，就将她的骨灰盒留在了火葬场。既然林美连自己最好的词集都不肯留下，有没有一座她的墓当然算不了什么。女博士生总感到有一种说不出的遗憾，那位男博士生安慰她说，这世界所以有趣，就是因为有了一些遗憾。要是这世界上的事情都称心如意，恐怕反而没有什么意思。美并不等于完美，美常常只是一种残缺。

在这十天里，从第三个晚上开始，两位博士生天天睡在了一张床上。虽然他们要了两个不同的房间，屡屡做出十分本分的样子，然而招待所的那位留守副所长一眼就看透了他们的把戏。有一天天刚亮，这位唯一的既担任领导又负责服务的留守人员，拎着新装满的热水瓶，用钥匙打开门走进来，堂而皇之地站在他们的床头，用一种准备冷嘲热讽的眼神看着他们。两位博士生装着没睡醒，最后终于明白如果他们不做些什么解释，这位副所长就不会离去。

“我们已经领过结婚证了，”男博士生坐了起来，想做出不在乎的样子，结结巴巴地说，“真的，我们不骗你。”

副所长怔了一下，生硬地说：“你们这样不好。”

男博士生又很书呆子气地说了句什么，并且极尴尬地赔着笑脸，那副所长嘟嘟囔囔走了。这一天，因为天亮时发生的这点不愉快，女博士生一整天都板着脸。她觉得他们为了省钱，住在这家招待所就是个错误。她觉得那服务员是故意出他们的洋相。这是他们在梅城待过的最后一天，临离开这座城市前，他们去了一趟市立图书馆。在图书馆，女博士生第一次亲眼见到了留在旧卡片上的林美的手迹。那娟秀的小楷是过去生活的写照，女博士生仿佛第一次真正感受到了已经逝去的林美的存在，她就存在附近不远的地方。女博士生似乎都能感受得到她浓重的呼吸，透过时间的纱雾，她仿佛能见到林美当年正如何一笔一画，废寝忘食地写着这些卡片。

两位博士生是乘夜车离开梅城的。是一列路过的慢车，很肮脏，发车的时候就已经晚点了。在车厢里，在昏黄的车灯下面，男博士生出人意料地掏出一张图书馆的卡片。这卡片是他趁人不注意的时候偷的，他知道女博士生会喜欢这张留着林美手迹的卡片。

1994 年 2 月 20 日

蒙泰里尼

记忆总是靠不住，小说家契诃夫逝世，过了没几年，大家为他眼睛的颜色争论不休，有人说蓝，有人说棕，更有人说是灰色。同样的道理，历史也靠不住，有人进行了认真研究，考证出胡适先生并没说过那句著名的话，他并没有说“历史是个任人打扮的小姑娘”。但是我们更愿意相信，胡适确实是说过这句格言，有些话并不需要注册商标，谁说过不重要，大家心里其实都明白，历史这个小姑娘不仅任人打扮，而且早已成为一个久经风尘的老妇人。

一九七四年初夏，我高中毕业了，接下来差不多有一年时间，都在北京的祖父身边度过。这时候，我读完了能见到的所有雨果作品，读了几本爱伦堡的《人，岁月，生活》，读海明威读纪德读萨特，读帕斯捷尔纳克的《日瓦格医生》，读了一大堆乱七八糟的东西。我胡乱地看着书，逮到什么看什么。事实上，北京的藏书还没有南京家中的多，我小小年纪，看过的世界文学名著，已足以跟博览群书的堂哥三午吹牛了。

这一年，民间正悄悄地在流传一个故事，说江青同志最喜欢大仲马的《基督山恩仇记》。记得有一阵，我整天缠着三午，让他给我讲述大仲马的这本书。三午很会讲故事，他总是讲到差不多的时候，突然不往下讲了，然后让我为他买香烟，因为没有香烟提精神，就无法把嘴边的故事说下去。这种卖关子的说故事方法显然影响了我，它告诉我应该如何去寻找故事，如何描述这些故事，如何引诱人，如何克制，如何让人上当。

也许《基督山恩仇记》就藏在三午身边，否则你不得不佩服他的记忆力，我们都知道，栩栩如生地把一个故事复述出来并不容易。我为基督山伯爵花了不少零用钱，三午是个地道的纨绔子弟，有着极高的文学修养，他不仅擅于说故事，还常会写一些很颓废的诗歌。我不止一次跟人说过，谈起文学的启蒙，三午对我影响要远大于我父亲，更大于我祖父。

三午是位很不错的诗人，刘禾女士主编的《持灯的使者》收集了《今天》的资料，其中有一篇阿城的《昨天今天或今天昨天》，很诚挚地回忆了两位诗人，一位是郭路生，也就是大名鼎鼎的食指，还有一位便是三午。这两位诗人相对北岛多多芒克，差不多可以算作是前辈，我记得在一九七四年，三午常用很轻浮的语气对我说，谁谁谁写的诗还不坏，这一句马马虎虎，这一句很不错，一首诗能有这么一句，就很好了。

关于三午，作家阿城回忆八十年代的文章里有这么一段，很传神：

三午有自己的一部当代诗人关系史。我谈到我最景仰的诗人朋友，三午很高兴，温柔地说，振开当年来的时候，我教他写诗，现在名气好大，芒克、毛头，都是这样，毛头脾气大……

振开就是诗人北岛，毛头是诗人多多，而芒克当时却都叫他“猴子”，为什么叫猴子，我至今不太明白。是因为他一个绰号叫猴子，然后用英文谐音给自己起了一个笔名，还是因为这个笔名，获得了一个顽皮的绰号。早在一九七四年，我就知道并且熟悉这些后来名震一时的年轻诗人，就读过和抄过他们的诗稿，就潜移默化地受了他们的影响。“希望，请不要走得太远，你在我身边，就足以把我欺骗。”除了这几位，还有许多稀奇古怪的人，有画画的，练唱歌的，玩音乐的，玩摄影的，玩哲学的，叽里呱啦说日语的，这些特定时期的特别人物，后来都不知道跑哪去了。

有一个叫彭刚的小伙子给我留下很深刻印象，他的画充满了邪气，非常傲慢而且歇斯底里，与“文革”的大气氛完全不对路子。在一九七四年，他就是凡高，就是高更，就是摩迪里阿尼，像这几位大画家一样潦倒，不被社会承认，像他们一样趾高气扬，绝对自以为是。新旧世纪交汇的那一年，也就是 2000 年 12 月，在大连一个诗歌研讨会的现场，我正坐那等待开会，突然一头白发的芒克走了进来，有些茫然地找着自己的座位。一时间，我无法相信，这就是二十多年前见过的那位青年，那位青春洋溢又有些稚嫩的年轻诗人。会议期间，我们有机会聊天，我问起了早已失踪的彭刚，很想知道这个人的近况。芒克告诉我彭刚去了美国，成了地道的美国人，正研究什么化学，是一家大公司的总工程师，阔气得很。

一时间，我不知道说什么才好，就好像有一天你猛地听说那个踢足球的马拉多纳，成了一个弹钢琴的绅士，成了一个优雅地跳着芭蕾的先生，除了震惊之外，你实在无话可说。

除了写一些很颓废的诗歌，三午还幻想着要写小说。当作家是他从小就有的梦想，他很羡慕我父亲的职业。父亲是一名职业编剧，虽然也没编出什么了不起的剧本，可是坐在家里就可以拿工资，不用像他那样，靠泡病假才能不去农场上班。

“人生如果能像叔叔那样，”三午不无感叹地说，“成天名正言顺地在家待着，不用看人脸色，这样多好！”

三午认为作家中最牛的就是诗人，然后是小说家，最后才是编剧。虽然诗人的地位最牛，三午又认为小说家更厉害，因为小说家必须身兼两者之长，既要有诗人的激情，又要有编剧会说故事的能力。基于这样的认识，他决定要从诗人的神坛上走下来，正经八百地准备写小说。当然，既然要写，那就应该是长篇小说，世界名著基本上都是大部头，《战争与和平》有四卷，《悲惨世界》有五卷，《人间喜剧》就更多了，甚至没有人能说出它究竟有多少本。长篇小说才是文学殿堂的正宗，短篇和中篇都是一些故事，三午觉得伟大的小说可不能仅仅只是故事。

从准备写小说，到开始写小说，有一段非常漫长的路。有一段日子，三午绘声绘色地说了一段《基督山伯爵》，然后就接着兜售自己的私货，向我描述他准备要写的那个长篇小说。他踌躇满志，神气活现，已经开始准备提纲了，不断地进行人物分析，琢磨故事的走向，一次次推倒重来。在三午看来，大仲马的故事的确很好玩，很吸引人，然而还算不上最挺尖。用今天的话说，大仲马是个不错的作家，却远远谈不上第一流，还算不上什么文学大师。在三午眼里，世界上最伟大的作家是俄国的托尔斯泰，是俄国的陀斯妥耶夫斯基，是法国的雨果和巴尔扎克。十九世纪显然要比二十世纪更厉害，青出于蓝未必就胜于蓝，生姜还是老的辣，在二十世纪作家中，他能看上的只有两个人，一个美国的海明威，一个是德国的雷马克。

在一九七四年，正是“四人帮”最得意的时候，林彪早已经垮台了，有一些老干部开始恢复工作，然而明显受到了“四人帮”势力的打压。整个社会风气还是非常的左，文化氛围更像是没有绿地的沙漠，当时最流行的词是批林批孔，是反对复辟倒退和右倾回潮。那段时候，我百无聊赖，时间都花费在两个人身上，一个是老人，是我八十岁的祖父，还有一个泡病假在家的闲人，也就是这位堂哥三午。大家都是无事可做，时间多得恨不能拿来送人。

有一天，在南京的父亲寄了一大包新书过来，是一堆当时刚出版的文学丛刊《朝霞》。自从“文化大革命”开始，文学这词开始变得陌生，成天都是运动，好像已没有人再写小说了。《朝霞》意味着一个新的开始，父亲的意思很明显，大约是想让我们与时俱进，了解一下活生生的当代文学，让我们知道什么才是最新的文学潮流。然而无论是年逾八十的老祖父，还是我这高中毕业在家的小伙子，对“四人帮”时期的创作都没有一点兴趣。我们都是匆匆地翻了翻，就把那堆新书扔到一边，再也不想去碰它们。

然而三午却表现出了极大的热情，他一本接一本仔细地看，一边看，一边不时冷笑。在吃饭桌上，他笑着向祖父汇报，讲述自己看到的某些有趣，三午的最大能耐，就是能够把很多很无趣的玩意，通过描述，通过适当的加工，把不好玩变得好玩，把无趣变得有趣。这一堆崭新的《朝霞》丛刊给了三午极大的信心，他不止一次地笑着对我吹嘘，也不止一次对那些前来串门的狐朋狗友扬言，说自己即将要写的那个小说，比《朝霞》不知道强多少倍。俗话说，知己知彼，方能百战不殆。俗话又说，有比较才有鉴别，有鉴别才知道好坏。经过一番认真的比较和鉴别，三午得意洋洋地宣布：

“这些破玩意如果也是小说的话，那我要写的，恐怕就不是小说了。”

那一段时间，与三午来往最密切的是毛头。毛头要比三午小九岁，比我大六岁，他三天两头会来，来了就赖在了长沙发上不起来，跟三午聊不完的诗，谈不完的音乐。他们两个聚在一起，颇有些英雄相惜的意思，都喜欢写诗，都喜欢音乐，都死皮赖脸地泡长病假。就在三午兴致勃勃打算要写小说的那几天，毛头也不知跑哪去了，起码有一个多月不见踪影。终于毛头来电话了，问三午有没有某个女孩子的消息。

三午迫不及待地说：“别光想着什么女孩子了，毛头你这是怎么回事，怎么也不上我这儿来玩了，哥有点想你了。”

毛头就在电话那头嚷嚷，说：“想什么呢，是不是还惦记着让我请你涮羊肉，三午，不是我要说你，就你那吃相那德性，我真不知道说什么好。”

“不吃涮羊肉，”三午挺了挺腰，说，“哥要大干一场，要写小说了。”

毛头没听清楚：“什么，谁写小说？”

三午对着话向大喊：“谁？我，我叶三午！”

毛头总算来了，三午急猴猴地向他讲述自己要写的小说，这个故事已跟周围的人唠叨过许多遍，最后又在我眼皮底下，又兴致勃勃地说给毛头听。在一开始，毛头似乎还有些勉强，懒洋洋坐在那，无精打采，渐渐地人坐直了，开始聚精会神。

三午终于说完了故事的梗概。

毛头怔了一会，不甘心地问：“完了？”

三午很得意，说：“完了。”

毛头沉默了一会，短暂的沉默让三午有些发怵，有些紧张，他一直觉得毛头才是知己，眼光独到，最能够理解自己的想法。

毛头突然从沙发上跳起来，说：

“你小子行呀，这个我怕是得向你致敬，你太他妈有救了，这绝对棒，三午，你一定得写出来。”

三午花了很多时间，准备写他的小说，没完没了地列提纲，找资料，不时地写一点小片断。不过，总是改不了说的多，做的少的毛病，和许多心目中的美好诗篇一样，三午的这部小说最后没有写出来。人们想写的好小说，永远比实际完成的要少得多。

时至今日，我仍然还能清晰地记得那个故事梗概，一名老干部被打倒了，落难了，回到了自己当年打游击的地方，从庙堂又回落到江湖。老干部非常惊奇地发现，有一位年轻人对他尤其不好，处处都要为难他，随时随地会与他作对。老干部想不明白这是为什么，他忍让着，讨好着，斗争着，反抗着，有一天终于逼着年轻人说了实话。年轻人很愤怒地说，你身上某部位是不是有个印记，说你还记不记得当年的战争年代，还能不能记得有那么一位姑娘，在你落难的时候，她照顾过你，她爱过你，把一切都给了你，可你对她干了什么，你摸着自己的良心想一想，你究竟干了什么。这位老干部终于明白了，原来这位年轻人是自己的儿子，是他当年一度风流时留下的孽债。年轻人咬牙切齿地说，你把衣服脱下来，你脱下来，脱呀。老干部心潮起伏，他犹豫再三，终于在年轻人面前脱光了自己，赤条条地，瘦骨嶙峋地站在儿子面前，很羞愧地露出了隐秘部位的印记。

三午要写的小说精华，就在于这个充满戏剧性的结尾。在一九七四年，打算写这样的小说，真有些骇人听闻。可以这么说，因为喜欢和陶醉这个结尾，因为觉得结尾很牛B，三午才决定要写这部长篇小说。他所做的所有努力，就是为了在最后的关键时刻，在冲突到达最高潮，如何戏剧性地打开藏在结尾的这张底牌。三午说，写小说就像变戏法一样，不能让别人知道你的底牌，可是你自己的心中，却一定要牢记这张底牌，记住了底牌，你才知道怎么写，你才知道写什么。

如何塑造这位老干部，让三午煞费苦心。如果是去描写一个老知识分子，这个倒不是很难，身边就有许多现成的例子。三午熟悉的只是高干子弟，在一九七四年，在“文化大革命”的背景下，三午要写的小说是标准的异类，是典型的不合时宜。这时候的老干部其实是一个中性词，谈不上太坏，也谈不上多好。同样中性的还有造反派，有些造反派出身的人，当了高官，譬如王洪文，但是实际生活中，一会这样运动，一会那样运动，绝大部分的造反派都已经被整倒了，譬如南京的造反派领袖，基本上都是五一六分子。什么是五一六呢，打一个不恰当的比譬，五一六就是“文革”中的右派，就是一个莫须有的罪名，说你是，你就是。

一九七四年的水是浑浊的，思想是混乱的，人心是惘然的。三午开始胡乱翻书，研究各式各样的革命回忆录。他给我父亲写信，让父亲把厚厚一叠的《红旗飘飘》寄给他，这一套书一共有十六本，我早在读初中的时候就已读完了。三午的计划显得十分庞大，他做出要研究革命历史的样子，然而虎头蛇尾，很快就不了了之。那么多的《红旗飘飘》两天功夫就翻完了，对于他来说，这些回忆录完全没有实用价值。

三午开始打着为人介绍对象的幌子，有意识地接触那些高干子弟。有些人本来就是他的朋友，三午将他们一个个哄来了，跟他们胡吹海侃，诱使他们说一说自己父亲的故事。有一位大眼睛美女成了三午的最好诱饵，这丫头出身贫寒，一门心思就想嫁入豪门。那一段日子，有好几位衙内落入了三午的圈套，他们对美女一见钟情，都渴望能跟她谈上恋爱。那年头并不像现在这么开放，直奔主题还不太流行，大家碰在一起，更多的时候都是在说空话。作为拉皮条的介绍人，三午的谈话十分赤裸裸，听上去甚至有些流氓。有时候更像个教唆犯，他振振有辞高谈阔论，谆谆告诫那些干部子弟，说过分地利用家庭背景去追求女孩子固然不对，然而存在毕竟是决定了现实，一点都不知道利用，有光不借，有便宜不沾，也同样是不聪明不理智。这位美女很有点没心没肺，她会拉手风琴，保留节目便是一曲《多瑙河之波》，然后再跟男孩子比试手劲，因为拉手风琴的人，手上十分有劲，那些男孩通常都很为难，输给美女心有不甘，赢了她又怕她恼怒。

一位高官的小儿子林某赖在三午客厅里不肯走，他长得很瘦小，很黑，戴一副很深的眼镜。很显然，郎有意来妹无情，剃头挑子一头热，尽管他爹是一位正省级的大员，刚恢复工作不久，美女似乎还看不上他，已经找借口先一步离去了。三午并不喜欢这位又黑又瘦的林某，然而觉得他的身世与自己要写的小说有几分相似，便忍不住对他刮目相看。林某的父亲前后娶过三个老婆，老人家功成名就，有名誉有身份有地位，而且还有女人缘，这些都让三午异常羡慕。

三午很认真地问林某，能不能说说他父亲的第一个老婆，能不能说说她是怎么样的一个女人。林某对这个问题毫无兴趣，说他不知道这个女人，说他从来没见过她。他显得有点垂头丧气，蜷缩在沙发的一角，问一句，答一句，不问他就什么都不说。三午又让他谈谈自己的母亲，林某的母亲是他父亲的第二个老婆，对于这个话题，他仍然不愿意回答，因为过去的许多年，他都是跟着父亲生活，对生母同样所知甚少。三午急了，说那就说说你的父亲吧，说说你父亲的身世。

林某不屑地说："有什么好谈的。"

三午死于一九八八年的冬天，莫名其妙的一场恶性痢疾，夺去了他的生命。多少年来，我一直忘不了三午这部未写的小说，当然更忘不了，是他打算写这篇小说时的各种神态。写作会让人得意忘形，会给人莫名其妙的激情。他总是没完没了，不断地心血来潮，而我这个小了十五岁的堂弟，不知不觉地就成了唯一的听众和看客。

历史有很多可能，小说也有很多可能。为了安排老干部私密部位的印记，三午搜肠刮肚绞尽脑汁。很显然，这个男人身上必须有一些特别的地方，也许那玩意上应该有颗黑痣，就生长在包皮上，平时看不出，非要在勃起的时候才能凸现。或者是那货色巨大，用行话说，就是有非常厉害的本钱，绝非普通人能所有。那位村姑为了养活儿子，肯定经历过许多男人，有了比较，她发现无论是谁，都没办法和他相比。这是按照女子不得不堕落的路子写，当然还有一种可能，村姑自己身上就有什么特殊记号，她应该是个纯洁贞节的女子，为他守了一辈子的活寡。解放后，这个女人曾带儿子去北京看过那个负心的男人，看他过得非常好，就没有再忍心骚扰。

上世纪八十年代的三午，再也不用泡病假，他干脆病退在家，也不需要去上班了。"四人帮"已粉碎好多年，这期间，我做过四年小工人，上了四年大学，当了一年大学老师，又读了三年研究生，开始写小说和发表小说。也不过就是十多年时间，作为当时的见证人，有机会再次谈起三午打算要写的那个小说，我们都觉得恍如隔世。这时候，三午的背已经驼得非常厉害，枕头边放着的是克里斯蒂的侦探小说，是全套香港版的金庸小说，还有两本刺眼的《花花公子》杂志。他仍然还保持着与高干子弟的交往，诗早就不写了，小说本来也没写，音乐还在听，不停地变换音响设备。因为改革开放，开始源源不断地有外国人来家里做客，三午仍然改不了喜欢拉皮条的毛病，我在他的客厅里不止一次见到非洋人不嫁的女孩，不过姿色都很平庸，完全不能与十多年前那个会拉手风琴的美女相比。

三午和我又一次谈起当年那个没写出来的长篇小说，它甚至都没有一个正式的名字，有一段时间，无论是准备写小说的三午，还是希望能看他写小说的我，都把这部未完成的作品称之为“蒙泰里尼”。蒙泰里尼是英国小说《牛氓》中那位神父的名字，这小说在“文革”前和“文革”中一度很流行。很显然，在一开始，这就是一个弑父的故事，也是一个讲述父爱的故事，说白了就是一个“文革”版的《牛氓》，就是一个“文革”版的《雷雨》。三午曾经解释过他的动机，认为自己的小说揭露了“文化大革命”的本质，这个所谓本质就是为什么要弑父。

三午和我都认为写这小说的最佳时机，就是“文革”，就是“文革”后期的那段空闲日子。对于三午来说，相对于后来，那才更像是黄金岁月。“文革”没有了，思想禁锢没有了，故事也就跟着失去意义，也就没必要再写。时过境迁，进入八十年代的三午有些气馁，很不得志，仿佛还活在十多年前，活在“文革”憋屈的气氛中，他不无牢骚地对我抱怨，说当年在《朝霞》上写小说骂邓小平的那些家伙，现如今摇身一变，一个个成了当红小说家，偷偷学写地下诗的那帮兄弟，像振开，换了个名字北岛，名气也变大了，毛头干脆改写小说，他天生是诗人，写小说怎么能写好。当然还有一句话，三午一直藏在心里，有一天终于憋不住，看完我在《收获》上发表的一篇小说，他叹气说：

“想当年你跟在后面，看我怎么写小说，现在倒好，正儿八经写小说了，你说这叫他妈的什么世道，这叫什么事呀。”

2010 年 8 月 31 日　河　西

江上明灯

1974 年夏天，记忆中两件事都与电影有关。一是我母亲单位的年轻女演员李芳芳要去拍电影，一是父亲和王文斌一起写电影剧本《江上明灯》。李芳芳人长得漂亮，导演到剧团来挑女演员，一眼就看上了，立刻选中。

王文斌家离我家不远，也可以算邻居。比我大五岁，小时候五岁差距很大，感觉比我要大得多。他的弟弟妹妹与我是同学，是一对双胞胎，姐姐王武斌与我同班，弟弟朱武斌在隔壁班。因为异性双胞，两人一点都不像，一高一矮一胖一瘦。我们只是奇怪为什么都叫“武斌”，后来才明白一个跟母亲姓，一个跟父亲姓。他家成分不太好，父亲当过国民党反动军官，因此很穷，我们学校下乡劳动，朱武斌不肯去，理由是他哥王文斌回来探亲了，如果要去农村，带走被子铺盖，他哥没办法睡觉。

王文斌与父亲一起写电影剧本的缘由很简单，他在安徽农村插队，写了一个故事，被某电影导演看中，鼓励他写电影。那时候，除了八个样板戏，能看到的电影非常少，新拍摄的国产片更少。看来看去几部外国电影，都是社会主义兄弟国家，朝鲜电影哭哭笑笑，越南电影飞机大炮，罗马尼亚电影搂搂抱抱，阿尔巴尼亚电影颠颠倒倒。很多老干部已复出，邓小平进了政治局，四届人大正准备召开，形势一片大好。王文斌基本上不明白电影剧本怎么写，无知便胆大，粗粗写了一稿，导演看了，说这不行，我帮你找几个人改改，于是找到了父亲。

除了父亲，还有个京剧团编剧老赵，有一段时间，经常在我家讨论电影剧本，剧本名字叫《江上明灯》，我曾经看过油印的征求意见稿，封面上几个美术字很醒目。俗套的英雄人物故事，情节很简单。有一天刮大风下暴雨，江面上的航标被吹走了，年迈的老支书为了过往航船安全，将小船划到江中间，手举航标灯为船只导航。

这样的故事要拍成电影，显然是个技术活。父亲很得意自己的编故事能力，觉得经过他加工和改造，故事变得越来越好看。首先老支书改了，改成年轻的美女书记，为什么李芳芳一下子被选中拍电影呢，还不是因为生得漂亮。其次，增加了阶级斗争元素，有好人，还必须有坏人，有了坏人才有戏剧冲突，才会好看。父亲的洋洋得意被母亲打断，她警告他不要忘乎所以，要提高警惕，1957 年就是太自以为是，所以犯了错误，所以成了右派。母亲这么一说，父亲顿时不吭声。

母亲从内心深处讨厌老赵，趾高气扬地过来讨论剧本，总是在快吃中饭的时候。他倒一点不见外，该抽烟抽烟，该喝茶喝茶，饮酒吃饭，好像都是天经地义，都是应该的，不吃白不吃，不享受白不享受。谁让你们工资高，谁让你们高级知识分子，活该你们有钱，有钱就得共产主义。很快，王文斌也像老赵一样，烟酒茶样样都学会。习惯成为自然，只要是在我家讨论剧本，父亲就得乖乖地提供后勤保障。母亲背后跟父亲抱怨，说难怪人家看不起你们这些拿笔杆子的，一天到晚正经事干不了，就知道蹭吃蹭喝，这叫什么知识分子，有句形容一点都不错，这叫臭知识分子，够不要脸的。

我家保姆也在背后抱怨，要临时加菜，一顿饭吃上几个小时，地上扔得到处都是烟头，浓痰吐在了痰盂边上。结论是父亲做人太窝囊，太好说话，人家明摆着拿他当冤大头，就算是57年犯过错误，就算“文革”又被打倒，也不应该这么被人欺负。然而父亲觉得根本不算事，能工作就是最美好的，一个人只要能工作，能干与写作沾边的活，就证明人生还有那么点意义，说着说着，他又有些按捺不住得意：

“小王这个剧本，很单薄，非得是我给他出出主意才行。”

父亲最得意之处，原来故事中的阶级敌人乘小船去破坏航标，改成悄悄将拴木筏的铁链解开，让木筏顺流而下，把航标灯给撞走了。这样一改，坏人的故意破坏，也有个故意破坏的样子，感觉上要真实和自然。没想到恰恰是这改动，让事情变得不可收拾。《江上明灯》一度接近拍摄，剧本一层层送审，有位领导无意中看出问题，说航标灯不是普通玩意，它象征着伟大光荣正确的党，象征着伟大领袖毛主席，航标没了，江上明灯没有了，说明什么呢，是不是有什么潜台词藏在里面。航标作为指路明灯被木筏带走了，木筏是木头捆在一起，很容易引起联想，双木成林，这木筏会不会与林彪有关，眼下正在批林批孔，这电影很可能会是一株为林彪翻案的大毒草。

一时间，大家变得有些恐慌，老赵赶紧撇清这情节与自己毫无关系，当初他就觉得不妥，隐隐地觉得不太好，曾提出过疑义，是父亲坚持认为这细节巧妙，认为这细节更真实。母亲又紧张又生气，他这一撇清，等于把父亲推到了风口浪尖。王文斌很委屈，说这不是明摆着不讲道理吗。母亲说你小伙子年轻，不知道阶级斗争的复杂，不知道写东西有多危险，很多事都是不讲道理，只要一上纲上线，问题就不得了，就会很严重，就犯错误。

父亲无话可说，眼睛瞪得多大，憋了半天，一开口便结巴：

“我们还——可以再改，”

“改什么呀，”母亲不耐烦地说，“算了，别改了。”

父亲不甘心，说：“蛮好的一个电影剧本，我们花了那么多时间。”

这事说过去也就过去，毕竟不是“文革”刚开始，“四人帮”还在台上，邓小平是主持工作的副总理，已经开始着手准备搞整顿。某种意义上来说，“文革”中的整顿，就是后来改革开放的先声。反正电影是不拍了，王文斌又开始写小说，仍然还叫《江上明灯》，将原来的剧本改成长篇小说。

王文斌有个女朋友叫阿玉，第一次见到阿玉，是他将她带来我们家。说起来很荒唐，这位女朋友，其实是别人的未婚妻。阿玉与王文斌在同一个生产队插队，早已是名花有主，已经和当地大队书记的儿子订婚。因为都是南京知青，她喜欢看小说，尤其喜欢看外国小说，听说我们家有很多藏书，一定要让王文斌带她过来。

阿玉是个很漂亮的女孩，真的很漂亮，个子不高，人很白，小巧玲珑，头发有点棕黄，长得像外国人，大家给她起的一个绰号叫小洋人。我母亲对王文斌说，你这位女朋友很漂亮，王文斌乐呵呵不说话，阿玉十分大方地纠正，说我不是他的那种女朋友，我已经有男朋友了。她这么一说，王文斌立刻很尴尬，想笑，笑不出来，最后还是笑了。

阿玉说：“你笑什么，我本来就是有男朋友嘛。”

王文斌说：“我又没说你没有。”

父亲让王文斌抽烟，他连连摇手，说不抽烟不抽烟。父亲十分奇怪，说怎么戒烟了。王文斌说他原来就不抽烟，过去要抽，也是学着玩玩。然后就瞎聊天，一起吃饭，打开书橱借书。父亲不在乎别人来吃饭，怕别人跟他借书。很长一段时间，“文革”轰轰烈烈，他的书概不外借，理由很简单，借口很充分，这些书都是大毒草，都是封资修的黑货。到了“文革”后期，大家悄悄地开始读书了，有点上进心的年轻人到处找书看，父亲虽然心痛，找不到好的理由拒绝。

母亲便说我们家这位最怕别人借书，这是用刀子在割他的肉，有些话他不好意思说出口，我来帮他说，你小王今天带了女朋友过来，我们要给你这个面子，但不能多借，借两本，顶多三本，好借好还，再借不难，你们说是不是这个道理。王文斌看了看阿玉，阿玉说好吧，我们只借三本，看完了再过来换。

这以后，过几天阿玉就会来换书看，刚开始与王文斌一起来，再后来，常常独自一个人就来了，来了也简单，只是认认真真找书看。渐渐熟悉了，会跟母亲聊天，跟父亲谈谈看过的小说，跟我却没什么话说，大约觉得一个毛孩子，跟他没什么好说的。那年头，很多知青回家探亲，都会赖在家里不回去，阿玉家经济条件好，有哥哥有弟弟，就她一个宝贝女儿，能在家里多住一天是一天。

我们开始知道阿玉的未婚夫在部队里当兵，是工程兵，已经入党了，很快要复员，一复员就准备结婚。知道王文斌曾经追过她，事实上直到现在，仍然还没死心，还在死皮赖脸地追求。知道阿玉对王文斌也动过心，她其实挺喜欢他的。知道阿玉母亲嫌王文斌家成分不好，嫌他家太穷。还知道王文斌第一次是怎么去阿玉家的，这可是一个非常有趣的故事。

有一年他们相约一起回南京过春节，在途中，王文斌嬉皮笑脸，说新年里我能不能去你们家拜个年，见见你父母。阿玉很大方，说你要来只管来，我们欢迎，不过我们家人不好客，很夹生的，他们要是对你不客气，我也没办法。当时是在长江的轮船上，从安徽回南京，都是坐船。图便宜，睡大统舱，人很多，船舱角落里有个痰盂，是有机玻璃的，看上去很脏，不过在当时，也算是一种很新的款式。王文斌目不转睛地盯着那个痰盂，说我去你们家，总不能空着手吧。阿玉笑了，当然是空着手，我跟你就是普通朋友关系，你去我们家玩，干吗还要带东西呢。

两人聊着天，说东说西，王文斌突然起身，当着阿玉的面，径直走过去，将那痰盂端起来，看了看，拿到盥洗室，很认真地将上面痰渍洗掉。恰好水池边上有一小块用剩下的肥皂，反反复复一遍遍洗干净，然后众目睽睽之下，又将痰盂拿回船舱，放回原处。阿玉很吃惊，说怎么成了做好人好事的雷锋。王文斌笑而不语，若无其事，不光阿玉吃惊，一船舱的人都觉得奇怪，都看着他。中国人有随地吐痰的坏习惯，在公共场所，谁也不会认认真真地往痰盂里吐痰，现在洗干净了，看上去像是一个没使用过的新痰盂，更没人往里吐。快下船，王文斌从旅行包里拿出几张旧报纸，很细心地将痰盂一层层包上，包裹严实了，又腾出一个网线袋，将包装好的痰盂放进去，然后像拎着一个篮球那样，大大方方大模大样地下船了。

更为精彩的部分还在后面，正月初二那天，王文斌到阿玉家做客，所带的见面礼物，竟然就是这个痰盂。我们听了目瞪口呆，不敢想象，阿玉说她也觉得难以想象，怎么可以这样呢，怎么可以在那么多人的眼皮底下，就这么肆无忌惮将公家财物据为己有。

“这玩意我们家现在还用着呢，我妈挺喜欢这个痰盂，”阿玉重提此事，仍然哭笑不得，“其实他完全可以空着手来，我妈又不明白怎么回事，我也不能把实话说出来。”

母亲觉得很好笑："想不到老实巴交的小王，竟敢做出这种事来。"

阿玉说："我也批评过他，你们知道他怎么说，他说人穷志短，没钱又要想讨好你们家人，迫不得已，只能出此下策了。"

父亲说："这话不对，人可以穷，不应该志短。"

母亲倒是愿意理解，说："也不容易，这说明小王为了你，什么事都敢去做。"

"其实我不愿意跟他，不是为了他穷，也不在乎他家庭成分不好，说老实话，我们家人也不是真在乎，主要是不赞成他写东西，"阿玉突然脸蛋通红，叹起气来，十分无奈地说，"我爸我妈都觉得写东西太危险，都觉得这行当不好，不安全，而且他写的那些东西，一点都不好看。"

阿玉这番话，母亲深表赞同，意味深长地看了父亲一眼，父亲被她看得很不好意思，信心全无，觉得这话是在说自己，简直就是冲着他去的。

阿玉的未婚夫李福全是回乡知青，在县城读中学，毕业回家，户口本来就农村。与李福全不一样，阿玉这个回乡知青从小生长在南京，是城市户口，她父亲从这出去，所以又回老家插队。

王文斌跟他们都不一样，与此地毫无牵连，他家世世代代城里人，地地道道老南京，来这安家落户，完全是被学校分配，所在中学安排的知青点就在这。刚开始，外来知青总被当地人欺负，很快颠倒过来。光脚的不怕穿鞋的，年轻人学好不容易，学坏不用教，偷吃扒拿打架斗殴，样样都干，什么都敢。两年以后，其他人都转走了，知青点只剩下王文斌一个人。

王文斌与阿玉和李福全一直挺要好，他们的关系错综复杂，都是因为参加宣传队才熟悉。有一段时间，王文斌与李福全是最好的朋友，两个人很谈得来，有共同理想，都想靠自己努力，把社会主义新农村建设好，想过要建水库，想过要修山路，不久就明白这些根本行不通。知识青年到农村，接受贫下中农再教育，说起来冠冕堂皇，用知识改变农村的贫穷落后，效果适得其反，本来就穷，结果是越来越穷。

穷不可怕，关键是没希望。王文斌自小家庭经济条件不好，为养活几个小孩，母亲不止一次偷偷去卖血。都说卖血伤身，他母亲身体一直不错，父亲身体也没多大问题，戴着一顶历史反革命帽子，逆来能够顺受，活得也还算乐观。受家庭成分影响，上大学，当兵，招工，这些好事王文斌想都不想。当知青最大好处，反正落到了最底层，不可能再糟糕。破罐子破摔，王文斌发现自己想干啥，就可以干啥，轮船上顺手牵羊偷个公家痰盂又算什么事。

王文斌和李福全不知不觉中成为情敌，突然发现对方与自己一样，都在暗暗地喜欢阿玉，而阿玉呢，也很喜欢他们。耐人寻味的是在一开始，王文斌和李福全羞答答地都不愿意承认喜欢，那年头，恋爱是见不得人的小资情调，要在心里酝酿很久才敢说出来。阿玉也不确定她究竟喜欢谁，与王文斌在一起，更在乎李福全，真跟李订了婚，又好像又有点喜欢王文斌。

大队里轮到一个大学名额，李福全那时候还没与阿玉订婚，开诚布公地跟王文斌谈话，打算把名额让给阿玉。这么说自然有理由，李福全父亲是大队书记，想让谁去就是谁去。最后阿玉也没上成大学，推荐是推荐了，不知道什么原因又被取消，好端端一个名额浪费。有一种传闻，大队书记知道儿子已看中阿玉，因此不想放她走。这以后不久，李福全和阿玉订婚，又过不久，部队来招兵，李福全便入伍了。

王文斌与李福全从没红过脸，过去是好哥们，和阿玉订了婚，仍然还是好朋友。李福全到了部队，给王文斌写信，希望他能帮自己照顾好阿玉，王文斌不知道如何回答，心里免不了有些怨恨，好事都被李福全一个人占了。晚上翻来覆去睡不着，越想越不高兴，越想越窝囊。本来只是暗暗喜欢阿玉，现在除了仍然喜欢，又多了一层惹是生非之心。那年头还不流行第三者这个词，王文斌突然下决心要豁出去，要在李福全和阿玉之间插上一脚。

于是一方面，若无其事跟李福全通信，另一方面，干脆直截了当地追求阿玉。在农村，男女之间的公开调情十分常见，找不着老婆的光棍，嫁了人的泼辣小媳妇，说起那方面话都十分露骨。王文斌说不了下流话，他很大胆地对阿玉表白，说自己喜欢她。

阿玉说："我没和李福全订婚的时候，你为什么不吭声？"

"我觉得自己配不上你。"

阿玉笑了："现在难道就能配上了？"

阿玉是句玩笑话，王文斌自尊心很受伤，准备好的台词也说不出口，他原来想说我们更般配，我们更志同道合。阿玉说你不是李福全的好朋友吗，既然好朋友，怎么可以挖他的墙脚。王文斌最不愿意听这句话，冷笑说要挖墙脚，也是他李福全先挖我的墙脚。阿玉说你这个人不讲道理，凭什么说是人家先挖你墙脚呢。

王文斌说："不管是不是，反正我觉得是这样。"

《江上明灯》的故事完全胡编乱造，躺床上睡不着，透过纸糊窗户的破洞，王文斌仰望天上的星星。天上星星很多，不知怎么的，他想到茫茫黑夜的江面，想到刚下乡第一次坐船。那时候，他们生机勃勃，看什么都新鲜。坐在甲板上看风景，四处一片漆黑，除了远远的航标灯，隐隐约约一个小红点，渐渐近了，渐渐又远了。王文斌寂寞时，觉得人生就像江面上那些漂浮的航标，阿玉是个航标，他王文斌也是个航标。为什么要写《江上明灯》这么个故事呢，说出来理由很不充分，阿玉说起她的童年理想，长大想写文章当作家，或许就因为这个，王文斌也决定写点什么，仿佛中学生写作文那样。他曾在报纸上看过一则报道，介绍守岛战士如何护卫航标灯，尽管从未见过真正的大海，王文斌很巧妙地把守岛卫兵事迹，移植到自己的故事中。事实上，最初发表在报纸上那篇稿子，也是编辑帮他加工过的。

没想到能在报纸上发表，更没想到还会有导演看中。要拍电影这事，改变了王文斌的生活轨迹。大家开始刮目相看，去大队部开证明，李福全的爹亲自加盖图章，说我儿子觉得你是个人才，看来没说错，你还真是个人才，要拍电影，这真他妈的是了不得。

印象中的王文斌，始终停留在1974年的夏秋之际。那一段日子，是他人生中最风光的岁月。很多细节其实我从来没搞清楚，只知道他一直处在借调状态。这一年，王文斌二十二岁，作为一名知青，人生最大目标，是赖在南京不回去，是想尽快离开自己插队的地方。

《江上明灯》的电影肯定是不拍了，好在又被出版社看中。一个人运气好，拦都拦不住，出版社开始重建，迫切需要合适的选题。有一段日子，王文斌殚心竭虑，努力要让自己手头这部小说，贴近火热的现实生活，要和轰轰烈烈的批林批孔结合起来，小说中反面人物也改成了姓孔，成为孔子后裔。一度还顺应形势，与邓小平主持的“整顿”有所联系，再后来形势突变，开始反击右倾翻案风，小平同志再次被打倒，在编辑授意下，他赶紧在小说中增添反邓内容。

为了能让这本书顺利出版，王文斌觉得怎么修改都行。他知道只要能出版，就可以如愿以偿地调回南京。直到粉碎“四人帮”前夕，小说才最后定稿，一校出了，二校也出了，三校过后，终于付印出版。

拿到样书第二天，他火烧火燎地赶往阿玉家，想让她先睹为快，没想到阿玉已在前一天返乡，结果最先看到样书的，反倒是不赞成他写东西的阿玉父母。

王文斌马不停蹄，赶往自己插队的乡村。阿玉看到这本书，也是心生无限羡慕，比他还要激动。毕竟是一本活生生的书，在那个荒漠年代，能出版这样一本充满了墨香的小说，真的很了不起，让人不得不打心底里佩服。世上的事情都是相对，“文化大革命”让文化跌落到最底层，可是人们内心深处对文化的热爱，对文化的敬重，并不是那么轻易就能抹去。

“阿玉，你要知道，”王文斌很认真地看着她，脉脉含情地说，“我是为了你，才会写这样一本书，你不知道，写这样一本书多不容易。”

阿玉不知道说什么好，她看着王文斌，有些感动，有些激动，不知道说什么才好。她告诉他李福全已经转业，再过两天，他就要回来了。

王文斌说：“真希望能像那些外国人一样，在书的扉页印上一行字，写上，‘献给某某’字样，这本书就应该献给你。”

两人一起到小镇上去上馆子，喝了点小酒，王文斌唠唠叨叨，说了很多近乎挑逗的话。阿玉让他别说了，老说这些没意思，王文斌红着脸，说许多事情我不能做，我没胆子做，你让人说说还不行，我就这么说了，就让我嘴上过过瘾，又能怎么样。酒越喝越多，阿玉的脸越来越红，王文斌反倒越喝越冷静，好像借着喝酒，已经把要说的话，都说完了。从镇上回去，又到了阿玉住处，王文斌说，今天能不能就住在这，怎么样，我不走了。阿玉想了想，说好吧，你就住这。

天说黑就黑，点上了油灯，两人继续说话。远远传来一阵阵狗吠，渐渐地，灯盏里已经没油，阿玉起身加油，一不小心，灯就灭了。王文斌赶紧去摸索火柴，就在这时候，阿玉跌倒在了他身上。王文斌趁黑搂住她，真搂住她了，阿玉又作势挣扎，说你不能这样，不能这样。事已如此，王文斌不打算再放弃，既然已经这样，就干脆豁出去，一不作二不休。阿玉挣扎了一会，说再过两天，李福全就回来了。阿玉又说，我可以跟你走，你真想要我，如果你真的想要，我们就一起离开这里，永远不再回来。王文斌被她的话一怔，惊住了，不知道说什么好。这本是他最想听到的一句话，真正听到以后，又有些犹豫了。阿玉感觉到他的犹豫，说你怕了，我知道你会害怕。

王文斌说:“我怕什么。”

阿玉说:“你当然是害怕。”

接下来，两个人都不说话，黑暗中搂抱在一起。这么过了一段时间，阿玉突然非常主动地亲了他一下，他也赶紧回应。一来一去，有些手忙脚乱，有些不可收拾。王文斌开始在阿玉身上胡乱摸索，她不停地打他的手，将他的手一次次拿开。有些事可以无师自通，王文斌不再犹豫，一时间，他又想到黑暗江面上的航标灯，那红红的一点，隐隐的，远远的，近了，又远了。王文斌必须抓住这次机会，阿玉已失去了抵抗力，他已经完全控制局面。终于到最后关口，王文斌跃马扬鞭，眼看着就要得逞，眼看着就要大功告成，阿玉很坚定地阻止了，用毫无商量的口吻说:

“不，不行，王文斌，不能这么做。”

热血沸腾的王文斌仿佛被迎面泼了一盆冷水。

阿玉说:“我们不能这样。”

两天以后，李福全回来了。王文斌与阿玉一起去县城迎接，接到他以后，三个人一起有说有笑地去李家。李家早已备好了酒菜，大家高高兴兴喝酒，说话聊天，说李福全部队上的事，谈王文斌的那本新书。李福全父亲说，今天这顿酒喝得好，又为我儿子接了风，又正好给你小王送行，真是一举两得，我琢磨着，你这一走，鳌鱼脱却金钩去，怕是再也不会回来了。

李福全说："人都往高处走，人家当然不会再回来，文斌干吗还要回来呢。"

王文斌许诺，李福全与阿玉结婚那天，会赶回去喝他们的喜酒，真到日子，却找个借口逃避了。大家都说这本书可以改变命运，事实也是，不久王文斌就接到回城的调令。对于无数知青来说，这是件很大的事，但是很快又证明没什么大不了。接下来，所有知青都回城，只要你想回去，都可以回。"文革"结束了，历史开始进入新时期，王文斌的好运说到头就到头，那本《江上明灯》因为大段大段文字批判邓小平，成为清算"文革"的反面典型。

有一段日子，王文斌成了臭名昭著的"三种人"，办学习班隔离审查。关押的日子里，百无聊赖，他一遍遍地回想往事，想到那段没有结果的爱情，为阿玉感到庆幸。幸好没弄假成真，当年阿玉母亲不愿意女儿嫁给他，不愿意自己女儿嫁给一个写东西的人，这样的看法显然是有道理。

王文斌没像"文革"中许多写作者那样，成为新时期文学的第一拨成名作家。虽然后来他也写过，根据创作《江上明灯》的这段经历，写了一部中篇，发表在文学刊物上，产生过一点影响，然后和写作就再也没有瓜葛。

大约是1985年，我正在读研究生，一个偶然机会，读到了王文斌的那部自传体小说。一开始，还不敢确定，是不是当年与父亲一起写电影剧本的那个王文斌，翻翻小说内容，立刻可以断定，他就是那个家伙。老实说，这小说仍然不怎么样，然而读上去很真实，起码是让你觉得真实，一点不比当时流行的名家作品差。

因为这篇小说，我了解到许多不知道的细节。譬如他被隔离审查，李福全夫妇曾到南京看望，安慰他鼓励他，他们仍然是很要好的朋友。又譬如，在与阿玉单独相对的那个漆黑夜晚，双方内心深处，都情不自禁，都犹豫不决，该发生的，不该发生的，都发生了，或者说差一点要发生。王文斌不得不承认，他对阿玉的投怀送抱产生过怀疑，吃不准她是爱他，还是爱那本新出版的小说。很显然，阿玉从冲动到冷静，最后一刻悬崖勒马，也是因为心存疑虑。她一定会想到王文斌这样的男人靠不住，不能这么轻易地就将自己的一辈子托付给他。

这以后，又过了二十多年，我一直在想，王文斌会不会又写了什么。由于自己成了作家，总觉得会在文学圈子里相遇。有一次参加苏南某城市的市民讲座，讲座结束在过道上，一个看上去完全陌生的男人将我拦住，用地道的南京话问我，还能不能记得当年有个人与他父亲一起写过电影剧本，他的话刚说完，我立刻明白他就是王文斌。

眼前的这个人就是王文斌。

王文斌说："当年我经常去你家，那时候，你好像中学还没毕业。"

王文斌又说："没想到最后你成了作家，没想到你比你父亲还强。不过说老实话，你的演讲很一般，刚开始太紧张了，后来马马虎虎。"

在过道上，我们抓紧时间聊了一会。我提到他写的那部中篇，王文斌告诉我，除了这篇小说，再也没和文学发生过任何关系。这些年来，日子过得非常一般，现如今最倒霉的一茬人，就是知青一代，年轻时上山下乡，好不容易回城，进工厂当工人，结婚生子，离职下岗。最糟糕的那些事，都轮到了，他告诉我，因为一个熟人介绍，眼下正在这打工，这个城市对他来说完全是陌生的。

已订好回程票，不可能聊很长时间，说了一会，匆匆告辞。很多话刚开头，就结束了。我很想知道他当年的朋友李福全情况，王文斌说已很久不联系，说这家伙早就是富翁，说他是一家私营企业老板，据说规模很大，儿子大学毕业，正准备回去接班。王文斌当年插队的地方，依然很穷，先富起来还是那些手上有权的干部。有些人富了，能富起来还是少数。打听阿玉的消息，虽然已过了很多年，我仍然能记得她的模样，当年的阿玉可真是漂亮。王文斌迟疑了一下，很尴尬地笑了，笑了一会，说李福全现在这么有钱，她肯定差不了。这年头只要有钱，俗话说得好，有钱能使鬼推磨，人家都成了大款，是大老板，还有什么好说的。

2015 年 8 月 25 日　北戴河

走向冬天

1

树叶发出的声音，变了

腐烂的果核，刺痛路人的双眼

这是我非常喜欢的一位诗人的一首诗的开头，作为一名职业写作者，一个成天与汉字打交道的作家，我通常不会有这样的行文，不会在一句话中，连续出现三个“的”。今天却是例外，竟然在这篇小说开头，很认真地写下了如此不伦不类的一句：

“我非常喜欢的一位诗人的一首诗的开头。”

汉语中的“的”最好少用，能不用则不用，它是结构助词，会让我们的文字变得笨拙，变得慢腾腾，变得一本正经。但是，但是我还是忍不住，还是要说一句，我喜欢这位诗人，喜欢这首诗，喜欢这首诗的开头。

事实上，我正是在念叨这首诗的时候，遇到了江边散步的浦锡金。完全是一次非常意外的偶遇，浦锡金是我曾经的一名学生，我们当时都在江边散步，无意中他看到了我，认出了我是谁，试着喊了一声。我吓了一跳，一时想不起他是谁。时间已过去三十多年，老师和学生都完全改变了模样。他所以能认出我，是因为看到了报纸上刊登的照片，因为照片，他发现了当年那个喜欢写小说的老师已经成了老家伙。

江边有棵很大的银杏树，正好是个高坡，银杏树就栽在高坡上。进入秋天，银杏树叶开始发黄，渐渐变成金黄，开始像花瓣一样坠落，地上铺了一层厚厚的金色落叶。偶尔会有行人过来捡几粒银杏，空气中飘浮着一种酸酸的气味，那是腐烂的银杏散发出来，谈不上好闻，然而还是可以忍受。自从那次与浦锡金的偶遇，接下来一段日子，我和他经常会在江边碰头，经常会在这棵银杏树下聚会。我们吃惊地发现，大家竟然是在同一个小区。当然，更准确地说，是浦锡金的儿子住这里。为什么要住到儿子这来，他没说，我也没好意思问。

小区太大，十几栋五十多层的高楼，像竖起的一条条街道，密密麻麻住着无数居民。说起来也算是邻居，住在这样的高楼群里，老死不相往来也很正常，很显然，我们只不过是都习惯在一个相同时间，到江边来散步。

2

在江边散步，我们会漫不经心地聊天，回忆过去。有一天，浦锡金故作轻松地跟我解释，因为身体不太舒适，所以住到儿子这边来，江边景色好，更适合他休息，可以让他的情绪更稳定一些。我微笑着点了点头，由于没接他的话茬，我们的对话没办法继续下去，他欲言又止，仿佛在说，我的那些事，你既然知道，你肯定知道，也就没必要再说下去。他不往下说，我呢，似乎也不太方便追问。虽然听说他有抑郁症，听说他曾经自杀过一次，但是这种事，有些事，人家不主动跟你说，你也不太能问。

银杏树的落叶太美了，有那么几天，几乎天天都要在那棵大银杏树下徘徊，南京的秋天十分短暂，满地的银杏叶，预示着匆匆而来秋季，很快就要匆匆而去。我想起自己当年做老师时的情景，那时候我还年轻，同学们更年轻，组织开联欢会，男生女生各自才最要出节目，浦锡金上台朗诵，朗诵的是高尔基的《海燕》，声音很高亢。他的普通话不太标准，结尾时为了表现有力，两手高举，做出一个要展翅高飞的造型，惹得全班同学哈哈大笑。

事实上，我那时候只做了一年的大学老师，当过一年班主任。这个老师和班主任很不合格，对学生基本上是放鸭子，绝对地放任他们，学生想干什么就干什么。期末考试监考，大家抄来抄去，根本不把我这个监考者放在眼里。我当时已考上了其他学校的研究生，马上就要离开这所学校，同学们也因此不把班主任放在眼里，根本就不把我当回事。我也不愿意把自己当回事，除了监考时放任同学们抄来抄去，政治学习干脆给大家放录音带，让大家自己看报纸。

我所在的那个大学，太讲规矩，用老先生的话来说，就是中学加衙门。平时对学生管得挺严，当班主任的基本上都是老妈子作风，恨不得什么都要管，什么都要过问。我成了一个特殊的异类，什么都不想管，什么都不愿意过问。同学们对我不仅不反感，甚至说是挺拥护。到了节假日，按规定，班主任要根据学校要求，对同学三令五申，要说明这个，要强调那个，反复说明注意事项。我觉得没必要说那些废话，开玩笑地对班上的同学说了一句：

“放假了，你们爱干什么干什么，别闯祸就行，别让我最后去派出所领你们。”

三十多年过后，在江边散步，重温这段经历，浦锡金说我们做学生时，都觉得你这个班主任很不一样，我们都喜欢你这样的老师。他说我们都还能记得你当时的神情，当时说的那些话，包括说不要让我去派出所接人，当时你真敢讲，我们当时就想，你这样的人，应该成为作家。他的话让我觉得惭愧，当年其实就是不负责任，不想负责任。事实上，我连班上同学名字都叫不全，能记住浦锡金，不是因为他喜欢文学，喜欢写诗，写过几首并不怎么样的诗，而是这个人的名字发音，竟然与俄国诗人“普希金”相同。

我那时候已开始写小说，喜欢和同学们吹牛聊文学，喜欢推荐外国小说。浦锡金曾问我借过一本书，苏联作家阿克肖诺夫的《带星星的火车票》。那时候，他的志向也是以后要当一位作家。借这本书的理由很简单，因为他想当作家，于是我就多事，觉得这本书值得读一读，尤其适合他这种想当作家的年轻人阅读。结果因为我的推荐，他开口向我借阅，借了就没还过。说好看完立刻物归原主，一直到我要离开那个学校，他也完全没有归还的意思。

他也许早把这事给忘了，在江边一起散步，我仍然还为当年借的那本书耿耿于怀。虽然过了三十多年，借书不还的疙瘩依旧没解开。古人说过，借书一痴，还书一痴。意思是说，书是不能随便借的，借书给别人是痴，借了别人的书，竟然还想到归还，同样也是痴。站在大银杏树下，脚下全是金色的叶片，我想到重提当年的借书，很想告诉他，借书不还这事我还没忘记。没忘记的原因，不是觉得这本书多么珍贵，而是它让我觉得自己有些书呆子，干吗非要把自己喜欢的书借给他。事实上，浦锡金根本算不上什么读书人，在借书的时候，我就想到这书很可能会有去无回。

浦锡金不当回事地拿走了这本书，显然不是觉得这本书好，不是因为喜欢这本书，才占为己有，压根就是把这事给忘了。当时真是太傻，想到会有不愉快的结果，为什么又要把书借给别人。时至今日，重新进行评价，作为“文革”时代的一本禁书，阿克肖诺夫的《带星星的火车票》谈不上是多好的苏联小说，对我个人影响却非同小可。在这本书背面，印着“内部读物，供批判使用”字样，恰恰是因为这几个字，它成了我们当年要追逐的时髦读物。当然，与这本书差不多一起让大家追捧的，还有苏联作家爱伦堡的《人·岁月·生活》，帕斯捷尔纳克的《日瓦格医生》，法国作家萨特的《厌恶及其他》，加缪的《局外人》，英国的《愤怒的回顾》，美国的《乐观者的女儿》。

3

事实上，我当年的学生中，虽然读的是中文秘书专业，虽然很多人都表示以后要从事文学，都做过作家梦，后来真正和文学发生关系的人，几乎没有，甚至可以说一个也没有。文学只是一场春梦，文学的热情说过去就过去，大多数学生都成了官员，毕业的时候，正赶上各级政府各机关急需年轻人，于是他们应运而生，步入官场，一个个很容易地就成了国家的公务员。

浦锡金毕业，分配去区财政局，进了办公室，很快成为局长大人最信任的笔杆子，入党提拔，顺风顺水青云直上。过去这么多年，虽然在同一个城市生活，我们从未见过面。断断续续有些他的消息，都是如何得意，怎么牛 B，官的级别并不算太高，掌握的权利却很大，位置十分重要。据说有段时候，他逢人就忍不住显摆，见人就会问，一定会问，要不要贷点款，有没有什么好的投资项目。

上世纪九十年代中期，文学书籍没有市场，出版社追求经济效益，出书比较困难，或者说非常困难。浦锡金出过一本诗集，这本书的责任编辑小杨，正好也在编我的一本小说集，有一次谈起浦锡金，说你这位学生很牛，很厉害，抱了一堆诗稿来出版社，问能不能为他出一本书。最初没有一个编辑肯接手，结果浦锡金就直接捧着他的手稿去总编室，也不知道他在那撂下了一句什么狠话，留了张自己的名片在那，扬长而去。然后呢，然后总编把那堆诗稿交给了小杨，说你看一下，把个关，看能不能出。

小杨说："看过了，不能出。"

总编说："那就再看看。"

"不用再看，就是写得不怎么样。"

这本诗集最后还是出版了，浦锡金大大咧咧地对小杨说，现在很多人出书都要自费买书号，反正他是不会花这个冤枉钱，不过听说自己老师也要在这出书，如果需要有什么赞助，如果有困难，他可以考虑帮这忙。言下之意，如果需要的话，他可以为我，也就是他曾经的老师，掏钱买个书号。当时的出版社，对是否要出版我的小说集，正处在犹豫之中。

我对浦锡金的一些了解，基本上都是二手，都是听别人描述。他如何出轨，怎么离婚，离婚以后，又如何如何，怎么样怎么样。他的前妻沈月也是我当年的学生，他们是一个班的同学，大学毕业分配去了市政协。沈月父亲属于市领导级别，我当班主任那段时间，曾分管过我所在这个城市的公共建设。沈月长得挺漂亮，大眼睛，翘鼻子，不高的个子，性格十分外向。班上好多位男生追求过她，临了，还是浦锡金过关斩将，扮演了最后的胜利者。

沈月和浦锡金有个儿子，有一年，省里组织去苏北的兴化看油菜花，她正好是负责接待的领队之一。那时候，沈月已跟浦锡金离婚，很愿意与我这个已经成为作家的当年老师聊天，并不避讳谈自己的婚变。不止不避讳，而且还不断地要说：

“离婚不是什么大不了的事，离就离吧。”

关于浦锡金的话开了头，只要有机会，沈月会滔滔不绝说下去。

“离婚有时候就是赌那么一口气，说给别人听都不会相信，当时真要离婚的，你知道是谁，竟然是他，竟然是浦锡金。你说这事好玩不好玩，他的脑子真是出了问题，明明是他犯错，明明是他出了轨，过错方全在他，他可真是错大了，临了，一本正经想要离婚的，却还是他。”

重提往事，沈月显得很坦然，很漠然。我们坐在看油菜花的游船上，周围是一块块大小不等的金色垛田，风景如画，船娘在慢悠悠地划桨，其他的人都在拍照，一边欣赏油菜花，一边感叹发议论。沈月此时无心观赏美景，手上抓着一把油菜花，她告诉我，自己发现浦锡金出轨，纯属偶然，完全是个意外，因为根本没想到过会发生这种事，沈月说她绝对不会想到浦锡金会背叛自己。

有一段时间，单位里一个某领导，总是在骚扰沈月。官场上，这样没出息的无聊小领导，并不少见，考虑到沈月的家庭背景，这家伙也可以算是色胆包天。先还只是语言骚扰，动不动故意对沈月说黄段子，渐渐不太像话，越来越过分。最为可恶的一点，他常常当着别人的面，故意表现出他们的交往非同一般，暗示两人之间的关系不同寻常。沈月忍无可忍，干脆就跟他撕破了脸，脸一撕破，这个小领导开始处处给沈月小鞋穿。

那是她非常苦闷的一段时期，作为一名干部子女，沈月养尊处优，很少被人这么欺负。有些事情挺为难，既说不清楚，也抓不住把柄，没地方说理，打不了官司。单位里一位有过类似经历的女同事告诉沈月，遇到这种事，对付这种无聊男人，最好的办法就是让自己老公出面，将他痛打一顿。女同事老公是打篮球的，有一次来单位找小领导算账，就在电梯里，一把抓住他胸前衣领，往上这么一顶，双脚已经离地了，然后照他眼角就是一拳。

沈月告诉我，有那么一段时间，她也真心希望，希望浦锡金能像女同事老公一样，狠狠教训一下这家伙，起码是扇他两个耳光。浦锡金是个书生，听了沈月的故事，不说无动于衷，反正也没太当回事。也就是在那段时间，浦锡金突然提出要去健身房学习柔道，这让沈月很吃惊，问他为什么，为什么会突然想到要学习柔道。浦锡金解释说原因很简单，就是为了健身，说别人送了两张健身卡，不用掉也是浪费。

浦锡金不光自己上柔道课，还拉着沈月一起去锻炼。那段时候，他们的儿子刚上小学，平时是退休的外公外婆帮着照料，沈月夫妇通常是在外面先上个小馆子，然后再去健身房锻炼出汗。是那种很高档的 VIP 健身卡，刚开始，沈月还当回事地上过几天瑜伽课，很快没了兴趣，只是在跑步机上慢步小跑，心不在焉地看看电视连续剧。

因为上柔道课，浦锡金在家也会偶尔露几手，摆出几个造型。他告诉沈月，日本人玩的柔道，看似漫不经心，其实以动治静，跟中国的太极拳道理差不多。沈月父亲退休后，喜欢国学，动不动掉书袋，听说女婿在练习柔道，便说柔道起源中国汉朝，说汉朝有位皇帝喜欢柔道，这位皇帝的国策就是以柔道治国，柔能制刚，弱能制强，所以汉朝十分强大，在当时是世界上最厉害的国家。浦锡金对退休的老丈人，早就不像过去那么尊重，当面不敢说什么，背后冷笑着对沈月说：

“中国人就是喜欢自大，柔道这玩意，怎么可能起源于中国，真是笑话。”

4

沈月与浦锡金的离婚，可以说非常戏剧性，纸包不住火，她终于发现了丈夫出轨的蛛丝马迹。若要人不知，除非已莫为，不过，最让沈月气愤，浦锡金练习柔道，不是要为自己老婆出头，不是为了帮沈月教训那位不怀好意的小领导，只是为了要保护自己。与浦锡金有一腿的那位女士老公，一所中学的体育老师，对太太的不忠已有所察觉，一直在扬言要与给自己戴绿帽子的男人决斗。

结果想象中的决斗并没发生，体育老师与老婆轰轰烈烈吵了一架，扇了她几个响亮的耳光，便干干脆脆把婚离了。这女人与男人离了婚，一门心思地要求浦锡金兑现承诺，依葫芦画瓢，他也应该跟老婆离婚，应该离了婚再娶她。浦锡金有些为难，很为难，他觉得自己必须要有骑士精神，要像个绅士。所谓骑士精神，就是如果人家男人找上门，要跟他打架，要决斗，他必须像个男人一样奉陪。所谓绅士风度，就是既然答应了要娶人家，就算是心里不是真的情愿，就算是想反悔，也要说话算话。

浦锡金于是要离婚，坚决要求离婚，离婚的理由冠冕堂皇，自己罪有应得。沈月父母坚决支持女儿离婚，这样的混账女婿，有多远就应该让他滚多远。沈月家没有男孩，五朵金花，个个都嫁了有出息有前途的男人。她最小，在家里也相对最得宠，老爸虽然退休失势，可是姐夫们一个个势头正旺，论头衔论级别，谁都比浦锡金更厉害。沈月母亲对女儿说，姓浦的现在用不着你爸爸了，想当陈世美，你就让他当好了，他当年追你的时候，就没安什么好心。

沈月愤愤地告诉浦锡金："我妈还说你是陈世美，她其实也是高看你了，你算哪门子的陈世美，连陈世美的边恐怕都沾不上。人家陈世美好歹还中了状元，好歹还是让人家千金小姐给看上了，你呢，就是个狗屁，就是一坨狗屎。"

浦锡金说："我确实就是个狗屁，你就把我当一个狗屁放了算了！我就是一坨狗屎，你就把我当狗屎给屙掉吧。"

沈月说："你确实是个狗屁，你确实是坨狗屎。"

沈月说："浦锡金我就跟你把话挑明了，你不是什么陈世美，我当然也不是秦香莲，我不仅不是秦香莲，更不会是什么'陈人美'，知道什么叫'陈人美'吗，你不要摇头，我告诉你，就是要专门要成人美事，我告诉你，我不是雷锋，我不会成全你的，你想都不要想。"

沈月打定主意不跟浦锡金离婚，她告诉他，自己所以会这么想，会这么做，只是因为她已经不爱他了，如果是爱，如果还爱，她会立刻撒手，会立刻成全他。可是她现在不爱了，爱已随风而去，爱悄悄溜走了，所以偏要跟他作对，就要为难他，就是不成全他，就是不离婚，就是要存心耗他，耗死他。性格倔强的沈月从来不是什么省油的灯，她主动给那女的打电话，约她到外面喝茶，谈话，把该说的话全都挑明了。

浦锡金在这场离婚大战中筋疲力尽，一个死逼着要离婚，一个誓死不离，离和不离都好像是在赌气，都好像是在说气话。一个说，最后跟不跟我结婚无所谓，只是你答应我的，说好大家一起离婚，现在我真的离了，你必须也要离。另一个说，谁都在劝我离婚，我们家上上下下，如今都跟你一样，都恨不得让我能够立刻同意离婚，偏偏我这人就这毛病，不听劝，就是这样跟别人不一样，大家越是越要我离，我就越是不离，坚决不离。有一天，大家都不希望我离婚了，都劝我不要离婚的时候，我呢说不定，说不定就会跟你离。我告诉你，在这点上，我沈月就是要和别人不一样。

沈月真是说话算话，真是说到做到，等他们的儿子考上了一所好初中，看上去很多事都已经过去，都已经风平浪静，沈月突然与浦锡金离了婚。说离就离了，完全出乎大家意外。没人会想到这样的结局，浦锡金没想到，他出轨的那个女人没想到，沈月的家人没想到，甚至沈月自己也有些稀里糊涂。

沈月跟我详细解释，她当初是因为不爱，因为怨恨，所以没有与浦锡金离婚，因为不爱和怨恨，她要故意拖着他，就是不想让他称心。后来，后来就没什么感觉，已经无所谓不爱，无所谓怨恨。反正儿子也上初中了，大家这样拖下去真没什么意思。于是就选择给儿子过生日那天，大家一起上馆子，一起去逛公园，一起去新华书店给儿子买书，最后还一起看了一场电影，最后，她对浦锡金说：

“我们分手吧。”

人们经常会说，恋人为了爱而结合，为了不爱而分手。他们的故事恰恰相反，沈月说，她是因为突然又有了一点爱，只是又有了那么一点点爱，才决定放手。因为爱，沈月决定放手。因为爱，沈月决定给浦锡金自由。她一放手，浦锡金便与出轨的那个女人结婚了，水到渠成，想不结婚都不行。故事就此留下了许多空白，说不清楚，他官场上继续得意，离开区财政局，去市委组织部，又去了纪委。当过纪检组副组长，专门清查别人的事。有人说他很快又离婚了，有人说还没离婚，只不过暂时分居。离婚也好，暂时分居也罢，总之谈不上有多好，有多么幸福，反正最后还是要离的。

因为有个儿子，为了儿子学业，浦锡金和沈月偶尔也会有些来往。那个女人可没有沈月的气量，不止一次找上门来，还很凶猛地吵过一架。沈月有气量，可也不好惹，为了气她，有时候故意要和浦锡金通个电话，故意要捣捣蛋。再后来，沈月也结婚了，对象是名心理学主任医生，九三学社委员，市政协常委，有身份有地位。结婚以后，沈月和新老公商量，请浦锡金夫妇吃了一顿饭，地点就在金陵饭店。

沈月的新老公叫吕佳路，这位心理学方面的专家很能聊天，吃饭期间，差不多都是他一个人在发表议论，听说浦锡金先是在财政局，以后又到组织部，最后又到纪检组，感到很好奇，说你干的这些个工作，都可以算是有权有势，很厉害的，非常非常厉害，很了不起。

浦锡金十分谦虚地回了一句："有什么厉害不厉害，谈不上了不起。"

"财政局，组织部，还有纪检组，怎么能说不厉害呢？厉害，绝对厉害。"

两个男人毫无芥蒂，很随意地聊着天。两个女人心里还有隔阂，余恨未消，无话可说，就听这两个男人聊天。浦锡金他说当年去组织部，也是觉得财政局太那个，成天跟大笔的钱打交道，权力太大，风险太大，太容易出事。到组织部同样是重要单位，管干部嘛，让他负责纪检，最多也就是吃吃喝喝，有段日子天天喝酒，半斤八两绝对没事，但是要说受贿，是真的不敢，毕竟这个那个见多了，见到太多的人出事，看到太多的官员双规。再以后抽调到纪检组，见的更多，更害怕，老实跟你说吧，现在是连吃吃喝喝都不敢了，绝对不敢，都说出事只是万一，是万分之一，可真要出了事，就是百分之百，一出事一双规，全都完蛋，好日子立刻到头。

5

上世纪八十年代初期，我写过一个短篇《傅浩之死》，刊登在一本油印的民间刊物上。那是个文学十分火热的年代，很多人都在写小说，记得我当班主任时，曾经给同学们传阅过这本油印刊物，可能是我发表的第一篇小说。小说情节依稀还有些印象，“文革”中一个被人检举的现行反革命，因为恐惧，选择了自杀，他跑到了悬崖上，在跳崖自杀之前，对着赶过来看热闹的观众，把检举他的人，把迫害他的造反派，把自以为是的工宣队，骂了一个痛快，骂了一个淋漓尽致。没想到最后这个现行反革命却被救了下来，因为痛痛快快发泄过一通，别人害怕他要寻死，不敢再批判，结果呢，他也就不想死了，快快乐乐地活了下去。

前面说过，我所了解的浦锡金，基本上都二手，都是传说。除了沈月说的那些，当年的同班同学，特别喜欢转述跟他有关的故事。学生们见了我这位当年的班主任，话题不是回忆，就是同学现状。说起大家现在的生存状态，浦锡金最容易成为话题中心。同学少年多不贱，五陵衣马自轻肥，他可能是混得最好，混得最阔，混得最有能耐，而且也是最有故事。关于他的传闻很多，大都是不太好的，尤其是他自杀未遂以后，有人说他身上光是高尔夫会员卡，就有好几张，这种会员卡据说每张都能值一百多万。还有人说他有女人缘，除了沈月说的出轨的那位，还有好几个，其中有一个还是某高官的什么人。

浦锡金出事和双规的负面消息，时有耳闻，仿佛有特异功能，他总是可以轻易摆脱，毫发无损。当然，也可能从来就没有过真正的什么事，所谓传闻，不过都是子虚乌有，都是些不太靠谱的八卦。真相究竟如何，说不清楚，凡事必须以事实为依据，以法律为准绳。作为一名小说家，我有时更喜欢八卦，更愿意相信传闻，事实上，最让人想不明白，也是最奇怪的一点，不是怎么最后还进了纪检组，当上了副组长，是他会在这个重要的位置上，非常戏剧性地自杀过一次，仍然还是安然无恙。

根据心理学专家的观点，每个人的心理都会有些问题。浦锡金人生传奇的最高境界，就是他的自杀表演。别人看来很奇怪，医学上解释却很典型，是属于标准的抑郁症。具体的症状，刚开始只是失眠，晚上迷迷糊糊睡着一会，再也没办法入眠。能吃的安眠药都试过，大把大把吞服中药，最后不得不向沈月老公吕佳路求助，这个病正好对症，吕医生是非常职业的心理医生，他给出的结论很简单，你这个就是抑郁症，就是要吃治疗抑郁症的药，不仅现在要吃，而且很可能是终身要服药。

于是浦锡金所经历的自杀表演，竟然与我当年写的小说情节不谋而合，既又有惊人的相似，更戏剧，更荒唐，关键是毫无预兆。他开始很虚心地听吕佳路医生的话，开始定时服药，药物也开始起了作用。吃了一段时间药，自作主张地停了，他觉得已没问题，已不怎么失眠了，可就是觉得没问题的那段日子，突然又出了问题，出了一个很不小的问题。

有一天，浦锡金毫无征兆地突然跑到沈月单位，直截了当对她说，我们还是复婚算了，我想来想去，觉得我们两个做夫妻最合适。他是在上班的时候忽然有了这么个想法，想到了就立刻做，放下手上的文件，出门拦了辆出租车，直奔沈月所在的政协。沈月被他说得摸不着头脑，说你肯定疯了，真的是有神经病，我们都到这一步，还复什么狗屁的婚，你是不是脑子又出了问题。

两人你来我往地说了没几句，浦锡金就说：

“信不信，如果你不答应，我立刻从楼上跳下去，我立刻跳下去，信不信？”

沈月单位在四楼，四楼不算高，跳下去足以送命。浦锡金说自己要像大鸟一样飞下去，像大鸟一样展开翅膀。沈月说，你他妈到底想干什么，不要开玩笑好不好。浦锡金很严肃地说，我不想干什么，没有开玩笑。沈月又说，难怪吕佳路说你脑子出了大问题。浦锡金说有什么大问题，一点问题也没有，我就是想飞，就是想飞翔，一个人想飞又有什么错。说话间，跑到了过道尽头，那里有扇窗户，他跨了上去，一条腿放在窗外，做出了要往下跳的模样。

然后头朝下，展开双臂，像大鸟一样栽了下去。事发太突然，太快，谁都来不及反应。看到的人都目瞪口呆，因为是头朝下，应该必死无疑，应该没有任何生还希望，然而命不该绝，他在空中神奇地翻了个跟头，横摔在一棵桂花树上，跌断了几根肋骨，摔折了一条腿，摔断了一条胳膊，脾脏破裂。那棵桂花树非常巨大，有很大的树冠，正是开花时节，整个政协大院都是刺鼻的香味。

过道上有监控，楼角上也有监控，整个过程都被清晰地记录下来。浦锡金开始若无其事出现在四楼的过道上，去敲沈月办公室的门，沈月出来，两人在过道上说话，很平静，他们身边还有人不断走过。沈月好像是批评他，浦锡金突然转身，跑向过道尽头，跟玩似的跨上了窗台，沈月追了过去。

6

与浦锡金一起在秋日的江边散步，他的腿受过伤，走路有些蹒跚。总是有种预感，他会主动跟我谈谈自杀未遂。有几次，感觉话已到嘴边，就要说起这个事了，又活生生地把话咽了回去。关于他的自杀，有各种稀奇古怪传言，说什么都有。然而没人说得清真相，所谓真相，有时就是人云亦云，就是流言蜚语。真相是罗生门，真相根本不存在。我知道，就算是浦锡金愿意跟我谈，仍然也不会是什么真相。

我想到浦锡金在学生时代，曾经喜欢诗歌，曾经写过诗，一起散步时，随口问他，与南京的诗人有没有什么交往，结果没想到，他很傲慢地回了一句：

“南京有诗人吗？”

他的话让我语塞，因为不久前，我们曾谈到过当下的文学，浦锡金也是毫不客气，奚落说：

“中国有文学吗？”

中国有文学吗，这句话让人无地自容，让人不寒而栗，让人欲哭无泪。

天气越来越冷，北风凛冽，寒冬开始了。我依然保持去江边散步的习惯，雷打不动。浦锡金却不再出现，他的消逝，跟他的出现一样，来得很突然，去得也很突然。曾经挂满金色叶片的银杏树，现在只剩下它的躯干，孤零零站在那，黑乎乎的，硬邦邦的枯树枝，仿佛无数戳向天空的手指。江边风大，几乎没人，这里是每天工作后散步的目的地，也是掉头回家的转折之处。我已经习惯在这伫立，在这沉思，围绕银杏树绕上几圈，摘下棉手套，拍打它古老的身躯。我在倾听也许根本就不存在的回响，我似乎又听到了自己曾经喜欢的那首诗的结尾：

五月麦浪的翻译声，已是这般久远
树木，望着准备把她们嫁走的远方
牛群，用憋住粪便的姿态抵制天穹的移动……

2019 年 12 月 13 日　三汉河

走近赛珍珠

第一章

1

我接到罗燕女士的电话时，正准备动身去刘岳厚那里。这个电话接得很匆忙，我已经换好了出门的衣服，摸了摸钥匙串，意识到它确实是在口袋里，然后换上鞋，刚拉开门，电话铃响了。以往也遇到过类似的情况，我的电话可以录音，有时候因为偷懒，我故意不去接电话，然而这一次，我似乎预感到了会有什么不同寻常的事情发生，犹豫了片刻，脱了一只鞋，在刚吸过尘的地毯上蹦着，跌倒在电话机旁的沙发上，一把抓起电话。

电话那头传来了罗燕女士的声音，我首先听到的是张艺谋的名字。这可是个响当当的名字，我不由得一怔。

罗燕女士说："是张艺谋向我推荐了你！"

我顿时有一种受宠若惊的感觉。虽然张艺谋让几位作家同时替他撰写武则天，一度闹得沸沸扬扬，害得许多义愤人士跳出来痛加指责，有的人甚至在我面前大骂他，但是我对张艺谋并没有什么恶意。作家受点侮辱，吃点亏，没什么大不了的。我觉得张艺谋起码有两点可喜之处：第一，中国电影这么差劲，而他的电影确实不错，还可以看；第二，现在已经没什么人看小说了，总算他还是个能坚持看小说的人。我并不认识张艺谋，自然也谈不上和他打过交道，却听许多认识他的人谈起过他。

罗燕女士接着在电话里作自我介绍。由于她说自己刚从美国过来，我首先想到的是那位在好莱坞拍电影的卢燕女士。当我自作聪明提到卢燕这个名字的时候，我听到电话里传来了更正的声音。

罗燕女士说："我姓罗，是'思维'罗，燕子的'燕'。"

我怔了一下，敷衍说自己明白了。

罗燕告诉我她曾经拍过电影，若干年前，曾经主演过《女大学生宿舍》，并问我有没有看过。我又怔了一怔，说看过。说完就后悔了，事实是，我只知道有过这么一部电影，我看过的国产电影极少。好在罗燕女士不会从电话里感觉到我因为说谎而脸红。直到去医院，在电梯上，我才想明白所谓"思维"罗，应该是"四维"罗，"四"和"维"两个字，合起来，便成了一个繁体字的"羅"。对于没有实行简化字的台湾和香港，这样的文字障碍绝对不会存在，可是对于我这种生在红旗下、长在红旗下的人来说，偶尔闹些简体字繁体字的笑话，就在所难免了。

负责开电梯的老大妈不知我为什么要笑，她盯着我手中的电梯票看，表情十分严肃。两位首次前来探视病人的访问者，对医院电梯的收费制度，表示强烈的不满，电梯缓缓地上升，两个人的嘴里便叽里咕噜。负责开电梯的老大妈显然不想理睬他们，然而到了最后，终于忍不住了，恶声恶气地说：“不就是一毛钱一个人嘛，舍不得的话，我送你们下去，你们再自己走上来！”

两个人立刻无话可说，一个人的脸上，显出了愤怒之色，另一个解嘲地对我一笑，转过头去，看电梯显示器上的阿拉伯数字。

2

我从电梯间出去的时候，一辆盖着白被单的推车，挡住了我的去路。这已经不是第一次，因为在这座癌症专科医院里，死人的事经常发生，频繁程度让人震惊。这是一座死亡的医院，死神在医院的过道上散着步，一不留神就把谁带走了。刘岳厚最初住在一个大病房里，同病房的都是癌症晚期患者，他们像医生一样熟悉自己的病情，一旦他们被送到那些单间的小病房，就意味着他们的大限就要到了。

刘岳厚是在两天前被送进小病房的。他的女儿刘丽英打电话给我，告诉我他父亲“差不多了”。我问她刘岳厚是什么时候进小病房的。刘丽英有些不耐烦，说刚安置好，大约就是半个小时之前，她此时正在病区的办公室。隐隐约约地，可以听见护士的说话声，我不知道自己在此时说什么好，听了一会电话那头的噪音，奇怪刘丽英怎么没声了。

我对着电话里大声地“喂”了一下。

刘丽英压低着嗓子说：“我只是通知你一下，也没什么事。”

我问她是否需要我帮忙。

电话里又没声音了，我不知道她是在继续听我说话，还是在哭。我想，此时她的心情肯定很难过。我说一定抽时间去趟医院，我的话音刚落，她就把电话给挂了。我的住处离刘岳厚所在的医院不远，但是一直到两天以后，我才正式决定去看他。送君千里，终有一别，自从刘岳厚癌症复发，重新住进这家医院，医生就向刘丽英暗示过，她的父亲已经没有生还的可能性。所有的治疗将是象征性的，目的虽然是为了延缓生命，究竟有没有效果，很难说。在这期间，我曾经无数次地去医院看望过刘岳厚，每次都以为是最后一次，可结果都不是。

从一开始，我就在等待着最后的结局。不仅是我，还有刘丽英，还有刘丽英的丈夫，当然也包括刘岳厚自己。刘岳厚在乡下的妻子，在乡下的儿子和女儿，以及关系比较近的亲戚，一次次赶来为他送终，临了都是不耐烦地快快而去。这是一场看不见摸不着的死亡游戏，幸好刘岳厚有公费医疗，要不然真是拖不起。刘丽英作为这座城市中刘岳厚唯一的亲人，被父亲的病拖得已失去了耐心。久病无孝子，刘丽英可以说已经尽力了。她和公公婆婆住在一起，农村老家不停地来人，结果弄得婆媳关系越来越紧张。

在一刹那间，我突然心惊肉跳地想到，那辆和我擦肩而过的手推车上，那具雪白的被单罩着的尸体，很可能就是刘岳厚。这样的可能性完全存在。在刘丽英给我打过电话的两天里，什么样的事情都可能发生。我磨磨蹭蹭，直到两天以后才来医院，潜意识里难道不是正等待着这样的结局吗？

很快我明白自己错了。为了这个小小的插曲，当我真走进刘岳厚的单人小病房时，我感到有些说不出的尴尬。事实上，刘岳厚并不像我想象的，只剩了最后一口气，已进入弥留状态。出乎我意料的是，他瞪大着眼睛，一看见我，竟然笑起来。他仿佛看透了我的心思，只是苦笑，不说话。

3

很长时间里，我和刘岳厚什么话也没说。说什么呢，安慰的话我向来不擅长，而且事到如今，说什么都白说。癌细胞已经在刘岳厚的身上充分扩散，尽管他的眼睛仍然炯炯有神，尽管他精神好的时候仍可以健谈，但是当他向我伸出自己的舌头，展示在那上面泛滥作怪的癌细胞病变时，我便明白那一天不会太远。我仿佛已经嗅出了他身上的死亡气息。

他的身上插着好几根管子，我做出很认真的样子，研究那些管子。一名护士进来换输液药水，她知道我是个写小说的作家，笑着问我最近在写什么。我还没来得及回答，她一边十分麻利地插着针管，一边打听我的一部正在报纸上连载的长篇小说的结局。“现在的作家，都喜欢悲剧，”她十分关心小说中男女主角的命运，对我的安排似乎是不太满意，“我觉得如今的时代，需要的应该是喜剧。”

一直不吭声的刘岳厚，突然很认真地插起话来：“可惜生活，却被证明是个悲剧。”

刘岳厚的声音低低的，有些嘶哑，听起来很瘆人。我和病房的护士以及负责刘岳厚治疗的医生，都熟悉。为了让他们对刘岳厚有所关照，我曾经根据病区的医护人员花名册，每人送了一本我的小说集。刘岳厚时常对护士和医生提起我，也对那些癌症病友吹嘘我的故事。他到处对人说我曾是他的学生。他喜欢和别人谈我的祖父，谈我的父亲，甚至谈我的妻子和女儿。一旦我在本地的晚报上发表一篇小散文之类的东西，他肯定会和周围的人讨论半天。如果没有人愿意听他谈论这些，他便跑到病区办公室，往我的家里挂电话，结果害得整个病区的人，都觉得他精神有些毛病。

护士离去以后，我告诉刘岳厚，有一个叫罗燕的女人打电话给我，希望我替她改编美国女作家赛珍珠的小说。刘岳厚不知道罗燕是谁，于是我提到了某某的名字。

“张艺谋想改编你的小说？”他有气无力地说着。

我告诉他不是这么回事。张艺谋和我要说的这件事根本不搭界。刘岳厚也从来没有看过张艺谋的片子，他只是不断地在报纸上看到过张的名字。和我的许多热心读者一样，他坚持认为只要我的小说能被张艺谋改编，我就会像当今那些最走红的小说家一样火爆起来。

“你已经有些名气了，但是还需要再来一把火。”刘岳厚润了润沙哑的嗓子，还想再说什么，但是气力已经不够了。他的嘴唇无意义地动着，发不出声来，于是只好对我苦笑。自从他住进这家医院以后，他总是这样苦笑。苦笑已经成为一种固定的表情。我决定继续和他谈论张艺谋，因为此时此刻，也找不到别的更合适的话题。我向他介绍张艺谋拍摄的一部电影，恰巧这部电影我也没有看过，只能是转述别人的观点。

“那么究竟是谁想改编你的小说？”刘岳厚似乎还不死心，他突然打断了我的话，把话题又拉了回去。

“没有人想改编我的小说。”我笑着说。

“你的小说应该有人把它拍成电影！”

我对他耸了耸肩膀。这是个多余的动作，躺在那儿的刘岳厚不可能注意到我在对他耸肩膀。他的脸上都是疲倦，想说话，又有些力不从心。类似的话题，我们已经说过好几次，他根本不在乎我愿不愿谈论这些。我决定不做声，他反正也没什么气力说话了，大家就这么静静地相对，也挺好。

外面走道上，一位病人的家属，和护士小姐为了什么事争起来。嗓音突然就高起来，然后便可以听见有许多脚步声从过道上跑过。我注意到刘岳厚和我一样，正竖着耳朵，十分认真地听着外面的动静。外面的声音越来越大，显然已经围了一大堆看热闹的人。有人在帮着吵，有人在劝，乱作一团。这医院里老是吵架，都是绝症病人，家属的火气特别旺，想找机会发泄。护士小姐的工作量很重，待遇一点也不比别的医院好，因此脾气也大。一个想找点事，一个根本就不怕事，大家都是针尖对麦芒，稍一碰撞，就冒出了火花。

外面的声音终于小了下来。我注意到，刘岳厚已经闭上眼睛睡着了，正轻轻地打着呼噜。他的女儿刘丽英拎着一个塑料口袋走进来，对我点点头，站在床边看着刘岳厚。

刘岳厚突然睁开眼睛，非常突兀地问着："那个打电话给你的人是谁？"

我们不知道他指的是谁，以为他是在说梦话。刘丽英显然已经被父亲的病拖得筋疲力尽，她不耐烦地问他究竟在说什么。

刘岳厚的眼神在空中转了一圈，落在我的脸上："那个女制片人？"

他指的是罗燕，我不明白他为什么老惦记着这事。刘丽英转过身来，看着我。我只好把说过的话，很无趣地再说一遍。我告诉他，多少年以前，罗燕曾是一名女演员，主演过一部叫《女大学生宿舍》的电影，后来去了美国，现在肯定是混阔了，想拍摄赛珍珠的一部小说。

刘岳厚依然满脸困惑："赛珍珠是谁？"

4

从医院出来，我开始一直在想赛珍珠。赛珍珠是谁，很多人都会提这样的问题。如今的中国人，除了写小说的，或者是搞小说研究的，许多人已经不太知道赛珍珠这个名字。就算是知道她的名字，对她的作品和生平也了解甚少。在小病房里，我试图用最简短的语言，向刘岳厚介绍赛珍珠。我觉得自己是说清楚了，可是刘岳厚的眼神变得越来越黯淡，他似乎并不是真的想知道赛珍珠是谁。他的时间已经不多了，并不想弄清楚赛珍珠是谁。

医生告诉我，刘岳厚最多还能活一个星期。看着我心情沉重的样子，医生劝我想开一些。死亡在这个医院里是例行公事，人总会有一死，因此问题的关键，是活着的人，应该好好地活着。他希望我有可能的话，写写他的病区，写写那些死到临头的病人。由于我已经不是第一次来看望刘岳厚，因此这样与医生之间的谈话，显然也不是第一次。事实上，这次谈话和以往任何一次谈话都如出一辙。我已经习惯了这样的敷衍。很多人知道我是一个写小说的，常常极度热心地希望我写什么，向我推荐素材，大家都觉得自己有许多事可以写，可惜他们不是作家。

回到家里，妻子知道我去了医院，让我赶快洗手，用消毒肥皂洗手。她问我刘岳厚的病情如何，我把医生说过的话如实汇报。吃晚饭时，妻子看我耷拉着脑袋不说话，以为我是在为刘岳厚的事难过，安慰我应该想开一些。她说明天去菜场买些鲫鱼，熬汤给刘岳厚喝。刘岳厚一度是我们家的常客，虽然有时候也烦他，但是他和我们家的关系的确非同一般。

“死对于他来说，也许是个解脱。”妻子一边安排女儿的功课，一边对正看着报纸的我说。

我的脑海里在想着赛珍珠。对于自己是否能够胜任改编赛珍珠的小说一事，老实说还没有什么底。对于电影来说，我还是个门外汉。我心不在焉地看着报，看完了报，又看电视，噼里啪啦地胡乱换频道。让我感到惊奇的是，这天晚上的电影频道，恰巧播放《女大学生宿舍》。天下竟然真会有这样的巧事。这是一部老掉牙的电影，我之所以能记住，是因为我母亲的干女儿的姨表妹，曾在这部电影里演过一个配角。妻子不明白一向不爱看国产电影的丈夫，为什么突然对这种老片子感起兴趣，她不声不响地站在我旁边，观察着我的表情。

好长一段时间里，我仍然在想着赛珍珠。我进入不了电视屏幕上已经发展到了一半的剧情，弄不清哪一位是女主角，自然也吃不准哪位是罗燕女士。我唯一认出来的，是我母亲的干女儿的姨表妹，她戴着一副眼镜，和生活中的本人并不太像。我一边走神，一边看电视的样子大概很滑稽，也有些可疑，结果不得不心虚地向妻子解释，自己今天接到过一个叫罗燕的女士的电话。我本来不打算把这件事告诉妻子，因为和电影界人士打交道，最终结局十有八九不会愉快。我想等事情有了正式眉目以后再说。

“你已经答应改编了？”妻子认真地问我。

我说没有，说究竟接不接这个活，得好好地想一想。我并没有在电话里立刻给罗燕女士一个肯定答复。

“为什么？”妻子是电影迷，她总是希望我能在电影这个行当上插上一脚。

“电影可不是什么好玩的事。”我叹了一口气，将电视换了一个频道，笑着说。

第二章

1

如果我从来没有和影视界人士打过交道，也许会毫不犹豫地接受罗燕女士的邀请。虽然我对电影是个门外汉，但是我对电影抱着极大的热情。问题是中国的影视界人士都有一个差不多的毛病，这就是他们忽冷忽热，不把信义当回事，常常忘记对作家应该有一个起码的尊重。他们总是太自以为是，在你的面前肆无忌惮地攻击别人，然后绝无意外地在别人面前糟蹋你。他们会热情洋溢地从千里之外给你挂来长途，就你的某一部小说大加赞赏，近乎夸张地表明自己想改编你的小说的愿望。当你作出同意改编的允许之后，或者你根据对方的要求，寄出你的小说以后，事情于是就到此为止。一切仿佛没发生过一样，没有一点痕迹，就像一滴水掉到大海里。

交道打多了，我总是提醒自己，不要把这一类的事情太当真。报纸上捕风捉影地提出批评，说我们这些青年作家陷入了影视的泥潭。由于影视剧本的稿费大大地高于小说，于是所谓陷入影视的泥潭，便是追逐金钱的代名词。在现实生活中，我总是扮演那种羊肉没吃着，反惹了一身膻的尴尬角色。过去的三年里面，我没有为影视写过一个字，但是一位老作家却语重心长地批评我，说我不应该成天搞影视。

好事不出门，一个人，天天认认真真地写小说，未必会有什么人注意你，如果你一旦“触电”，和电影或电视稍稍有了瓜葛，顿时成了报纸上的新闻人物。

我没有当场拒绝罗燕女士的原因，是觉得赛珍珠这个人物的确应该用影视来再现一下。这是一个很有代表性的人物。要是把她平凡的一生拍成电影，我相信起码在中国会有相当可观的观众。此外，我相信罗燕女士找我，是找对了人，因为我一度曾经研究过赛珍珠。我的硕士论文的题目是《〈围城〉和中国现代长篇小说》，在读研究生期间，我在资料室里读过许多老版的赛珍珠的小说。对于赛珍珠的生平和她的主要作品，我已了然在心。我并不觉得赛珍珠的小说如何了不得，虽然有诺贝尔文学奖这块金字招牌，赛珍珠仍然算不了什么第一流的大作家。在图书馆里，很难再找到赛珍珠的作品，事实上她已经成为一名冷门作家，如今大多数人仅仅是知道她的名字。

罗燕女士似乎对赛珍珠的生平没有太大兴趣。她告诉我，最初的兴趣，是想改编赛珍珠的代表作《大地》，可惜由于版权，她只弄到了赛珍珠的另一部不是太重要的作品 *Pavilion of Women*，这部小说解放前的译名叫《深闺里》，在 1991 年首次出版的赛珍珠自传中，这部小说的名字又被译成《女子亭》。罗燕女士认为小说只能提供一个契机，提供一个框架，关键是改编时的发挥。她认为原著最多提供百分之二十的东西，百分之八十要靠改编者去创造。她告诉我，所以会看中赛珍珠，是因为她在美国还有一定的影响，她的作品仍然出现在美国的教材中。另外，从投资的角度和市场的回报来看，都比较乐观。瘦死的骆驼比马大，赛珍珠毕竟是诺贝尔文学奖得主，又得过普利策奖，而且好莱坞现在很看好东方题材的影片。

我曾经接触过 *Pavilion of Women* 的中译本，可是神使鬼差，在看完了《大地》三部曲和《龙种》以后，我觉得赛珍珠的小说已经没必要再看。我一度曾是个很用功做学问的人，然而不可能为了学位论文，把资料室里汗牛充栋的旧图书统统读完。接到罗燕女士电话的第二天，我给南京大学图书馆的同学打电话，让他帮我借阅《深闺里》。电脑资料显示，那本在资料室里躺了将近五十年的旧书，已经没了踪影。我的同学又帮我联系南京的各大图书馆。由于南京是国民党时期的首都，又是赛珍珠写作和工作过的地方，各大图书馆里都藏有相当数量的旧版书。但是很快得到的反馈，都是绝对没有这本书。

南京大学外文系的一位姓刘的教授，正带领着他的研究生，在翻译赛珍珠的系列作品，*Pavilion of Women* 便是其中之一。新的译本在近期内不可能问世，而我的英文水平今非昔比，已经没办法阅读原著。虽然我还没有答应为罗燕女士改编，然而我也没有拒绝她。我只是希望她能给我一些时间，让我好好地考虑一下。我突然发现自己满脑子想的都是赛珍珠。我仿佛一下子对赛珍珠入了迷，恨不得立刻把赛珍珠的作品都找来看一遍。

在我追寻 *Pavilion of Women* 的译本毫无结果的时候，一个叫胡雪桦的导演又给我打来电话。他被罗燕女士选中，将担任这部影片的导演。胡雪桦新近完成的一部影片叫《兰陵王》，报纸上的广告做得很厉害。由于他还有一个弟弟也是干导演的，而且成绩很不错，我一直弄不清他们两个究竟谁是谁。胡雪桦在电话里问我对改编究竟有没有兴趣。我十分坦白地告诉他，自己还没有最后打定主意。胡雪桦似乎有些意外，一时不知对我说什么好。我觉得这时候出现冷场是很尴尬的事，便反问他对这部影片是不是真的非常有兴趣。胡雪桦说他一开始也不是很有兴趣，不过，经过认真的思考，他认为这可以是一个很有趣的故事。

“我们可以把它编得非常有趣。”他信心十足地说着。

我告诉胡雪桦，我更有兴趣的是赛珍珠本人。

我说，要是不改编赛珍珠的小说，而是把她自己的生平拍摄成电影，也许更好。

2

我不知道二十三年前逝世的赛珍珠，得知今天有人会改编她的小说，会持什么样的态度。1972 年中美恢复外交关系的时候，赛珍珠曾经无比兴奋。在过去的许多年里，她盼望着中美关系能够正常化，盼望着能回到朝思暮想的中国来。眼看着就要成为现实，但是她的申请落了空，并没有成为尼克松访华代表团的一名成员。这时候她已经年逾古稀，疾病缠身，在中美两国之间的桥梁刚刚架通的第二年，带着终身遗憾离开了人世。赛珍珠始终把中国当作她的第二祖国，她对这个国家充满了深情。没有中国，就没有赛珍珠。当赛珍珠这个名字重新进入我的大脑的时候，我首先想到的就是晚年的她，被拒之于中国的国门之外，会是一种什么样的心情。

“中国人的生活，在相当长的时期里，就是我的生活。”

在诺贝尔文学奖的授奖仪式上，踌躇满志的赛珍珠，充满了激情对公众这么说着。她这么说着，绝对不是矫情，因为她完全有资格这么说。虽然赛珍珠的父母是地道的美国人，虽然赛珍珠出生在美国，但在她出生刚三个月的时候，就随父母来到了中国。赛珍珠只是因为偶然的原因，才出生在美国。她的父母都是传教士，在中国待了许多年。早在赛珍珠之前，她的母亲已经在中国生了四个小孩，然而四个小孩中，有三个很快就死了。在一百多年前的中国，婴儿的死亡率实在太高，也许正是这一原因，赛珍珠的母亲选择了回美国生养她的小女儿。

虽然金发碧眼的赛珍珠在一开始，就注定是一个美国人，她出生于美国，有着纯粹的美国人的血统，然而她首先面对的世界，却是中国。美国只是在父母的描述中才存在，它虚无缥缈，只是童话世界中的王国。由于一个人不可能记住出生后三个月以内的事情，赛珍珠童年的最初记忆，和她周围的中国儿童，并没有什么本质区别。她的母亲领养了一个中国女孩，这个中国女孩在赛珍珠母亲的照料下成长，然后又嫁给中国人。赛珍珠出生以后，她的中国姐姐也开始当了母亲，于是中国姐姐的小孩就成了赛珍珠童年时代最初的玩伴。

赛珍珠出生于 1892 年，她两岁的时候，中日甲午战争爆发。战争以中国惨败而告结束。此后的清朝政府一蹶不振，元气大伤，开始在风雨飘摇中艰难度日。但是，在中国南方的一个城市里，赛珍珠和所有大清臣民的孩子们一样，对皇帝尤其是皇太后慈禧，仍然充满了崇敬的心情。皇权仍然是至高无上的。赛珍珠并没有意识到，自己和别的孩子肤色不同意味着什么。美国在她是一个极其模糊的概念，她和其他的中国孩子不一样，就好像小猫小狗有着不同的花纹。她们在一起玩着游戏，亲密无间，在城乡结合部的旷野里奔过来跑过去。童年的赛珍珠和中国的小孩一样，目睹了当时的一切。她常常看到瘦骨伶仃的麻风病人，躺在庙门口向人乞讨，看到那些被扔在野地里的正被野狗撕扯着身体的死孩子，看到地痞流氓在大街上撒野，听他们骂不完的脏话。

孩子们并没有意识到她们最初的游戏是犯上作乱。赛珍珠是美国人，和她一起玩的中国孩子都是教民的小孩。她们把山坡上突起的坟茔当作了王位，用野草野花编织成王冠，戴在头上，轮流扮演皇太后。

一个孩子扮演皇太后的时候，其他的孩子便毕恭毕敬地跪下来磕头。这种游戏屡试不爽，没完没了，每个女孩子都盼望着自己能再一次地扮演。由于她们对远在紫禁城的慈禧太后的真实生活一无所知，于是她们只能模仿看过的中国旧戏曲中的皇后娘娘。渐渐地，孩子们对于慈禧开始有所了解，她们知道她是中国的一个少数民族满族人。她们知道她很厉害，黑头发，黑眼睛，有着冰激凌一样白嫩的皮肤，她的头发总是高高地绾起，这样她看上去就会显得很高大，她坐在高高的王位上，觐见她的那些大臣只有抬起头来，才能一睹皇太后的威颜。孩子们开始不喜欢慈禧太后了，因为她下令把光绪皇帝软禁了起来。游戏的内容稍稍有些改变，女孩子们仍然抢着要扮演皇后娘娘，扮演皇后意味着可以发号施令。为了让这种游戏看上去更逼真，她们找到了一个最胆小的小弟弟扮演小皇帝，游戏的高潮就是太后发怒了，让大臣们把小皇帝囚禁起来。她们把小弟弟的手绑了起来，一直弄到他真吓哭了为止。

中国人最初给赛珍珠的印象是爱，这种爱可能是源于两个原因：第一，金发碧眼的赛珍珠确实可爱，中国人从来就是一个喜欢小孩的民族，娇宠小孩是一种传统；第二，在赛珍珠周围的中国人不是男用人就是老妈子，他们也不可能对自己的小主人有什么照顾不周。可惜爱只是小小的一部分，随着年龄的增长，赛珍珠感受越来越多的，是不爱。这种不爱的极端，便是发生于赛珍珠八岁时的义和团运动。在这场声势浩大的运动中，许多传教士被杀，许多教堂被焚。赛珍珠随同家人，仓皇离开南方的小城，逃往上海的租界。只有在租界，一切才似乎是安全的。这里完全是洋人的天下，有持枪的洋人巡捕，有在黄浦江里停泊的洋人兵舰。

有一天，赛珍珠和母亲从一条人潮如涌的大街上走过。一个粗胖的中国人慢腾腾地走在她们的前面，挡住了她们的去路。他穿着蓝色缎袍和黑色马褂，一条长辫子在赛珍珠的眼前晃来晃去，长辫子的辫梢上用黑丝带打着结。天气很热，那人不住地摇着扇子，慢悠悠地迈着方步。赛珍珠实在是忍不住了，既有些热得人心烦躁，又觉得那在眼前晃来晃去的长辫子是个诱惑。她十分果断地拉住了那个人的辫梢，很淘气地摇了摇，请他快走，或者赶快把路让开来。粗胖的中国人转过身来，用赛珍珠从未见到过的严厉目光瞪着她。这是一种充满了仇恨的敌对目光，反应之强烈有些不可思议。但是天真的赛珍珠并没有被他吓唬住，受到惊吓的是赛珍珠的母亲。她的脸刷地一下全白了，用颤抖的声音请求这位正生着气的中国人原谅。

“她还是个不懂事的孩子，”赛珍珠不明白自己的母亲为什么那天会怕成那样，她几乎是用乞求的语气在说话，“她是个调皮的孩子，我会惩罚她的，请你饶恕她吧！”

中国人并没有因为赛珍珠母亲的求饶改变脸色，他依然满脸怒气，不肯宽恕的样子。赛珍珠想不明白他有什么必要生这么大的气，她的母亲连连赔罪，拉着她向另一条街走去，一边走，一边唠唠叨叨地警告女儿。她用从未有过的严肃口吻告诫赛珍珠，以后绝对不可以再做这样的事了。她告诉赛珍珠这是一件很危险的事情。赛珍珠的母亲过去从来不害怕中国人，可是突然之间，她竟然会对中国人怕成那样。赛珍珠终于在这一天，开始意识到了中国人对她的敌意，同时也是第一次意识到，一个西方人对古老中国可能会有的恐惧，那种藏在内心深处的恐惧。在这之前，赛珍珠只知道中国人不喜欢那些坏的洋鬼子。她从来没有把自己和那些坏的洋鬼子联系在一起。她和中国人一样，恨那些坏洋鬼子，恨那些在中国不可一世耀武扬威的外国人。

在她居住过的一个城市里，有一个稍欠教养的美国传教士，对下人常常傲慢无礼，动不动就大动肝火。几乎所有的中国仆人在他那里都干不长，他属于那种中国人人见人恨的坏洋鬼子，可是却有位老女佣为他干了许多年。赛珍珠从老女佣那里了解到她能够忍气吞声的秘密。这位老女佣很有些幽默感，她觉得赛珍珠是一个靠得住的女孩子，决定让她分享她的秘密。原来那个洋鬼子的窗前，放着一个巨大的盛雨水的容器，他嫌井水苦涩，从来不喝井水，只喝平时积蓄的雨水。老女佣住在阁楼上，每天早晨醒来的第一件事，便是打开窗户，将自己的便盆倒在铁皮的屋顶上。黄澄澄的尿液沿着屋脊流入水槽，再流过盛水的容器。这便是老女佣对坏主人的报复，这种报复给她带来快感，这种快感给了她忍受主人脾气暴戾的毅力。当她受到主人不公平的对待时，想到主人喝着她的尿液，她便苦中作乐地笑起来。

3

我始终觉得把赛珍珠在中国的故事拍成一部电影，将会非常有趣。一部好的影片，无非是找到了一双好的观察世界的眼睛。19 世纪末 20 世纪初的中国，在赛珍珠的眼睛里，和今天教科书上所记述的历史，并不完全相同。虽然以血缘而论，赛珍珠是百分之百的西方人，她长得金发碧眼、牛高马大，但是东方潜移默化的教育，很自然地就给了她一种与纯粹的西方人根本不同的性格。美国是赛珍珠的第一祖国，但是中文却成了她的第一母语。她不仅仅会说流利的中文，而且在整个童年时期，她都是用中文来思考问题。现代语言学告诉我们，一个人若离开了语言将无法进行思考。换句话说，赛珍珠的童年，差不多都是浸泡在东方文化之中的。

童年的赛珍珠根本意识不到自己是“洋人”，“洋人”对她只是一种不愉快的提醒。她和中国的孩子们掺和在一起在庙前的空地上看戏，从戏里似是而非地知道中国的历史，刻骨铭心地记住了中国历史上的那些英雄豪杰。逢年过节，她穿上地道的中国衣服，梳着中国女孩的发辫，穿着中国工匠手工制作的皮鞋走街串巷，拜访她的中国小朋友。每到一处，大家鞠躬行礼，互赠礼物，拜年问安，恭喜发财。中国的世界就是她的世界，她去拜访她的那些好朋友，她的好朋友也回访她。童年的世界里充满了欢乐，也充满烦恼。当赛珍珠在游戏中，与小伙伴发生了什么不快，在街上走过，被那些陌生的小孩唤做“小洋鬼子”的时候，她便会不甘示弱地以“乌龟王八蛋”作为回答。当别人把她当作异类的时候，她就把别人叫做“杂种”。这些骂人的话，都是从用人和老妈子那里学来的。赛珍珠在很小的时候，就知道如何用中国人的思维对付中国人，她知道中国人最忌讳别人喊他们是“龟孙”，是“杂种”，没有什么比这更能侮辱人。

赛珍珠童年的中国印象，是用人和老妈子的世界。她所结交的那些所谓好朋友，大多也是用人和老妈子的孩子。这些人是她了解世界的第一扇窗户。在她的那些后来获得诺贝尔奖的小说中，很多故事都是从这扇窗户里看到的。她的奶妈，干粗活的男仆，做饭的女厨娘，养花的花匠，一个个都是说故事的高手。他们精彩的故事，使得一个本该感到寂寞的异国小女孩，在生活中充满了盎然的乐趣。她听到许多一个女孩子也许还不应该听到的故事。这些故事本来并不是说给她听的，它们只是女仆之间的悄悄话，是东家长西家短，其中相当一部分和性有关系。高贵的洋主人在中国仆人的眼里，并没有什么秘密可言。她们津津乐道地谈论着她们的主人们的隐私，尽情地嘲笑他们。一个神情严肃的男主人，喜欢坐在中国的马桶上酗酒，然后人事不省地跌倒在地上。一个女主人为了什么不可知的原因，总是不和丈夫同床，结果她的丈夫便无缘无故地找下人的错处来撒气，把那些不是太值钱的瓷器摔碎在地上。有位男主人令人可笑地好色，他的肚子很大，想勾引所有的女用人，连生着癞痢头的门房妻子也不放过，于是他的妻子便去和别的洋人眉来眼去。一位女佣讲自己所以离开她原来的主人，就是因为她不安分的女主人，想勾引她的游手好闲的丈夫，她发誓自己的丈夫已经和那位不要脸的女主人睡过觉了，并且根据她丈夫的描述，由于洋女人的那玩意儿太大，毫无乐趣可言。

献身宗教事业的父母，总是把女儿过于放心地交给那些看上去所知甚少的劳动人民去教育。到了赛珍珠必须识字的时候，他们又为女儿找了一位姓孔的先生当家庭教师。这位孔夫子的后裔，十分尽职地向赛珍珠灌输地道的中国儒家文化。他向赛珍珠灌输孔子的思想，大讲忠孝仁义信，把孔子的学术思想推崇到了最高境界。有趣的是，笃信基督教的赛珍珠父母，并没有因此感到不快。也许，世界上的宗教，并没有什么本质的冲突。总之，在教育上，赛珍珠成为真正的“杂种”。她是美国人，同时也是中国人。东西方两种文化同时在她身上起着潜移默化的作用。她跟随父母学习英文，又和周围的用人及老妈子说汉语，不仅能说中国的官话，而且会说很土的方言。她从父母那里接受基督教的教义，又从家庭教师孔先生那里接受儒家思想。她身上既有作为一个洋人的优越感，这种优越感让她感到自己高中国人一等，同时又常恨自己不能像她的好朋友那样，是一个纯粹的中国人。在中国人敌视西方的目光中，她甚至羞于自己的洋人血统。她的双重身份，使她从一开始就成为一个十分特殊的人。她是一个矛盾体，是一个文化上的混血儿。

轰轰烈烈的义和团运动，大长了中国人的志气，大灭了洋人的威风。赛珍珠亲眼目睹了在中国横行无阻的传教士们，那些信教的教民，如何在突然之间惊惶失措，像热锅上的蚂蚁一样走投无路。在教堂高耸的塔楼上，升起了一面小小的红旗，这是事先约好的信号，它表明危险正在向大家迫近。但是这场革命来得快，去得更快。义和团运动的直接后果，是八国联军攻入了北京城。中国人的脸面丢尽了。慈禧太后狼狈西窜，洋人提什么不合理的条件，都唯唯诺诺地答应了下来。尽管中国人对列强的仇恨达到了极点，但是事实证明，中国人的反抗完全失败。意气用事是徒劳的，在华外国人的生命安全，由于这次闹事，变得比以往任何时候都更有保障。外国人在华特权不是被削弱，而是不可思议地被扩大，外国人在中国的大地上来去更加自由，他们的商船和战舰可以在任何水域游弋，在任何一个码头停泊。外国传教士可以随心所欲地选择居住地，到处公开地兜售对于中国人来说完全陌生的宗教，可以肆无忌惮地开办洋学堂教洋书，开设洋医院行洋医。虽然那些丧权辱国的条约和惩罚性的赔款，与小小年纪的赛珍珠无关，但是她在无形中显然得到了好处。没有人再敢得罪和冒犯她，再敢叫她小洋鬼子。那些不懂事的中国孩子偶尔这么喊了一声，他们的大人知道了，立刻像揍贼似的扇自己小孩的耳光。中国人开始习惯用沉默来对待外国人，把仇恨积累在心底里。洋人从街上走过，只有不明事理的狗，才会对他们发出不友好的吠叫。

赛珍珠的家庭教师孔先生在北京的祖居，被德国士兵捣毁了，家人也因此蒙难。赛珍珠曾听人说过，德国的皇帝给他英勇的士兵下过一道命令，这就是让所有的中国人一听到德国这个名字，就浑身战栗，仓皇逃命。孔先生依然是孔先生，他依然穿着长袍，梳着乌黑的长辫子，用四方形的柔软黑丝布包上一本书，喝茶时不停地用茶碗盖拨弄浮在水面上的茶叶，然后出其不意地指出正在听课的赛珍珠的错来。

“你最好还是回到美国去，”有一天，正上着课，孔先生突然神情严肃，很沉重地对赛珍珠说，“在新的风暴到来之前，你应该回到美国，然后永远不要再回来。”

“为什么呢？”赛珍珠有些摸不着头脑。

孔先生说：“中国人并不喜欢你们。”

赛珍珠感到很悲伤。她的年纪还小，不可能明白老实巴交的中国人，为什么要这么恨外国人。但是她毕竟也已经十岁了，她是个敏感的女孩子，比同龄的其他美国女孩子懂事很多。孔先生所说的新的风暴，自然是指类似义和团那样的暴力行动。在西方人眼里，这样的风暴似乎已经不再可能发生，然而在华的每一位外国人的内心深处恐惧犹存。东方和西方，在心理上已经打了一个死结。

孔先生说：“到时候，你会和所有的其他白人，一起被处死。”

4

赛珍珠的一生，都在为中国人说好话。起码她自己是这么认为的。她觉得她热爱中国人，即使中国人并不爱她，她仍然不改初衷。她一生都在为美国人辩护，虽然美帝国主义也是凶恶的八国联军之一，但是她总是觉得美国人的罪过要轻得多。在她还是一个小孩子的时候，她的母亲就不停地向她灌输，中国人所以恨洋人，是因为在华的其他外国人实在不像话。美国人并不像其他的外国人那样穷凶极恶。尽管他们也让中国人赔了款，然而这些赔款却用在了培养中国的留学生上。美国人所做的事，只不过是从慈禧那个垂死的老妇人手里，硬拿了一笔最终为中国培养了一批人才的钱。没有庚子赔款就没有清华。如果没有庚子赔款，这笔钱充其量也是被慈禧用来再建造一座新的颐和园。

历史上从来就有许多扯不清的话题，历史有时候就是这么滑稽。用于建造海军的钱，被慈禧挪用建造公园，这一直是老佛爷留下的让人攻击的话柄，但是毕竟颐和园今天还能供我们游玩，像清朝政府那样腐败的朝廷，真有了一支强大的海军又有什么用。

在东方的现代化进程中，东方人绝对不会因此感谢西方的长枪大炮。中国人的感情被伤害了，中国人的财富被掠夺了，这些都是铁定的事实。随着赛珍珠年龄的增长，她越来越感到这种裂痕无法弥补。中国永远是中国人的，不喜欢别人对自己指手画脚。中国人永远不会喜欢她这样的小洋鬼子。恩师孔先生的病逝，给赛珍珠带来极大的悲哀。孔先生给她讲述了中华文化最优秀的东西，让她明白了许多东方真正的可爱之处。孔先生的葬礼一定给赛珍珠留下了深刻的印象，就像她出现在葬礼上，给当时在场的中国人留下了深刻印象一样。由于葬礼庄严肃穆，大家都绷紧着脸，人们把对洋人的不满都埋藏了起来。当赛珍珠像中国学生一样跪下来磕头的时候，他们在她的背后做着鄙视的神情，为逝去的孔先生竟然会收一位洋弟子感到可惜。有人甚至埋怨，在今天这样的日子里，让一个洋鬼子登门，十分不妥。

孔先生的葬礼让赛珍珠又一次彻底明白了自己的身份。献身于宗教事业的父母，忽视了一个严重问题，这就是已和中国人打成一片的女儿，最终究竟能不能在中国的领土上待下去。赛珍珠开始发育了，开始成为大姑娘，开始有了自己的心思。她意识到自己虽然爱中国，但是正像孔先生所警告的那样，中国人并不爱她，中国人根本不会欢迎像她这样的洋人。赛珍珠开始在与自己肤色相同的人群中，结交新的朋友。而在这之前，她的好朋友都是中国人。孔先生不在了，赛珍珠必须进在华的教会学校，继续接受正规的西方文化教育。她先后在不同的学校读过书，时间最长的，是上海的朱厄尔小姐的学校。这座学校死板的教育，给赛珍珠留下了十分恶劣的印象。

赛珍珠对宗教并不陌生，但是在朱厄尔小姐的学校里，她突然发现每天漫长的祈祷是那么可怕。在一个光线昏暗的大厅里，由一个很世故的中国男仆领着，跌跌撞撞地从人腿或从俯卧的人身边走过，直到能找到下跪的地方。赛珍珠十分厌恶在黑暗中祈求上帝显灵，也害怕听那些伴着痛苦的惨叫声和叹息声。那种祈求上帝宽恕的声音，让赛珍珠有一种置身于罪犯的世界里的感觉。这种以匍匐来表现的情感，这种祈祷动作上的千姿百态，让她感到忍受不了。在她的印象中，宗教是一种非常正常健康的活动，是由音乐伴奏的一种信仰和现实的结合。人们相信上帝，不是因为害怕下地狱，而是渴望着进入天堂。宗教应该是人们对美的追求。

朱厄尔小姐学校典型的西方教育，没给赛珍珠留下什么好印象。好在这个时间不长，辛亥革命到来的前一年，她随着回国探亲的父母，取道欧洲，经过长途旅行到达美国。这一年，赛珍珠正好 18 岁，回到美国是为了接受大学教育。她终于回到自己的同胞身边，这些同胞对她来说，完全是陌生的另一种人。在大学里，一个在亚洲长大的美国姑娘，成了大家心目中的奇人，大家给赛珍珠起的绰号叫“怪物”，就像她在中国时被叫做“洋鬼子”一样。她立刻明白自己如果不采取主动，必将在孤独和郁闷中度日如年地熬过四年大学生活。她用最快的速度，使自己成为一个地道的美国姑娘。在大学里她从不使用汉语，就好像自己没说过中国话似的，虽然在这之前，汉语一直是她的第一母语。她的英语在美国人听来有些滑稽，她的有些用词纯粹是书面语，而她也听不明白那些流行的俚语，分辨不出那些分明带有猥亵意味的玩笑。她不得不把熟悉的中国世界，暂时丢弃在一旁。既然她是美国人，既然中国人从内心深处不喜欢洋人。但赛珍珠意识到自己临了还将回到美国这个世界里生存。孔先生的叮嘱已经深深地印在了她的脑海里。她必须学会和她的同胞打成一片。她要虚心地向别人学习，像一个地道的美国姑娘那样，谈论她们心目中觉得有趣的东西。她试着和她们谈论男孩子，谈论跳舞，谈论妇女团体和女权运动。

赛珍珠把母亲为她定做的中国亚麻和丝绸衣服，放到了箱子底下，压根儿就不打算再穿这些质地优良的服装。这些衣服都是中国最好的裁缝精心缝制的，虽然参照了最新出版的《时装大全》上的式样，但是在同学们的眼里仍然有些不入时。她宁愿穿那些廉价的美国服装，笨重的美国皮鞋。她首先使自己和周围的女孩子比起来在外表上没有任何不同。又粗又长的大辫子自然不能再梳了，从镜子里看自己，变得都有些认不出自己。她现在是一个地道的美国人，她终于走进了属于她自己的世界。只有在梦中，赛珍珠才会想到中国，想到她熟悉的用人和老妈子，想到香喷喷的中国菜肴，想到童年的中国伙伴，想到人们不无恶意地喊她小洋鬼子。在美国的四年里，为实现自己成为真正的美国人的理想，她不懈地努力着。对于一个纯粹的美国人来说，竞争意识十分重要，但是在中国环境中长大的赛珍珠，似乎永远也学不会竞争。大学四年级的时候，她参加了本年度最佳短篇小说和最佳诗歌的有奖征文，令人难以置信的是，她竟然双双获奖。获奖的原因，当然不是她善于竞争，善于琢磨评委的趣味。她能得奖，只是自己的文学才能的牛刀小试。

大学生活对于赛珍珠来说，并不重要。除了如何成为一个美国人之外，她所学的知识微乎其微。大学生活只是她人生中的一个小插曲，这段旋律演奏完毕，她将开始面临自己人生的第一个重大选择。是留在美国，还是去中国？这两个地方都是她的家。天平仿佛是倾向祖国这一面，还是孔先生的话在起着作用，既然中国人并不欢迎自己，她干吗非要赖在那里呢？她并不想像自己的父母一样当传教士，她没有这样的宗教热情。这里是她的祖国，和中国相比，它是那样的可爱。这儿的一切似乎都那么合乎她的胃口，水很干净，即使是饮用生水也不会害病，没有痢疾和霍乱，可以放心大胆地从树上摘下苹果，不用削皮就吃。这里有许多可爱的美国男孩子，她的年龄已经到了可以考虑这些问题的时候。

赛珍珠又一次回到中国，她远在中国的母亲病了，是一种很可能送命的疾病。赛珍珠立刻决定回中国。没有什么比探望母亲更重要的事了。可是第一次世界大战也就在这时候爆发，所有开往欧洲的船只一律停开。已经收拾好了的行李由于交通缘故，不得不重新打开。从中国传来的消息表明，母亲的病越来越重，母亲在召唤着她，她必须想尽一切办法，立刻赶往中国。她爱美国，可是更爱自己的母亲。一个热爱母亲的人，才可能真正地热爱自己的祖国。赛珍珠排除了重重困难，终于登上了去中国的航船。这时候，她第一次有了远离祖国的感觉，她第一次如此强烈地感觉到正在远去的美国大陆，才是她真正的祖国。

在去中国的途中，赛珍珠遇到了一生中的第一次艳遇。这是位英俊的美国小伙子，在菲律宾的标准石油公司工作。在船上的几周里，他们成为了好朋友，并且十分理智地说定，等船一到上海，大家立刻分道扬镳。他们像恋人一样形影不离。现代人一定会把他们的关系想象得非常浪漫，大家已经习惯了好莱坞的故事，完全有理由相信他们及时寻欢作乐。就像后来一度流传的那样，说赛珍珠和比她年轻的诗人徐志摩有一腿，因为绝大多数中国人都认为，一个美国姑娘不可能把自己的贞操看得太重。有关赛珍珠和徐志摩的艳情故事，已经有人把它作为纪实文学或者小说写了出来，有一天还可能会变成影视作品出来蒙人。

然而事实不是这样，即使到了思想极度开放的今天，美国也并不像电影电视上表现的那样，刚认识就迫不及待地脱去裤子。我们应该想一想，赛珍珠是在中国长大的，她出生于一个传教士家庭，她的家庭历史上从未有人离过婚。对婚姻的忠诚是她从小就记住的做人准则。赛珍珠唯一的哥哥就是个很好的例子。一场没有爱情的婚姻，给他带来无穷无尽的烦恼，由于她的父母在婚姻态度上十分保守，虽然哥哥的婚姻事实上已经死亡，然而为了不让父母为此感到痛苦，赛珍珠的哥哥决定等到父母都过世以后，再考虑离婚。其悲剧性的结果是，等到这一天真的到来的时候，饱受分居之苦、过着苦行僧一样生活的哥哥已经没必要再离婚，他已经习惯了那样的生活，并且可以留在这个世界上的日子也不多了。他很快就告别了人世。

赛珍珠在男女问题上和她哥哥一样保守，大学的四年生活，使她还原成一名美国女孩，但是她并不赞成自由恋爱。自从她懂事以后，她的中国小朋友总是偷偷地向她打听，问她的父母有没有替她找到婆家。中国的包办婚姻，在今天看来已经非常可笑，赛珍珠却由衷地赞同这一传统。自由恋爱并不能保证婚姻生活的质量。在赛珍珠的那个时代里，她所见到的大多数婚姻悲剧，都是自由恋爱造成的。年轻人在对待异性的态度上难免盲目，他们不可能像自己饱经世故的父母那样，头脑冷静地考虑终身大事。婚姻是神圣的，一旦铸错便无可挽回。赛珍珠不否认自己对船上偶遇的那位美国小伙子的好感，然而绝对没有勇气再向前迈出一步。

船在一望无际的大海上航行，离中国的距离越近，赛珍珠就越感受到母亲的召唤。她仿佛听见母亲在呼唤她的乳名。她后来才意识到，其实这也是她的第二祖国对她的召唤。她的母亲把自己的一生献给了这块热土，她的母亲已经和中国融为一体。船上遇到的那位可爱的美国小伙子已不太重要，现在赛珍珠满脑子里想的都是她的母亲。

她想象着对母亲说的第一句话，就是："我回来了，母亲！"

赛珍珠无数遍地念叨着这句话。故乡美国对她来说，已是那么遥远，遥远得已经足以让人忘怀，当新的地平线就要在海平面上出现的时候，赛珍珠突然意识到自己竟然有如此强烈的回家之感。她突然意识到中国就是她的家。新大陆终于出现在面前，船正驶向吴淞口，很快就可以看到上海的海关大楼。阳光灿烂，蓝天白云，海鸥追逐着轮船驶过的波涛。赛珍珠十分激动地握着美国小伙子的手，使劲地捏着，以至于让别人误会她是舍不得分开。好在美国小伙子也和赛珍珠一样理智，他和菲律宾的标准石油公司有一份合同，并不觉得自己应该为了爱情，就放弃这份诱人的合同。在船上，他们相处得很愉快。能够愉快，这就足够了。赛珍珠的心口咚咚直跳，有许多不可知的事情正在等着赛珍珠，一切皆在发展变化之中，一切都是未定数。她母亲的病情究竟怎么样了？这是她最担心的一件事。她即将在中国找到新的工作，不知道自己是否能够胜任。她的婚姻大事，也将被提上议事日程，虽然她只有22岁。在早婚的中国人眼里，这已经是一个老姑娘的年龄。她将和在中国的白人圈子里的男人打交道，结果是劳而无功，父亲打算将她介绍给一位年轻体面的中国绅士，但是她的母亲反对，年轻体面的中国绅士的父母也坚决不赞成。

第三章

1

在刘岳厚的告别仪式上，刘岳厚的女婿高丰文，也就是刘丽英的丈夫，一本正经问我最近在写些什么。我已经习惯了人们类似的提问，总是心不在焉地回答说自己没写什么。高丰文盯着我不放，又问我打算写什么，我觉得自己总得告诉他一些什么，便说自己打算写一写赛珍珠。他显然不知道赛珍珠是谁，看着我，点点头。我们正在等火葬场的小礼堂空出来。这种等待有一种荒唐之感，小礼堂不停地换着人，一批又一批不相干的人，哭着从我们面前走过。刘岳厚终于死了，久病无孝子，我感到他的家人们，为此都深深地松了一口气。这一次是倾巢出动，所有的子女，媳妇和女婿，尚未成婚的小儿子的女朋友，孙儿孙女以及外孙外孙女，七姑八姨，都来了。虽然刘岳厚的一家都认识我，但是在他的子女中，我除了和刘丽英夫妇熟悉以外，其他的人仍然弄不清楚。

这么多奔丧的人，不可能都住在刘丽英家里。刘丽英曾想让一部分人住到我的家里来，她的母亲坚决反对，因为戴着黑孝住在别人家是有些忌讳的。虽然刘岳厚生前与我关系非同一般，虽然他不止一次地在我家住过，虽然他的家人过去也在我家借宿，但是这一次不一样。在火葬场，当我向刘岳厚的妻子姚五妹表示慰问的时候，姚五妹抹着眼泪重提她内心深处的不安。由于来奔丧的人都吃住在招待所里，这笔开支显然不少，大家商量的结果，就是尽快让刘岳厚火化。年轻人的思想都很开化，他们根本不把姚五妹的反对当回事，决定第二天就把事情了结。

“在我们乡下，尸首起码要搁三五天，”姚五妹叹着气，无可奈何地说，“这么快就烧了，人怕是还没有死透呢！”

终于轮到刘岳厚了，高丰文手上拿着一包中华牌香烟，在小礼堂的前后来回照应着，不时地给工作人员递烟。刘丽英的弟弟妹妹们却在那抱怨，嫌南京的规矩和他们那里不一样。一切都布置好了，我作为一个大家信得过的人，被事先安排好说几句悼念的话。我不知道说什么好，尽管我是个作家，是个小有名气的文化人，在刘岳厚的家人看来，一定能说会道，而且我确实也事前一直在做着准备，然而事到临头，我突然觉得自己原先准备的话，是不适合的。我原来想说，刘岳厚的一生，很可以用来写一篇不错的小说，甚至拍部电影，但是这话尚未说出口，我就觉得自己有些二百五。我想不仅是刘岳厚的家人不想听这样的废话，就算是我自己，也不想听。这样的话，只有死去的刘岳厚乐意听。刘岳厚已经死了，在追悼会上，所有的话都是说给活人听的，我必须说一些面对活人的话。

我突然灵机一动，说刘岳厚曾经是我的老师，我说一日为师，终身为父，因为他教过我，所以我始终尊敬他。我说得有些动情，刘岳厚的家人听了，似乎也有些感动。接下来应景的话就容易说了，我把人们在追悼会上常说的话，拿出来复述，近乎肉麻地抬高死人的地位，最后用“敬爱的刘岳厚老师，你安息吧”作为结束语。我的结束语带来一片哭声，大家绕尸体一圈，还没有来得及退出小礼堂，新的一轮就已经又开始了。一个小伙子捧着一张巨大的遗像冲进来，刘岳厚的遗像刚被拿下来，新的遗像便占据了他刚才的位置。再也没有比火葬场更乱哄哄的地方。我们还没有明白过来是怎么一回事的时候，一切就已经结束了。一切都太快，太匆忙，匆忙得大家目瞪口呆。我发现刘岳厚的家人都陷入迷惘之中。

从火葬场出来，我拦了一辆的士直奔金陵饭店。昨天晚上，我接到罗燕女士秘书的电话，说罗燕和胡雪桦今天要来南京和我见面。时间是下午四点钟。我以为自己会迟到，可结果迟到的是罗燕女士。胡雪桦早就到达，可是我在关键的时候，把胡雪桦和他兄弟胡雪杨的名字弄颠倒了，我向服务生询问胡雪杨或者罗燕是否到达，得到的回答是电脑上没有这两个人的记录。于是我便在大堂一边休息，一边等待。刘岳厚的逝世，弄得我十分疲倦。我这人不能遇到什么事，其实我也没尽什么义务，只不过是跑了几趟医院，少睡了一点觉。刘岳厚是在昨天凌晨咽气的，从那以后，我几乎一直在和这件事打交道。草拟电报文稿，给刘岳厚所在的乡政府挂长途电话，我有一个乡长的大哥大号码，可是打通手机的难度，差不多都快令我绝望。对方不停地告诉我，说我拨打的号码正在使用，让我稍后再拨，我一个接一个地拨着，终于从内心深处开始心疼起电话费来，因为只要对方服务小姐一说话，我的长途电话就算是接通一次。收费的老头很乐意遇到我这样的用户，他希望我能一直这么打下去，永远也不要真正地接通。

现在，我坐在大堂的真皮沙发里，心不在焉地等待着。不时地有打扮得花枝招展的小姐，从我面前走过，当然还有那些西装笔挺的男人，一眼就能看出来是成功者。这里是南京唯一的一家五星级酒店，除了外国人，只有高等的华人才能住在这里。不久前，在火葬场的时候，我曾很无聊地想到，人死了以后的区别，不过是看你租大礼堂或者小礼堂来举行告别仪式。时时刻刻都有人会死去，死是人世间最大的平等。

一辆豪华大巴士送了一车外国客人到酒店门口。在导游小姐的招呼下，他们三三两两地走进大堂。说着我听不懂的外语，兴致很高，很可能是刚从某个旅游风景点过来。我看了看手表，时间已快四点半，突然想到自己可能出了什么差错。罗燕小姐的秘书昨天在电话里，先约好的时间是下午两点钟，但是她很快又打电话给我，说罗燕小姐因为有事，可能要到四点钟才能到达。不过我早一点去金陵饭店也无妨，因为胡雪桦会提前到达那里的。我又一次去向服务生询问，这次我提到了胡雪桦，我解释说，在这之前，自己可能把名字弄错了，服务生熟练地把胡雪桦输入电脑，告诉客人已到，并报了房间。我走进胡雪桦的房间，看见他正十分无聊地看电视体育节目，看两个胖胖的日本人相扑。

我们很快就进入赛珍珠的话题，这是我们这次会面的目的。由于我还没有看到 *Pavilion of Women*，胡雪桦给了我一份请人翻译的内容提纲。如果我们要合作的话，问题将变得非常简单，这就是说我们将根据赛珍珠原著小说中的一个次要情节，改编成一个现代人乐意看的电影。这个次要情节就是小说中的女主人公和一位传教士的感情纠葛。

“说白了，这是一个偷情的故事。”胡雪桦提纲挈领地说着。

我明白胡雪桦的意思，这个偷情不仅仅是世俗意义上的男女表演，它还将影射东西方关系。同时，“偷情”在电影上也是一个类概念，是法定婚姻之外的故事，可以简单地引申为婚外恋和第三者插足。我们谈了没一会儿，罗燕女士也匆匆赶到，而且立刻加入谈话。大多是他们在叙述，我尽可能集中注意力地听着。我想他们一定看得出我很疲倦，或是觉出我对合作不是太感兴趣。

我带了两本自己的书送给他们。我告诉他们，我仍然没有找到兴奋点，虽然在过去的许多天里，我满脑子都在想赛珍珠，但是对是否有把握写好一个传教士和中国女人的故事，暂时还没有把握。毕竟只是刚看完原著小说的故事梗概，我不能胡乱地答应他们。而且胡雪桦提供给我的故事梗概，甚至也是不完整的，竟然缺了一页，使得本来就不完整的故事，更显得支离破碎。好在我心里总算有数了，事实上，对于写传教士，我自认还是有些把握，为了写长篇小说《花煞》，我曾经读过不少资料，而反映东西方文化的碰撞，一直是我觉得有趣的话题。我所以还感到犹豫，是不知改编的自由度究竟有多大。

2

早在一开始，罗燕女士就表明我有充分的自由度。我只要从原著中得到一个框架，抓到一点点蛛丝马迹，便可以充分发挥自己的想象力。这种事说起来很容易，可是一旦进入到了具体操作，会有许多预想不到的麻烦。首先，这样的改编肯定是对赛珍珠的扭曲，它更多的意义只是我新写了一部小说。而这新写的小说与导演和制片人的要求有多大的距离？电影不可能像小说那样，想怎么写就怎么写，电影是一门妥协的艺术，是一场有严格规则的游戏。差之毫厘，谬以千里，我感到吃不准的，是究竟想让我写一个什么样的东西。过多的自由，对于写电影剧本来说，不是好事。过多的自由，其结果很可能是让人白忙一场。

就这部要写的电影，我发表了两点意见。第一，如何对待“爱”这个词。对于一个二三十年代的中国人来说，这个“爱”字，说出来非常肉麻。偷情说到底还是一个爱情故事。罗燕女士曾向我说过，这部电影的市场在国外，它将要被翻译成英语，是一部好莱坞式的电影。

但是毕竟反映的是中国的人和事，女主角自然是用汉语来思维。不仅是女主角，整个影片都得如此进行思考。因此我想，如果出现调情的场面，女主角不说中文的“爱”，而是说英语的“Love”，一切就自然得多。洋泾浜的英语有时候很适合于处理尴尬场面。在自己的中文中嵌一两个难以说出口的洋文，很多难题就迎刃而解。

第二，女主角是个四十岁的女人。虽然民间有“三十如狼、四十如虎”之说，但是在影片所要描写的那个特定的年代里，四十岁绝对是一个已经做了祖母的老女人，无论是从外形还是内心，都应该是成熟过了头的感觉。如何处理一个老女人的浪漫情调，这也是个难题。我们将要描写的女人，是一个没有欲望，只是一味贤惠、做事得体的大家贵妇，她毫无嫉妒心地在自己四十岁生日那一天，心甘情愿地为丈夫娶了一个花容月貌的小妾。要让女主角变得真实可信，得花很大的工夫。

我承认，出于这样那样的难度的考虑，我反而开始有了些兴趣。艺术就是克服困难。容易写的东西，往往写不好的。女主角的形象开始在我的脑子里打转，她时隐时现，虽然还不知道结果会如何，但我意识到，这是个好兆头。人物形象永远是最重要的，我把自己的想法告诉罗燕和胡雪桦，说自己还需要一些时间想一想，再作最后的答复。

“那好，两天以后，我再打电话给你。”罗燕女士看了看手表，笑着说，“我想你绝对能写好，你大胆地写好了，其实电影剧本用不了多高的智力。”

我没想到谈话就这么结束了，有些话还没来得及说。罗燕女士说她晚上有个约会，时间已经迫在眉睫。我本来以为我们会在一起吃顿饭，她这么一说，倒有些下逐客令的味道，我再不告辞，便是不知趣了。我走出金陵饭店，发现天已经黑了，街上灯火辉煌，我等了好一会儿，才拦到了一辆出租车。

回到家，妻子告诉我刘岳厚的女婿高丰文来过一个电话，说他的岳母有一包东西要交给我，本来想送到我家来，可是考虑到他们有孝在身，还是让我自己去一趟好。我稍稍吃了一些东西，又马不停蹄地奔向姚五妹所住的招待所。他们全家刚刚聚过餐，一见面就埋怨我不应该不吃这顿饭。他们说这是丧饭，叫什么“豆腐饭”，表示丧事已经结束，大家集合在一起撮一顿。显然他们是喝了酒的，刘岳厚的两个儿子和一个女婿都面红耳赤。

“你现在成了名人了，不愿意和我们坐在一张桌子上。”刘岳厚的小儿子从来没和我说过笑话，他是个腼腆的乡下小伙子，酒精使他居然调侃起我来。

姚五妹张嘴就骂，显然她有一肚子不痛快，借此由头，把小儿子好一顿数落。小儿子的女朋友出来打圆场，姚五妹依然不肯善罢甘休。我不知道她有什么东西要交给我，不得不耐着性子听她数落完。还是刘丽英厉害，她是长女，是这个城市的主人，板着脸问她母亲有完没完，有什么话带到乡下说去。姚五妹还说，于是母女两个又不分青红皂白吵起来。姚五妹终究有些怵刘丽英，声音越来越低，突然拉了我到她住的房间。

刘岳厚的骨灰盒用一块红布裹着，放在电视机上。由于怕招待所的服务员抗议，在骨灰盒上又盖了一张当天的报纸。刘岳厚的遗像也被面朝里靠墙放着。姚五妹神秘兮兮地从一个破旅行包里拿出一包东西，说刘岳厚生前曾经说过，他死了以后，将这包东西交给我作纪念。我早就听说他有这么一包他各个时期写的手稿。姚五妹仿佛了却了一桩心事似的，把那包东西往我手里一塞。我顿时感到哭笑不得，因为我知道刘岳厚的手稿是怎么回事。老实说，只有他自己把那些改了无数遍的手稿当作宝贝，而于别人这根本就是一堆废纸。

“我——”我支吾着，说这东西最好还是留在你们手里为好。我说我家里已经够乱了，拿回去也没地方放。

姚五妹说得很爽快：“要是没用的话，就把它烧了好了。依着我，早就想烧了，这些破东西有什么用，害得这死鬼迷了一辈子。”

我几乎是被迫收下了这包死者的礼物。我该死的老毛病，又一次让我陷入尴尬境地。在关键的时候，我总是不好意思拒绝别人。我想不通的是，他们作为家属都不想要的东西，为什么非要硬塞给我。在回去的路上，我几乎要赌气将那包东西扔进垃圾箱。回到家，妻子看我捧着这么一包东西回来，一脸的不高兴。虽然我们都知道癌症是不会传染的，但是在这时候，把一个死人的遗物带回家，实在不合时宜。妻子说，这包东西除了你的书房，什么地方也不许放，并且再三关照我的女儿，绝对不许碰那个包。

为了刘岳厚的手稿，过去就有过种种麻烦。自从我成名以后，刘岳厚老是没完没了地让我给他推荐文章。他是那种什么样文章都写的人，写完了就往我这儿寄，把发表的希望全寄托在我身上。有一次稿子寄丢了，他大为光火，说我根本就不重视他的手稿。刘岳厚一辈子都没有明白过来一个最简单的道理，这就是他的文章从来没有真正地写好过。他总是自以为是，可怜兮兮地瞎清高，无论什么样的暗示，他都弄不明白。我敢肯定，在他留给我的那包手稿中，所有的文字我都见过，所有的文字都没有什么太大的意义。这么想，对死者显然是有些不恭敬，但是我的确明白刘岳厚留下的，只是一堆废纸。

那天晚上，我希望妻子能问我改编电影剧本的事，让我谈谈对导演和制片人的印象，但是她懒得问。在后来的两天里，仍然没有问。两天后，罗燕女士给我打来电话，说她打算立刻去美国，先找一个美国佬写一个草稿，由于这是一部好莱坞的电影，而赛珍珠不管怎么说，也是美国人，因此先让美国人写一稿，也许可以省去我许多事。我觉得这样也好，在过去的两天内，我并没有全身心地投入到这个剧本的构思中去，老实说我还没有最后答应写。现在这样最好，那个美国佬一个月以后才能拿出初稿来，而我却有充足的一个月考虑电影剧本怎么写。

3

刘岳厚一直为能有我这么一个学生，感到骄傲，而我所以能成为他的好学生，又得感谢“文化大革命”。不是“文化大革命”，我的父母就不会进牛棚，父母不进牛棚，我就不会去农村念书，不去农村念书，就不会成为刘岳厚的学生。这一环套着的一环，是一系列的因果关系。刘岳厚是祠堂小学的教师，祠堂小学一共就二十几个学生，从一年级到四年级，应有尽有。刘岳厚给我留下的最初印象，是他穿着一条黄军裤，在以后的多少年里，他一直穿着这种颜色的裤子。当时他刚从部队复员，正是得赶紧找对象的年龄，据说已经有很多姑娘看中他了。我由外祖母带进教室的时候，学生们还在上课，他坐在讲台前临毛笔字，是欧阳询的《九成宫》，正临到一页的末了几个字。

“这就是你外孙。”他一边临帖，一边说。

“赶快叫刘老师。”外祖母吩咐我。

我冒冒失失地喊了一句，正在做作业的小学生哄笑起来。我的话带着明显的异乡口音，他们调皮地模仿着我的腔调。刘岳厚瞪了一眼他的学生，继续临他的帖，临完这一页，抬起头，对我说：“三年级人少，你就读三年级吧。”我想告诉他，我应该读四年级了，可是我外祖母已经一口答应。于是我莫名其妙地就被留了一级。

在这种混合班里读书，永远有一种喜剧效果。刘岳厚总是安排这个年级的人做算术作业，安排那个年级的人写毛笔字，然后给另外一个年级讲解语文课文。他很难做到有条不紊，课堂上始终是乱哄哄的。学生并不是真的害怕他，他也无所谓学生怕不怕他。我在一开始就注意到他对诗词特别爱好，老是没完没了地在课堂上讲解毛主席诗词。我记得第一堂课就是讲解《七律・送瘟神》，其中有一句是“千村薜荔人遗矢”，他很认真地说：“人遗矢，这个矢，在这就是屎的意思。遗矢就是拉屎的意思。”

我至今仍然不明白这解释究竟对不对，反正当时他振振有词，说得十分投入。小学生总是认为老师的话千真万确，人到了到处拉屎的境地，其荒凉自然不用再解释。我记得刘岳厚还说过：“你看毛主席他老人家多厉害，什么样的词都敢用。‘小小寰球，有几个苍蝇碰壁，嗡嗡叫’，‘梅花欢喜漫天雪，冻死苍蝇未足奇’，动不动就是苍蝇，有几个诗人敢这么写？”

在祠堂小学的门前，横着一条河。天依然很热，下课的时候，男孩子们便往河里跳。当地游泳叫“汰冷浴”，女人是不下水的，男的却无论老少，都是光着屁股下河。刘岳厚从来不在课间下河游泳，天再热，他都是焐着那条黄军裤。他就住在祠堂小学旁边的一间小屋里，到太阳快下山之际，他拿着一个塑料的肥皂盒，笃悠悠地向码头走去，跳进河里，一口气游好几个来回。我在农村的那几年里，大家洗澡都不用肥皂，唯有他，喜欢赤条条地站在码头上，往身上到处抹肥皂。夕阳下，刘岳厚作为村子里独一无二的文化人，赤身裸体地站在光溜溜的码头上。干了一天农活的庄稼人收工回来，从河堤上走过，冲他大声嚷嚷。他感觉良好地继续洗着，嘴里永远哼着同一首语录歌：

下定决心，

不怕牺牲，

排除万难，

去争取胜利。

我和我的新同学干的第一件偷偷摸摸的事，便是去偷看刘岳厚在河边洗澡。很难说清楚这样的偷窥，有什么样的乐趣。刘岳厚往身上抹着肥皂，有人就笑着说："刘老师又要洗鸡巴了。"这在当时是一个全村的笑话，男人们一边在地里干农活，一边很不服气地说："有什么了不起了，好像别人没有那玩意儿似的。"甚至女人也对这样的话题有兴趣，我就听过一位俊俏的小媳妇，对几位大姑娘谈论此事，大姑娘们捂着嘴笑，小媳妇更是笑得十分开心。

有一天正上着课，一个叫老扁头的孩子，因为犯了错被罚站，突然很淘气地说："我三大妈说了，你那玩意儿是个宝贝，因此天天要洗！"

刘岳厚一时不明白老扁头的话，可是全班的学生都笑了，从一年级到四年级，大家哈哈大笑，前仰后翻。刘岳厚很生气，放学了，留住了老扁头不让回家，到天黑他娘找了来。刘岳厚板着脸说："你问问你儿子，他说了什么话。"老扁头娘甩手给儿子就是一个耳光，但是当儿子坦白了究竟说了什么的时候，老扁头娘自己也忍不住哈哈大笑。回去说给自己男人听，男人也笑，说给周围的邻居听，一个个都笑得喘不过气来。

转眼快过年了，鱼塘里的水被抽干，抓了鱼分给大家。那口一年难得用上一次的大铁锅，烧了满满的一锅水，让全村人洗澡。就一锅水，要全村的老老少少男男女女，挨个儿地都洗过来。第一个下锅洗的是生产队长，然后就轮到刘岳厚。负责烧水的姚胡子以商量的口吻说：“刘老师，你千万不要用肥皂，全村的一百多号人，还在你后面排着队！”

刘岳厚为难地说：“不抹肥皂，这澡怎么洗？”

最后，刘岳厚还是在身上抹了些肥皂，只是不好意思把肥皂沫子弄在铁锅里，用勺子把身上冲干净了再跳进锅里。按秩序是全村的男人先洗，男人洗完了年轻的女人洗，年轻的女人洗完了，才轮到老太太，洗到临了，那一锅水早就成了酱油汤。女人们一边洗，一边抱怨，姚胡子把责任统统推到了刘岳厚身上，隔着布帘子说：“刘老师非要用肥皂洗他的鸡巴，我有什么办法！”

那一阵，扫盲班办了起来，村上不识字的大姑娘小媳妇，都被集中起来上夜校，上一次课，记一次工分。许多女人都是为了工分才上夜校的，只有两个人是例外。这两个人，一个是刘岳厚的恋人胡冬琴，一个便是他后来的老婆姚五妹。胡冬琴比姚五妹漂亮，但是她爹是富农，因此常常受人欺负。上课时，刘岳厚老让胡冬琴回答问题，胡冬琴答对了，刘岳厚就当众表扬她。生性泼辣的姚五妹终于跳出来批评，说胡冬琴是富农，你可不要包庇她。刘岳厚说，我怎么包庇了？姚五妹说，你就是包庇了。其他的妇女也跟着一起起哄，说刘岳厚确实是包庇胡冬琴。

刘岳厚知道胡冬琴和姚五妹都喜欢自己。他很得意，可是并不想娶其中的某一位。胡冬琴是富农，这成分在“文革”中可了不得。姚五妹却太穷，她的大哥三十多了，还没有娶上媳妇。于是有人出来说媒，大家做点牺牲，让姚五妹嫁给胡冬琴的哥哥胡矮子，胡冬琴嫁给姚五妹的大哥阿喜，恰巧两个男人都有些欠缺，胡矮子出奇的矮，姚阿喜小时候爬树摘柿子，摔瘸了一条腿。张飞与李逵，乌鸦落在猪背上，都是黑对黑，正好般配，谁也不吃亏。不乐意的是姚五妹和胡冬琴，心里都惦记着刘岳厚，不甘心自己要嫁那样差劲的男人。刘岳厚心里也酸酸的，说不出什么滋味。

正月里，姚胡两家同时办喜事，刘岳厚被拉着轮流在两家喝酒，喝得醉醺醺的。两位新娘的眼睛都有些红，都不理他。刘岳厚喝多了，终于醉了，被架到空地上去呕吐，吐完了，又回来接着喝，一直喝到新娘双双被送入洞房。那一天，整个村子闹得就像是过节。胡冬琴从小受人欺负惯的，进了洞房，乖乖地成了别人的老婆。姚五妹是烈女，悄悄地揣了一把剪刀在怀里，对胡矮子说的第一句话，就是：

“我绝不让一个富农的儿子，日贫下中农的女儿！”

胡矮子被她的气势吓得又矮了半截。他傻了好一阵子，说：“你哥能娶我妹，我为什么不能娶你？”

姚五妹理直气壮地说：“贫下中农的儿子日富农的女儿，和富农的儿子日贫下中农的女儿，这不一样。”

胡矮子气不服地说：“怎么不一样？”

姚五妹说：“是革命和反革命！”

胡矮子拿姚五妹没办法，像小孩子一样捂着脸哭起来。老富农夫妇听听动静不对，敲门进来，涎着脸对姚五妹说好话。姚五妹说：“你们要是逼我，我就死在你们家里，富农逼死人命，贫下中农饶不了你们。”老富农的尿差一点吓在裤子上。自从“文化大革命”开始，他动不动就被拉出去游街，如今真要逼死了姚五妹，还有好日子过？整个蜜月里，姚五妹都揣着一把剪刀睡觉，她把胡矮子的一家当作了阶级敌人，始终保持着高度的革命警惕，不许他们乱说乱动。老富农如坐针毡，富农婆躺在床上犯胃病，胡矮子憋得脸色发青，姚五妹的气焰却越来越高涨，完全掌握了战场上的主动权。

姚五妹的革命行动成了笑话，全村都在议论，方圆几十里的人都知道这件事。大家看法不同，结论不同，但谁都觉得这事很有趣。到了蜜月结束的那一天，姚五妹突然想到了学文化。她拿着一本教材跑去找刘岳厚，一直磨蹭到天黑也没有离开。刘岳厚似乎知道她想干什么，心里揣着只小兔子，扑通扑通直跳。临了，姚五妹咬牙切齿地说："刘岳厚我告诉你，你现在已经没指望了，胡冬琴已经是我哥的老婆，你除了我，没别的人可挑。"

4

我成为一名作家后，常常有人问我是否受到了家庭的影响。在许多人眼里，既然父亲是作家，祖父也是作家，那么我很可能从小就是按照制作作家的配方，进行培养的。刘岳厚逝世以后，我突然想到我之所以成为作家，完全可能是上小学的时候，受到刘岳厚的影响。我已经反复向别人解释过许多次，我的家庭并没想到过要让我成为作家，我当了作家完全是后来的事。

在祠堂小学，我几乎没学到什么东西。刘岳厚从来就不是个好教师，他根本不知道应该如何安排好课程。不同的年级老是冲突，有的同学太调皮，常常课上到一半就跑出去撒尿。这样的学堂更像是个幼儿园。刘岳厚的教学方法是听其自然，布置了作业，学生做不做都无所谓。学生的家长对刘岳厚也没要求，反正以后都是种田。

刘岳厚在村上能够得到大家的尊重，因为他是不用干农活的文化人。他的一手毛笔字总有机会派上用场。毛主席的最新指示发布以后，要由他用一丝不苟的欧体抄出来，贴在墙上供人瞻仰。除了生产队长和会计，没人的地位能和他相比。随着“文化大革命”运动的深入，大队里组织了毛泽东思想宣传队，姚五妹成了其中的积极分子。那一年，县委书记参观了大寨回来，下决心也要搞一个样板。他提出了四个“笔笔直”的口号，责成刘岳厚像抄诗一样地抄下来，把这口号贴得到处都是。

河道笔笔直，
道路笔笔直，
房子笔笔直，
树要笔笔直。

“笔笔直”里的有一个“笔”，在这里应该是语气助词，当地的方言习惯这么说。于是一个冬天里人就没闲着，县委书记亲自蹲点，水被抽干了，硬是用人工，把原本弯曲的河道修直。周围几个大队的民工纷纷前来助战，广播里整天播着革命歌曲。有一天，县委书记来工地慰问，心血来潮，即兴凑了一首诗，从此诗兴大发，一发而不可收。于是在大战河道的同时，又掀起了一场轰轰烈烈的群众诗歌运动。乡下人写的诗都是顺口溜，一边干活，一边凑句子，凑得差不多了，便往广播站奔。什么样的打油诗都有，什么人都写诗。干活写诗，吃喝拉撒睡也想着写诗。我只记得姚五妹的一首诗中，有这么两句：

大家警惕高，
敌人要破坏。

小学生也被组成了少年突击队。那时候广播里常播放的一首歌，是“拿起笔做刀枪”，笔和当地口音中的女性生殖器的读音完全一样，孩子们十分起劲，却不怀好意反反复复地唱着这一句。姚五妹那时候也大出了一阵风头，没有比她更不怕出洋相的女人了，由于她誓死不嫁富农的声名远扬，那些前来助战的民工，千方百计都想一睹她的芳容。在宣传队里，她什么歌都敢唱，什么舞都敢跳，反正乡下人不花钱白看戏，有热闹就好。她的肚子开始一天天地大起来，也没什么怀孕反应，照样跳，照样唱，疯得跟傻大姐似的。她和刘岳厚的婚事已经成为事实，那年头有没有结婚证无所谓，姚五妹和胡矮子反正没有正式登记结婚，因此也不需要离婚。

群众诗歌运动来得快，去得也快，轰轰烈烈转眼间灰飞烟灭。只有刘岳厚是唯一热情不减的积极分子。别人凑出了几句诗，说过就忘，他的诗都抄在小本子上，一首接一首。作为他的学生，我第一次听人说诗要押韵，在他教育我之前，我一直以为诗只是些分了段的汉字。我也是第一次知道，写诗的人叫诗人。为了凑韵脚，刘岳厚成天捧着一本《新华字典》，颠来倒去，很快就把它翻烂了。这是他当兵喂猪时，在省城的一家新华书店排队买的。他的脸上时时露出别人根本就不懂诗的神情，而且开始不屑于去广播站，对着话筒发表朗诵他的诗歌。他非常虚心地拜一位下放的报社老记者为师，据说这位白发苍苍的记者，曾经发表过好几首诗。

虽然刘岳厚的学历只是小学文化，自从他决心要当诗人以后，那种鄙视别人的神情就在他的脸上固定了下来。他的教学也越来越不像话，到春天又一次来临的时候，他自作主张地压缩了算术课，毫无道理地加大了语文课的比例。他似乎忘记了自己面对的是混合班的学生，他对这些目瞪口呆的学生讲述自己的诗，而且规定每人起码要会背一首他的诗。今天回想起来，他的诗应该算是白话押韵诗，都是说些空泛的大道理。他的学生成了他最初的读者。他感觉良好，然而没有一个学生喜欢他的诗。

仅仅是写诗，那种小的工作笔记本，就用了好几本。在一开始，写诗不过是自娱和折磨学生。能写诗的这种感觉很好，刘岳厚敢于鄙视别人，别人便不敢不尊敬他。在我的印象中，他是村上唯一不怕生产队长的人。生产队长霸道得很，可是拿他毫无办法。那一年，刘岳厚的长女刘丽英出生了，他丝毫没有因为做了父亲就此成熟。既然有了诗，家庭对他来说，已经不太重要。女儿哇哇地哭着，他却躲在教师办公室里苦思冥想，为一个韵脚走投无路。我记得刘岳厚最下功夫的，是一首叫《老犁头》的长诗。这首诗折磨了他好多年，有无数个版本。最早在课堂上给我们朗诵的，是一首十行的短诗。他告诉我们，这首诗写了一个当家做主的现代老农民，如何热爱集体。我之所以还能记得是十行，是由于他每讲一句时，就举起一个手指头，当他的十个手指头都伸出来的时候，他的诗也就全完了。

到“文化大革命”后期，我已经回南京上了高中。有一天，刘岳厚捧着一叠厚厚的诗稿，十分神秘地出现在我的家里。这时候，他已经是四个小孩的父亲，人和过去相比，瘦了些，头发长了些，看上去有些潦倒，但是更像是诗人。他来我家的目的，不是为了看望过去的学生，而是来向我的父亲求教。他向我父亲解释这首诗的来龙去脉，虚心得像一个小学生。让我和我的父亲都感到难以忘记的，是诗响亮的开头：

当！当！当！当！
当！当！当！当！

刘岳厚的诗似乎是长进了不少，在一开始，就是敲击挂在村头大树上的一截犁头的声音，一共八声，八个惊叹号。他解释说，在他的诗中，作为人物的老犁头，和挂在村头大树上的铁犁头可以合二为一。他说老犁头这个人物，可以用已经不能耕地的犁来象征，虽然不能为建设社会主义出力了，但是仍然可以废物利用，挂在树上当钟使，可以警钟长鸣。这是一首长长的叙事诗，从老犁头的童年说起，讲他怎么当长工，怎么给地主老财干活，怎么反抗，怎么掩护共产党的地下组织，等等，等等。中共党史上的大事件，差不多都写到了。从解放前，到解放后，肃反，“反右”，大跃进，史无前例的“文化大革命”，几乎就是一本“四人帮”时期的教科书。我的父亲读了以后，不得不连声说有气势。这时候，我的父亲刚刚被结合进一个创作组。他的思维有些迟钝，根本合不上时代的节拍。作为一个作家，除了写检查，他已经有多少年不曾写过一个和创作有关的字，因此他发自内心地觉得刘岳厚有些了不起。

父亲的表扬几乎使刘岳厚忘乎所以。他的脸上放着红光，羞答答地说，省出版社可能要出版他的这首长诗。父亲向他表示祝贺，并答应为他力尽所能地改正诗稿中的错字。这是我父亲唯一能够效力的地方。可惜长诗中的错字，也太多了一些，结果原计划一晚上就能看完的诗稿，足足让我父亲改了两天。到了第三天，刘岳厚来取稿子的时候，为自己诗稿中太多的错别字，感到不好意思。我父亲安慰他说：“这不要紧，你看你的字，就写得比我好，我小时候没练过毛笔字，这字就一直写不好看。”

省出版社最终也没有出版刘岳厚的诗稿。诗稿在出版社放了一年多，换了一位编辑，建议刘岳厚把这部诗稿改为长篇小说，并要求他把当前如火如荼的“反击右倾翻案风”也写进小说。刘岳厚因此也从业余的诗人，变成了业余的小说家。他加强了原诗中本来就很浓的火药味。小说稿完成以后，不同的领导提了不同的意见，刘岳厚修改了无数遍，一直到“四人帮”被粉碎，也没有能最后定稿。

第四章

1

赛珍珠一直认为自己将来会成为一个作家。有这种理想的人很多，许多最终成为作家的人，向文学青年谈起自己的文学道路时，常常会这么袒露心扉。天底下什么样的成功，都是有原因的。赛珍珠认为，一个作家不应当在三十岁之前就去创作小说，除非他有在绝望和无助中生活的经历。出去寻找创作素材的作家，好像是出海打鱼的渔民，好像是钻进深山老林狩猎的猎人，肯定写不好小说。创作不应该成为打鱼或狩猎，生活就是生活，一个人应该顺其自然，不应该刻意追求什么，不应该处心积虑地别有他图。

赛珍珠不是为了当作家才到中国来的。她出生三个月以后就来到中国。在很长的时间里，中国就是她的世界。如果她真有什么天赋的话，那么就是她能够欣赏周围的一切。能够欣赏是作家的重要天性，赛珍珠对什么都感兴趣，甚至对左邻右舍的农事，也很乐意弄个明白。她看到了手工种田的奇迹，一切都靠自己的双手，没有拖拉机，没有耕牛，也没雇帮手，男主人完全是靠自己，加上自己的妻子、儿女、儿媳以及刚能干活的小孩，用手把水稻一束一束地插进田里。这是真正的自给自足。遇到干旱的日子，农民忧心忡忡，用各种稀奇古怪的仪式，祈祷着老天赶快降雨。

中国是赛珍珠真正面对的世界，她就生活在这个世界里。在少年时代，赛珍珠读了许多有关西方的书籍，有美国人写的，然而更多的还是英国人的书。在她所处的那个时代里，公认的观点是英国才有文学，而美国通常是粗鄙的，是一个没有文化的暴发户，根本就没有什么文学。在赛珍珠父母的藏书中，有成套的狄更斯，成套的萨克雷，还有乔治·艾略特和瓦尔特·司各特，以及一套版本很好的莎士比亚全集。这些名著充实了赛珍珠的少年生活。美国文化只能体现在流行杂志上，为了不至于和本土的文化脱节，赛珍珠的母亲在众多的美国杂志中，订阅了《人物评论家》，而父亲挑中的是《世纪》，此外，还订了《圣·尼古拉》和《青年指南》。赛珍珠后来之所以能成为那种独一无二的作家，和她的独一无二的生活分不开。她的文化准备，确实是与众不同。

重新回到中国的赛珍珠，发现了许多和以往的不同。首先是视点发生了变化，在美国读了四年大学，这已经足以让她用一双美国人的眼睛来看中国。其次，中国自身也发生了翻天覆地的变化。在赛珍珠去美国读书的第二年，辛亥革命爆发了，清王朝被推翻。留在中国男人脑袋后面的那条猪尾巴似的小辫子没有了，共和与维新成了最时髦的口号。赛珍珠已有整整四年，没有机会运用她所熟悉的汉语，潜藏着的记忆大门突然又被打开，虽然一些话语对她来说已经有些陌生，但这并不妨碍她倾听这些熟悉的声音。她熟悉这些语调，因为她就是在这些语调中长大的。

昔日的中国姑娘如今无一例外地成了孩子的母亲。这些人曾经都是赛珍珠的好朋友，现在她们把她拉进自己的房间，十分好奇地向她问这问那。她们最关心的自然是她的个人问题。她们奇怪赛珍珠的父母，为什么不尽快地给女儿找个婆家。

“你打算什么时候结婚呢？”

赛珍珠的脸顿时红了。这时候，她身上的传统中国文化影响又开始起了作用。她变得腼腆、窘迫，而且有些无可奈何。她的年龄今天看来还很年轻，但在当时的那个年代里，在周围的人，甚至赛珍珠自己看起来，已不算太年轻。美国本土的小伙子对于她来说，实在太遥远，而在中国石油或烟草公司工作的白人小伙子，又因为不是门当户对，很自然地被排斥在可以选择的对象之外。

虽然赛珍珠自己不是传教士，可是她属于传教士的团体，是教会学校新任命的教师。传教士团体的思想，其保守程度，丝毫也不比古板的中国人逊色。

赛珍珠或许是和英租界的白人小伙子有过约会，她不加考虑地接受过他们的邀请，很快就因为这种冒失挨了批评。传教士团体中有一位老人警告说：“如果你嫁给了一个经纪人，那么你就必须离开你的母亲。”

赛珍珠不甘示弱地说：“我的父母不在乎我嫁给什么人。”

“可是我们在乎！”

2

赛珍珠在婚姻态度上，显然是保守的。在自传中，她虽然想把自己邂逅的每一位男士都写下来，然而所有的故事都很平淡。在庐山，一位正疗养的患肺结核的小伙子，似乎坠入了赛珍珠的情网，他苍白的脸色开始泛红，不再像过去那么缄默消沉，胃口也变香了。小伙子同样出身于传教士家庭，他的母亲吃惊儿子的变化，意识到他对赛珍珠的兴趣与日俱增。赛珍珠没有谈到那位母亲是如何影响自己儿子的，反正戏刚开场，便让人惆怅地匆匆结束。男大当婚，女大当嫁，赛珍珠到了结婚的年龄，到了做母亲的岁数，她似乎有些按捺不住了。有充分的理由认为，她在婚姻的决定上，是草率的，或者是盲目的。赛珍珠只能用《旧约》传道书里圣人说过的“人总是要结婚的”，来解释自己的选择。在赛珍珠看来，是人就应该结婚，对于身心健康的人来说，不是奉父母之命媒妁之言，就是靠自由恋爱，与一个碰巧生活在你周围的最合适的人选结合。人们决定结婚，不过是众多巧合中的一个。

赛珍珠生性敏感，东西方两种文化都在她身上起着作用。她向往着浪漫的生活，又迫不及待地想做贤妻良母。她热爱自己的母亲，却又更渴望过一种完全属于自己的独立生活。结婚是实现自己理想的最好途径，可是她并没有那么多的机会，没有那么多合适的婚姻对象可以供她选择。她已经习惯于这样的一个简单事实，就是没有爱情的生活，同样可以过得非常愉快。她羡慕自己那些儿女成群的中国女友，即便在父母的包办下嫁给从未见过面的男人，丝毫也不影响生活的幸福圆满。

一场持续了十七年的婚姻，从此左右了赛珍珠的生活。这不是一场幸福的婚姻，它几乎是在重蹈赛珍珠哥哥婚姻失败的覆辙。一位年轻的美国人无意中撞进了赛珍珠的生活，他们彼此选择了对方，事情就定了下来。他不是一个真正的传教士，赛珍珠结婚后第一个惊人发现，就是他根本不信什么教。他只是作为农业专家受雇于在华的长老会传教使团，来中国教中国的农民如何种田。时至今日，这个年轻人的精神依然可嘉，但是他的行为却不能不说是自以为是。和传教士的工作最终被证明是徒劳一样，按照美国人的方法教中国人种田，其结果只能是一场滑稽的喜剧。中国的农民在自己的土地上已经耕耘了几千年，他们按照祖宗留下来的方法浇水施肥。一家人至多也不过五英亩的土地，他们根本就不需要一个洋鬼子多此一举地来教自己如何种田。

赛珍珠丈夫的失败，几乎是不可避免的。赛珍珠随着他一起深入中国的农村，不辞辛劳地从一个村庄走向另一个村庄，丈夫和农民就种田的事宜进行交谈，她便和一旁的妇女孩子们说笑。婚后最初的岁月，就是这么度过的。虽然她从一开始就对丈夫的工作表示怀疑，但是她的教养使她没有把这种怀疑轻易流露出来。既然嫁给了一位农业专家，她就应该做一位农业专家的好妻子。她常常为此做出很有兴趣的样子，只是当丈夫的中文已无法表达自己的思想时，她才走过去充当临时的翻译。她显然要比他更了解中国人，一眼就看出了中国农民对他们唯一的兴趣，就在于他们是洋人，是与自己不同种的怪物。农民们只是好奇，只是在看热闹，觉得这一男一女两个洋人十分可笑，眼睛是蓝的，金头发，个子竟然有那么高。赛珍珠的丈夫想把自己在美国农学院里学的知识，毫无保留地传授给中国的农民，可结果却发现并没有什么可教的，相反倒有不少可学的东西。

这场婚姻给赛珍珠的唯一好处，就是她有了一个充分了解中国农民的机会，在这之前，她所了解的中国社会，是老妈子和用人的社会，是成天围着传教士转的中国教民的社会。由于中国本质上是一个农民的社会，只有真正地解剖了农民这个社会细胞，才有可能真正了解中国。二十年后，赛珍珠获得了诺贝尔文学奖，她的获奖评语是：“由于她对中国农民生活史诗般的描述，这描述真切而且取材丰富，以及她在传记文学方面的杰作。”不管这评语是否贴切如实，赛珍珠能够大胆老练地描写中国农民，和她第一次不幸的婚姻，有着分不开的联系。这是一个因祸得福的典型例子。浮光掠影也罢，道听途说也罢，赛珍珠对中国农民的描写虽然没有臻善臻美，但是丝毫也不比当时别的一些中国作家差。

在结婚前，赛珍珠一直待在富庶的江南。结婚以后，她和丈夫居住在北方的小城中。他们在乡下有一个小农场，为了丈夫不切实际的理想，他们小夫妻走遍了穷乡僻壤。丈夫骑一架老式的自行车，赛珍珠坐轿子。在当时的中国社会，女人赶路都得坐轿子，轿子的周围都挡得严严实实，除了前面挂着的那块蓝色布帘可以掀起来。在空旷的地方，赛珍珠总是把那闷人的布帘掀开，而接近村镇的时候，赶紧放下布帘，以免那些没见过洋人的好奇者围观。经常难免的是一些步行或骑驴的人，在路上看见了赛珍珠夫妇，立刻加快步伐，赶在他们前面到达一个村庄，然后像发布什么重大新闻似的大喊大叫，招来了一大堆围观者。

刚开始，赛珍珠就像中国那些怕羞的小媳妇一样，每到一处，用力扯紧门帘，躲着不让那些等候看热闹的人观赏自己。渐渐地，她意识到大家只是出于强烈的好奇心，并没有什么恶意，就索性走出来，让看热闹的人看个够。在他们身后总是跟着一大群看客，当他们找了客店准备住下，那些看热闹的人，一定要店主跳出来撵他们走，才会不急不慢地散去。如果不是在农忙的日子里，中国农民给人的印象，总是闲着无所事事。有时候，被店主撵走的看热闹的好奇者，会又一次返回客店来，从门缝，通过房门与地面之间大约六英寸的缝隙，歪着头，把脑袋贴在地面上偷看。胆子大的，甚至用蘸了口水的手指，将窗户纸捅上一个小洞，观察赛珍珠在房间里的一举一动。

有一次，赛珍珠的丈夫不在，那些调皮的小伙子，竟然大胆地撞起门来。他们把其中一个人推到门前，通过猛推他，来撞击已被闩着的房门，他们一边闹，一边哈哈大笑。赛珍珠有些害怕，她毕竟是个女人，而且是一个白种女人。在她童年的时候，有一个法国女人曾警告过她，说中国男人对白种女人的兴趣，一点也不比白种男人对中国女人的兴趣差。如果可能，所有的中国男人都想和白种女人睡觉。早在两百年前，中国的一名皇帝，就想娶欧洲的美人当妃子。占有白人女子，在中国男人的心目中，意味着一种成功，那些后来有机会能娶白人女子为妻的男人，很让普通的中国人眼红。赛珍珠越想越怕，她搬了一张大椅子顶住门，自己站在椅子上面，以为这样，那些在门口闹的年轻人就看不到她的脚。但是那些年轻人依然是闹，直到尽兴了才走。

婚后的几年里，赛珍珠和中国民间的交往十分深入。她终于开始被当地的中国人所接受，开始有了属于自己的社交圈子。她和一些中国妇女成为比较亲密的朋友，相互之间说着悄悄话。中国女人向她打听白人夫妇之间的事情，也向她诉说自己的故事。赛珍珠发现她们像她一样，对对方的秘密和隐私，有着浓厚的兴趣。让一些中国年轻女人感到羡慕的，是赛珍珠可以和自己的丈夫在光天化日之下有说有笑，而传统的中国年轻女人，则只有躲在闺房里时才可以这么做。她们总是做出非常矜持的样子，仿佛只有这样才是恪守妇道。她们当中有的人，甚至和自己丈夫连说话的机会都没有，她们的丈夫白天要下田干活，要照顾店里的生意，晚上回到家，要尽孝道和父母一起待上几小时，要到很晚才回房间睡觉。结果这些寂寞的年轻女子，只好和比自己地位更低下的女佣拉家常。

3

据一份调查资料表明，在1919年，仅仅是基督教的外国传教士，在中国便有6636人，传教点有1037个，而天主教的欧洲神父，有1500到2000人。如果赛珍珠不写小说，只是像她的父母那样献身于轰轰烈烈的传教事业，今天恐怕就没有人再来议论她了。如果赛珍珠继续为传教士团体工作，在教会学校当教师，我们今天同样也不会再议论她。在1918年，也就是她结婚的第二年，中国的教会学校大约有1.3万所，其中有14所大学。赛珍珠如果不是因为写小说，不是因为她后来获得了诺贝尔文学奖，她的作品被改编成电影在好莱坞大获全胜，她根本就不可能成为今天的话题。

美国人曾狂妄地把中国的教会学校称之为东方的西点军校。他们觉得自己正在替中国培养未来的领袖和指挥官。然而历史嘲笑了固执的美国佬，中国的发展并不以美国人的意志为转移。赛珍珠一开始就对传教事业心存疑窦，这是她没有继续走父母老路的根本原因。赛珍珠的丈夫似乎也明白了自己的路有些走不下去。有一天，他终于很沮丧地对妻子说，他打算去南京的大学求职，那里有个空缺正等着他。这意味着他已经决定放弃自己最初的理想，已经承认了自己事业的失败。在一个有着几千年历史的文明古国里，在有着自己形成的一套卓有成效的耕作方法的中国农村，赛珍珠的丈夫不得不承认自己的西方农业技术根本行不通。

对于赛珍珠来说，这是一个明智的选择。在北方的农村，新文化运动若有若无，赛珍珠深感闭塞，现在又有了一种重返现代中国的感觉。以城市而论，南京还是一个旧式的城市，它既不像北京那样是政治文化中心，也不像上海那样是经济和现代工业的重镇。虽然不久以后南京成为了国民政府的新首都，可是在赛珍珠刚刚定居南京的那一段，这座有着悠久文化传统的城市，风气仍然保守尚古，是抵制白话文运动的老学究们的堡垒。这里仍然凝聚着浓郁的旧文化气息。赛珍珠在南京的一所教会大学里教授英国文学，很快又在另一所省立大学里兼课。这是中国现代史上的北洋军阀时期，各种牌号的军阀打来打去，你死我活，没有任何是非可言。赛珍珠有机会接触各式各样的大学生，有享受奖学金的基督教徒的子女，有花钱如流水的富家子弟，也有发愤苦读的贫苦人家的穷学生。

教学之余，赛珍珠开始了写作生涯。她的最初作品，并不是那部后来让她获得名声的《大地》，而是另一部书名叫《流亡者》的传记。这部书是为了纪念她的母亲。她最初的目的，只是为自己的孩子将来能有一幅外祖母的肖像。赛珍珠是那样地热爱母亲，母亲离她而去以后，她意识到为母亲写一本书，是最好的让她得到永生的办法。书写好了以后，赛珍珠在很长时间内，都没有想到让它出版，她把它放在了箱子底下，直到自己成名以后的有一天，才突然想到了它。于是这本书正式出版的时候，它已经是赛珍珠问世的第七本书了。

不妨想象一下赛珍珠在南京一边教书、一边写作的日子。毫无疑问，作为一个外国人，她在中国的日子肯定是舒适的。帝国主义列强在中国得到的种种特权，自然会给每一位在华的外国人带来很多好处。赛珍珠住在一座优雅的小楼里，门前是一片大花园，一年四季开放着不同的花。书房在楼上，从摆着大书桌的窗户极目远望，能眺望紫金山的风光。在这样的书桌前，写出一些优美的文字来，丝毫也不奇怪。窗外的一切，看上去是那么美好，危机被暂时的太平景象掩盖了，军阀间的混战离得很遥远，灾难，饥馑，秋季的传染病，仿佛都不存在。

赛珍珠当年住过的那座小楼，若干年以后，成为南京大学的校产。我在这所大学读本科，读研究生。整整七年里，它一直是中文系的所在地。谁也想不到这座白颜色的小楼，却是未来获得诺贝尔奖的文学作品的诞生地，是一部轰动世界的著作的摇篮。它最初只是一家普通外国人的房子，它的不同寻常，完全是因为赛珍珠在这里完成了她一系列的重要作品。时光流逝，岁月如梭，这座小楼显然已经几易其主。下水道堵了又堵，楼梯也重修过了，在它的四周，一座又一座高楼大厦已经竖起来，但是它仍然可以作为一个见证。赛珍珠当年就是在这座房子里进行创作的，在后来的文章里，她不止一次地流露出对这座房子的喜爱，不止一次流露出对南京这个城市的热爱。她承认自己的这种特别喜欢，是由于所有的这一切给她带来了创作上的灵感。

很多人都以为赛珍珠一举成名，事实上，她的第一部书稿问世并不像设想的那样轻松。她的第一部小说《东风，西风》所以能够出版，完全是由于经纪人不懈的努力。投稿对于一位无名作家来说，往往不是件愉快的事情。由于赛珍珠的文章，要从中国寄往美国，邮费昂贵，路上耽误的时间很长，到了编辑部，还要压上好几个月，因此与其苦等退稿，还不如把投稿的事拜托给经纪人省事。赛珍珠的经纪人，是她从地摊上买的一本叫《作家指南》的小书上发现的，得来全不费工夫。但是出版这第一本书，却花了大力气。经纪人曾把赛珍珠的书稿投寄给纽约的每一位出版商，结果到处碰壁，要是最后一家出版公司再次拒绝的话，经纪人就准备把书稿完璧归赵给她。

《东风，西风》在赛珍珠众多的作品中可能很不重要，但是它最大的好处是给了赛珍珠开始写作《大地》的勇气和信心。她的一生功名，完全取决于《大地》。没有《大地》，就没有赛珍珠。《大地》三部曲奠定了一切。虽然赛珍珠相信自己迟早会成为一位作家，但是怀有这种自信的大多数人都成不了作家。赛珍珠无意中选择了一个绝好的机会，来写作她的成名作。这时候，中国发生了自辛亥革命以来最巨大的变化，北伐革命终于成功了，南京被国民政府定为新的首都，蒋介石和宋美龄女士的婚姻成为当时最热闹的话题。在赛珍珠的印象中，蒋介石是一位中国军人，从未去过西方，外表上看是道地的老式中国人，而宋美龄却年轻漂亮，从十一岁时就住美国，无论是生活习惯，还是外表谈吐，完全是西方派头。这两个人的结合，被赛珍珠形容为，一个强悍的旧式男人，娶了个强悍的新式女人。

赛珍珠对新的国民政府，并没有什么太好的印象。在某些方面，她有些接近老派的中国人。她不像当时那些追逐时髦的年轻人一样，凡是新的东西就一概喜欢。新的国民政府在她眼里，和旧军阀北洋政府，没有什么本质区别。她总是根据自己的所闻所见，来考察新政府的所作所为。当她注意到周围老百姓的日子过得并不比清朝政府时期强到什么地步的时候，她不可能举起双手赞成国民政府。她甚至反对国民政府建设新都市的计划。不管什么样的政府，能否给老百姓过太平日子，过幸福的生活，这是最重要的。清朝政府时期虽然腐败，然而却没有那么多的战争。军阀混战给老百姓带来痛苦，这是赛珍珠小说中的一个重要主题。北伐成功似乎意味着战争已经结束，赛珍珠坐在窗前写作的时候，窗外推土机轰轰作响。这种从西方引进的庞然大物，正在把成片的旧房子碾成废墟。南京将建设成为一个现代化的城市，要修建宽阔的马路，马路边要种下此后几十年里仍能让人赞叹的梧桐树。要盖许多新的大楼，供各种各样的政府衙门办公。要装备新的电力设施、新的排水系统、新的卫生设备，要建造新的影剧院、新的百货大楼。所有这些，不仅不能使赛珍珠感到兴奋，恰恰相反，让她感到的只是疑惑。

在赛珍珠的思维里，南京像古耶路撒冷城一样古老。石子铺的路面起伏不平，街道又窄又弯，有些地方，人力车拉过来的时候，行人不得不紧紧地贴墙站着，才能让车子通过去。到处都是露天的污水沟，家庭主妇们往里边倒着生活用水，男人们堂而皇之地往里撒尿。人多的地方便有集市，成堆的蔬菜，整筐的水果，搁在案上的鱼和肉。算命的，卖旧书的，卖老鼠药的，耍把戏的，卖小吃的，都掺和在了一起。赛珍珠无法想象这样古老的城市，如何就能现代化起来。她看到的，只是破坏，再破坏。毫无疑问，赛珍珠是在一种十分保守的心情下，写作《大地》的。她怀念着正在失去的旧中国，耳朵边回响着窗外居民因为不愿意搬迁，和执法人员的争吵声，以及相互之间议论的抱怨声。

所有这一切，都不可能使得《大地》成为一本讴歌新政府的书。当那些从一生下来就住在老房子里的老人，被强行搬迁而号啕大哭之际，赛珍珠甚至想冲出去打抱不平，大声疾呼这样做是不对的。但是她终于意识到了国民革命的意义，这就是作为一个外国人，她已经没有权力在中国人的土地上发号施令，没人会在乎她，根本不可能有人会听从她的指责。她曾经是帝国主义的受惠者，现在，她受人敌视也就不足为奇。国民政府对待外国人的态度，要比过去的清朝政府和北洋政府强硬得多。外国人的特权开始受到限制，赛珍珠只能把她的不满发泄在要写的书上。

《大地》三部曲的第一部，从本质上说来，是一部典型的怀旧作品。它讲述中国农民和土地的关系。土地是农民的生命，也是中国人，以及全世界所有人的生命。保守意识始终占着上风，在这样的作品中，向往未来变得极不重要，重要的却是过去，是那些应该被淘汰的陈芝麻烂谷子。《大地》中充满了落后和同情，落后是中国的现状，是赛珍珠的耳闻目睹，同情是发自赛珍珠内心深处的一种怜悯。不管中国人会怎么想，不管中国人究竟需要不需要这种怜悯，这种情感在她却是绝对真诚的。

4

赛珍珠绝想不到自己会因为《大地》一举成名，她想不到自己的作品竟然会那么适合美国人的胃口。不仅美国人喜欢，整个欧洲大陆也为之震动。她更不会想到这本书会严重地伤害了中国人的感情。写作《大地》的过程是平静的，事实上，前后只花了三个月，写完了以后，赛珍珠对自己的作品是否能够出版心存疑窦，很想能找一个值得信任的人，帮她评判一下。她的哥哥正好也在中国，赛珍珠十分羞怯地告诉他，自己写了一部小说，他善意地笑了，说这件事很有趣。赛珍珠觉得仅仅凭这点，还不足以提出进一步的要求，让他花费宝贵的时间来读自己的小说。她压根也没想到和自己的丈夫谈一谈此事，她的丈夫对文学毫无兴趣。犹豫再三，她意识到最好的办法，就是偷偷地将稿子包扎好，一咬牙寄出去，听天由命。

无论是写作《大地》，还是在等待这本书出版的岁月里，一切都是平淡无奇的，甚至是在《大地》刚出版后的日子里，仍然没有什么变化。她在大学里教着书，课余便骑马出城去乡间漫游。秋天里，南京的郊区景色非常优美，田野里一片金黄，稻子收割了以后，拾穗人穿着土布衣服，挎着竹篮，在遍地都是稻茬的田里不时地弯下腰去。在拾穗人的身后，几只白颜色的鹅摇摇摆摆觅着食，随处可见一片农家乐的景象。年轻的母亲坐在门口给小孩喂奶，老婆婆则在阳光下支起了纺车，孩子们在打扫得干干净净的谷场上做着游戏。国民政府对这个国家的管理开始初见成效，对于郊区的农民来说，一个太平盛世似乎就要来临。赛珍珠独自骑马，穿过碎石子铺的古道，沿着乡间的土路，一直骑到有着梁朝辟邪的村庄才下马。

有着一千多年历史的梁朝辟邪，现在已成为南京城市的标志。在西方论述中国雕刻的书中，辟邪被称为石狮子。可是赛珍珠当年所见到的辟邪，显得十分凄凉，它孤零零地站在村口，站在空旷的稻田里，忍受着人类对它的冷漠和戏弄。人们在它宽大的身上晒着刚洗过的衣服，那些破破烂烂红红绿绿的旧衣服，披在辟邪身上，充满了一种滑稽荒唐的感觉。当地农民充分满足了对外国人的好奇心以后，开始向赛珍珠生动地讲述有关辟邪的传说。这传说流传了一千多年，已经无所谓真伪。

有一个疑问常常困惑在赛珍珠的心头，这就是中国的知识阶级，往往要比目不识丁的农民更愚昧。在新的国民政府中，看上去是聚集了一大堆人才，这些人是中国的精英，受过西方文化的熏陶，说起英语法语来，甚至比汉语更为流畅，但是他们固执起来，往往根本就听不进别人的声音。中国知识阶级的自以为是，有时候要比农民的保守更可笑。在一次偶然的机会中，赛珍珠和一位身着非常合身的西服的青年官员，谈起梁朝的辟邪，刚说到一半，这位青年官员立刻予以否定。他放下手中的茶杯，以不容置辩的口吻说："南京附近，根本就没有什么辟邪。"

"是那种像石狮子一样的辟邪。"赛珍珠小心翼翼地说。

"哪儿有什么石狮子？"青年官员莫名其妙地傲气，他提醒赛珍珠是受了农民的骗。

赛珍珠为这位青年官员否定历史的态度感到震惊，她温和地反驳说:“西方学者对中国动物石刻心慕已久，你若是有兴趣的话，可以找到很多图片和资料，你可以——”

“我再说一遍，南京附近，没有什么梁朝石刻。什么辟邪，什么石狮子，都是骗人的鬼话！”青年官员很不耐烦，满脸的别人都很蠢的表情，提高了声音说着，“我是中国人，我就在这个城市里长大，难道还不比你知道得多？”

赛珍珠的《大地》出版以后，她听到许多类似的指责，当然这些指责都是针对她的作品。《大地》的出版很顺利，目光敏锐的出版商，一眼就看出了这是一本能打动西方读者的读物。1931 年的 3 月 2 日，《大地》出版了，赛珍珠收到了第一本样书。但是随之而来的，不是快乐。这时候，赛珍珠的老父亲已经病入膏肓，赛珍珠把新出版的《大地》递到父亲手上，父亲已经无力再把这本书看完，只能向女儿表示自己的祝贺和歉意，不久他就与世长辞。十年前，赛珍珠的母亲长眠在中国，十年之后，赛珍珠的父亲又在重复母亲走过的路。

在赛珍珠收到《大地》后不久，由于特大暴雨，洪水泛滥，长江堤坝被冲毁，整个南京城陷于大水的包围之中。这个城市处于百年不遇的自然灾害的威胁之下。1931 年对于越来越向右转的南京国民政府来说，绝对不是一个好年头。世界范围之内的红色风暴正在兴起，左翼文学运动如火如荼，全球的作家差不多都在向左转。位于中国江西的红军，在共产党的领导下，屡屡给国民党军队以重创。日本人对中国的野心已经到了图穷匕见的地步，就在这一年的 9 月 18 日，日本出兵占领了中国的东三省。外患内乱，天灾人祸，无一不动摇着南京国民政府的基础。

洪水包围中的南京仿佛成了一个孤岛，赛珍珠参加了抗洪救险的工作。有趣的是，她当时唯一的交通工具，不是汽车，也不是自行车，而是一匹骏马。她个人的力量极其有限，所贡献的只是一种精神。她生活在这个城市里，当然应该像别的居民一样，尽一份自己的义务。大水一直淹到了城墙边上，在骑马去工作的时候，她发现自己几乎成了传奇故事中的人物。黄色的洪水在临时筑起的大堤外汇合，一天天地上涨。陆地上的农民仿佛一夜之间，都成为靠捕鱼捉蟹为生的渔民。水天一色，巨大的城墙倒映在洪水里。赛珍珠把马拴在一棵古树下面，搭上农民的小船去她的工作地点，救护工作的繁重丝毫也影响不了她的激情。赛珍珠每天都干得很辛苦，这种奇特的经历，让她感到十分有趣。

赛珍珠几乎没有时间去想自己新出版的书命运如何。她没有想到自己已经成功，当洪水退去的时候，她开始着手的工作，是把中国四大名著之一的《水浒》翻译成英文。她给《水浒》起的洋名是 *All Men Are Brothers*。如果再翻回成中文，就是“所有的男人都是兄弟”，套用成语可以译为“四海之内皆兄弟”。赛珍珠前前后后用了四年时间翻译这本书。这本古典名著显然影响了赛珍珠小说的风格，细心的读者可以从《大地》三部曲的后两部中，发现这种潜移默化的影响。

幸运之神正在向赛珍珠招手。中国有句老话，运气真来的时候，想拦都拦不住。虽然赛珍珠最初得到的反馈，是对《大地》的严厉指责，发出这种指责的，既有中国读者，也有美国读者，但是决定图书命运的市场，被一只神奇之手打开了，《大地》一炮而红，被权威性的每月书社选中，出其不意地成为了畅销书。好也罢，坏也罢，《大地》开始成为话题，虽然出版的只是《大地》的第一部，后两部还没有写出来，成功已经不可阻挡。在《大地》出版的第二年，赛珍珠获得了普利策奖，这是美国文学界的最高奖项，标志着她已成为一名重要的作家了。

第五章

1

自从刘岳厚逝世之后，我一直在想，像他这样对写作痴迷的人，究竟应该不应该算为作家。如果以发表的作品算，刘岳厚一生公开发表的作品，就是省报上的一篇被编辑删改过的小说。过去的多少年里，刘岳厚从来也没有停止过和报纸杂志打交道，他是各式各样的出版部门的常客，很多编辑都认识他，提到他时便是一个接一个的笑话。在今天，很难再找到像他这样对写作痴迷的人了，也很难再找到像他这样下了那么多苦功夫、在作品上仍然没有进步的永远的习作者。他总是谦虚地称自己的作品是习作，是一种练习，可惜这种谦虚对于他没有任何益处。他总是在原地踏步，仿佛小学里的留级生一样，永远是小学三年级的水平。

刘岳厚曾经是我的老师，我在这里讲述刘岳厚的故事，丝毫没有不敬的意思。我承认自己对他有过不恭敬的地方，我承认自己曾经是那样地不耐烦他，然而那是在他生前。现在，刘岳厚已经火化成了一堆骨灰，面对他的空中的魂灵，我起誓，自己从来也没有像现在这样，对刘岳厚的一生表示着崇敬。刘岳厚留给了我一大包水平拙劣的遗稿，这些遗稿是失败的记录，是对一个人不懈追求的讽刺。我不想以成败来论英雄，英雄和狗熊无论有多大的区别，他们有一点是共同的，这就是他们都是人，是有血有肉的人，是要吃、要喝、要拉、要撒、要睡的人。英雄狗熊都是一生，都得死。

成功的作家我见得实在太多，“成功”两个字里，永远包含着很多水分。我的生长环境，让我有机会从很近的距离，考察祖父辈和父辈这两代作家的成功。我见过太多所谓功成名就的人。我熟悉许多一炮而红的作家，知道他们潦倒时的模样，也看到过他们摆出的名人派头。我所熟悉的历史告诉我，一位作家的成名，其实不是什么难事。难的也许倒是像刘岳厚那样永远不成名。从一个不名一文的人，一跃为当红的作家，实在是识几个字的秀才的成龙捷径。成名肯定比买中六合彩的机会要多。作家成名，有时候和小人得志，并没有什么太大区别。运气这玩意儿永远是一个不能忽视的客观存在。在作家的队伍里，不是作家的人，永远比作家多。有什么样的人，就有什么样的作家。有什么样的作家，便有什么样的文坛。在中国，文坛变成政坛，已有悠久的历史，从作家摇身一变成为官员，或者从官员变戏法似的突然成为作家，向来不是什么稀罕的事情。即使在世界文坛上，也是如此，东欧和拉美都有作家成为总统的例子。

刘岳厚始终没能成为文坛的一员，未必就是多大的憾事。偌大的文坛，什么人都能进，什么人都能混，刘岳厚只不过是在门口徘徊，也挺好。他不停地踮起脚，往神秘莫测的文坛里张望，渴望自己能成为文坛的一员，眼巴巴地望了一辈子。他的存在意义就在于这种执着的追求。老实说，刘岳厚的文章从来也没有真正地写好过，但是平心而论，在过去的这些年里，和文坛上充斥着的狗屁文章相比，他丝毫也不比那些徒有虚名的著名作家差。如果运气好的话，刘岳厚完全也可能成为著名作家红极一时。所有的文学浪潮他都赶过，从“反击右倾翻案风”开始，到伤痕文学问题小说，从传统的现实主义，到具有现代意味的新潮小说，从纪实文学到通俗文学，从押韵的诗到不押韵的散文，从电影剧本到电视剧本到广播剧剧本，只要是由文字组成的东西，他都写过。

我们不妨换一个角度，来看刘岳厚。我熟悉很多写作的人，他们对作家坚持每天写作不屑一顾。他们已经是作家，是很有名望，甚至可以说是很不错的作家，可是有一点让我始终百思不解，这就是他们根本就不热爱写作。他们总是在找各式各样的借口逃避写作。与其说他们是作家，还不如说他们更像作家笔下的人物，他们把时间都花在了一些十分无聊的事情上，却美其名曰是在体验生活。体验生活有时候成了自己行为不端的遮羞布，潇洒竟然成了堕落的代名词。他们绝对不会像刘岳厚那样，没完没了地写，那样徒劳地在文学的土地上耕耘。他们甚至鄙视写作。他们所以还在吃着写作这碗饭，是因为写作能给他们带来比较满意的结果。因为写作，他们当了官，成了有地位的文化官僚，在做官的人面前，他们是作家，在真正辛勤写作的人面前，他们是官。对于他们来说，写作重要的是结果，而不是过程，他们厌恶这个过程。他们自己不写，却嫉妒那些不断在写的人。

刘岳厚永远也不厌恶这个过程。在他的写作生涯中，成功的希望太渺茫，结果固然重要，由于总是没有结果，他也只能靠写作这个过程来聊以自慰。在热爱写作这一点上，他比那些不热爱写作的作家，更像作家，更接近文学的本义。在过去的许多年里，刘岳厚所以和我保持着持续不断的联系，一个很简单的原因，就是我以及我的家庭，和文坛有着这样那样的联系。人们在介绍我的时候，总是习惯地称我为某人的孙子，某人的儿子。我的家庭被人们誉为文学世家，很小的时候，我就被告诫，永远不要在公众面前，对文学的话题说三道四，永远不要盲从，不要轻易相信别人所说的好文章。我祖父在我的第一篇小说发表以后，给我的忠告就是，想写就写，不要硬写，不要老三老四地发表什么创作谈。

至今为止，我仍然保持着这样的世故。我和父亲曾是最好的文学搭档，父亲过世以后，我感到最大的悲哀，是少了一个谈文学的人。我很少在公开场合对别人的作品说什么，对许多名噪一世的作品保持着沉默。可是在家里，和父亲谈起文学来，嬉笑怒骂酣畅淋漓，充满了一种煮酒论英雄的痛快。坦白说，刘岳厚很长时期里，一直是我和父亲的嘲笑对象，他厚着脸皮，一次次揣着整叠的作品登门拜访。有时候，他还带着一些土特产。明知道是碰钉子，但是他从来不放弃最后的希望。我的父亲是一家文学刊物的主编，我自己因为发表小说多少认识几个编辑，我们都有一种帮不上忙的感觉。刘岳厚的文章永远是差那么一点，他永远想弄明白怎么写，一直到死也没弄明白怎么写。我的父亲绝不可能因为收了刘岳厚的土特产，就昧着艺术良心，在自己主编的刊物上发表他的文章，而我将他的稿子，转寄给那些熟悉的编辑朋友以后，也只能恳求他们给刘岳厚写一封婉转的退稿信。

在刘岳厚逝世的几天里，我一想到这样的场景，心里就有一种说不出的滋味。我想到他总是风尘仆仆冒冒失失，突然出现在我面前，向他昔日的学生求教。他对我说好话，忍受着我对他作品不置一词的沉默，最后免不了孩子气地问我：“你看这次能不能发表？”

有一次，因为不耐烦，我很直截了当地说：“你这样的文章，就算是发表了，又怎么样？”

我的话像子弹一样地击中了他，他像一个没有抵抗能力的小孩子那样看着我，不知所措。我把他渴望翻开的底牌，翻了过来，不留任何情面，这犹如在大庭广众之下，剥下了他的裤子。他完全懵了，知道我说的是真话，是他最不愿意听到的真话。有时候，说真话不一定是好事，有时候，说真话会很残忍，我觉得自己当时根本就不应该那么做。我不应该那样伤害他。

2

赛珍珠的成功来得实在太容易，仅仅是一个普利策奖，就让她感到受宠若惊。她当时并没有意识到自己成功的秘诀，在于她充分地满足了美国读者的好奇心。美国人对于东方更多的是好奇心，有关中国的传奇并不少，那些自称曾在慈禧太后身边待过的西方宫女，胡编乱造地写的慈禧传记，像天方夜谭一样无边无际。有趣的是，这些有关中国宫廷的书，远没有赛珍珠所撰写的一部农民史诗更受欢迎。赛珍珠的成功，和世界范围内的红色的三十年代分不开，劳工神圣已成为一句全球性的口号，资本主义社会的经济危机，从来没有像这段时间这般严重过。

尽管赛珍珠曾说过，她对当时的世界文坛了解甚少，但是她的作品在客观上，和世界文学的潮流不谋而合。是否是史诗，是评价一部作品的重要标准，那是一个需要伟大作品的时代。在赛珍珠之前，农村题材的小说很合诺贝尔奖评委的胃口，1920 年，挪威的汉姆生因为他的划时代巨著《大地的成长》获奖。四年以后，波兰的莱蒙特又因为代表作《农民》获奖。当时在美国炙手可热的作家是辛克莱・刘易斯，他的《大街》早在获得诺贝尔文学奖之前，就已经成为里程碑式的作品。虽然现代派文学已经崛起，其他流派的文学已经过时，然而处于领导地位的，仍然是现实主义文学。赛珍珠的《大地》和以上提到的几部作品的相似之处，在于它们都揭示了城市和农村的对立，它们都谈到了土地是人生之本的问题，都不同程度地批判了资本主义社会。

在中国环境中长大的赛珍珠，对于书畅销的意义显然认识不足。对于她来说，写作只是一种梦想，她想写，写了，想发，发了。一旦书真的出版了，还会怎么样，她没考虑过。中国人对女性的忽视，或多或少地也影响到了她的世界观，她没有那种女强人的野心和事业感，因此也就没什么功成名就的满足感。虽然日后的荣誉接踵而来，但是从《大地》问世后，猛烈的指责就从没有间断过。与荣誉相比，那种不问青红皂白的指责，给赛珍珠的震动更大。有些指责似乎已经超过了赛珍珠的忍受范围，她的好脾气使得她不便在公开场合发表言论反击，若干年以后，她在写《自传》的时候，才把这些恶毒攻击予以公布。

无论是美国人，还是中国人，都参加了指责赛珍珠的大合唱。赛珍珠收到来自美国本土的第一封信，就是一封辱骂式的责难。一位教会中的基督徒，用了好几页的篇幅，指责赛珍珠写得太直露了。他使用了一个很脏的字眼，赛珍珠在《自传》中不忍心把它写出来，猜想不外乎是“下流”或是“淫秽”之类。她是一个传统的女性，最难以容忍的可能就是这些字眼。一位中国知识分子的指责，和上面提到的那位美国基督徒的观点不谋而合：

她特别喜欢攻击人性中难以启齿的东西，譬如说性。她在作品中运用某些富于技巧的暗示，使这极普通的事情变得对读者非常刺激。不错，性是人生之本，正如对性生活的分析研究所示，它像人之饮食一样正常和必不可少，这都是事实，但猥亵的暗示比令人恶心的明说更坏。这也是为什么穿长筒袜和短裙比一个裸体模特更富性诱惑力。我并不想宣传传统的性道德标准，但我确实相信，无论对于个人或社会生活，性挑逗越少越好。我们的年青一代需要的是对性的自然、健康和坦率的表述，而不是赛珍珠书中要表现出来的那种哀婉的不健康的暗示。

小说中的性，常常是作家遭受攻击的臭鸡蛋。永远会有那样的读者，像寻矿一样地在作品中找到有关性的章节来读，然后就此大做卫道士。我不止从一本书上看到对赛珍珠有这样的攻击。事实上，中国现代文学史上，有许多作家都被“自然主义性描写”这个臭鸡蛋砸过。这种道貌岸然的评论，向来让作者哭笑不得。有人就是喜欢像提取酒精一样，把性从文学作品中活生生地抽出来，然后分段分类加批语来一番莫须有的栽赃。我曾和大学里专门研究赛珍珠的教授谈过话，请他就赛珍珠所有的作品，谈一谈她的性描写。教授对赛珍珠因为“性”受到的非难深感不平，不要说是用今天的眼光，就是用当时的尺度，赛珍珠的性描写也应该是保守和传统的。说赛珍珠小说有色情描写，实在是冤枉了她。

赛珍珠的小说，在中国有两头不讨好的意思。南京的国民政府，因为她小说中没有为新政权唱赞歌而大为恼火，左翼文坛却因为她没能反映出阶级的斗争，只触及了中国社会的皮毛，对她根本不屑一顾。鲁迅先生在谈到赛珍珠的时候颇有微词，说她所知道的，“还不过一点浮面的情形”，而写《西行漫记》的作者埃德加·斯诺，更是直截了当地向美国人指明，赛珍珠歪曲了中国人的生活。这些观点，不仅在当时很有影响，而且连续影响了许多年。

看赛珍珠的小说，确实可以发现许多疏漏的地方。记得我第一次读到《龙种》的时候，当我看到其中一段对种子的议论之后，我便决定看完这本小说，再不看她的其他小说了。当时我在读研究生，看完了《大地》三部曲，接着看她的另一部代表作《龙种》，看到两个男人就种子和精子，大发议论，大唱生命的赞歌。在英文中，这两个词可以是同一个词，然而在中文里并不是这样，这是一个显然的漏洞。中国农民聊天时，并不把男人的精子看得如何的伟大，一方面，认为一滴精子一滴血，另一方面又视精子是猥亵的，中国人骂一个男人没用，就说这个男人太㞞。我在农村读书的时候，当地农民骂人，习惯说某人是“那泡㞞”。看《龙种》中的这一段描写，我感觉不是两个中国农民在说话，而是两个外国人在神侃。

把赛珍珠的小说捧得过高，是没有道理的事。重读她的小说，我仍然觉得当年读研究生时的看法没有什么太大的错。以小说而论，她的确算不上什么一流的小说家。赛珍珠只是在复述故事，复述那些从老妈子和用人嘴里说出来的故事，她的小说总有一种道听途说的感觉。她的小说里充满了同情和理解，然而这种同情和理解，难免一种西方人的角度，难免居高临下。通俗和流行既是免不了的，也是很自然的。赛珍珠的小说足以满足那些想知道一些东方，对东方抱有好奇的西方人的口味，畅销几乎是必然的。美国人已经被自己的经济危机弄得焦头烂额，他们需要一些异国情调的东西来调节一下。

《大地》彻底改变了赛珍珠的生命进程，为她的生活方向重新定了位。1932年，她回了一次美国。这一次是衣锦还乡，各种各样的宴会和招待会纷至沓来，善意的恭维和溢美之词不绝于耳。她有些受宠若惊，又忍不住要尽情品尝。成功不仅轻易，而且巨大。尖刻的批评和指责，在《大地》的热销中，显得无关紧要，甚至还能促销。美国毕竟是赛珍珠的祖国，一切都能很快从不习惯到习惯。一个成功者总是到处受欢迎。虽然1932年的回国，只是一次荣誉之旅，她并没有决定要回美国定居，她的家仍然还在中国，还在南京，但是美国对她的诱惑力如此之大，以至于当她重返中国之后，立刻明白自己告别中国已经为时不远。

中国给她的影响实在太大了，在中国，她永远是金发碧眼的外国人，可是到了美国，她又似乎成了中国人。她已经习惯了中国的生活方式，她的口味和地道的中国人没有任何区别。在美国的电影院里，每当电影放映到一半的时候，她就想站起来离去，不是因为电影不好，而是受不了那些从她的同胞身上散发出来的异味。那种臭烘烘的呛人气味总是熏得她恶心欲吐，这是一种吃了牛奶和黄油以及牛肉后，散发出来的混合气味。赛珍珠终于明白，为什么她的那些中国朋友会抱怨洋人身上有一种怪味。1932 年，赛珍珠在美国待了近一年，已经足以让她习惯同胞身上的异味，然后她又回到了中国，到了 1934 年，她正式返回美国定居。

赛珍珠在美国买了一个小农场。她因为写小说，小小地发了一笔横财，而美国此时正陷于经济危机的水深火热之中，房产的价格低得让人不敢相信，结果她只用 4100 美元，就买下了一个面积有 48 英亩的农场。农场的场景与中国有许多相似之处，这是吸引赛珍珠下决心购买的重要原因。她为自己的农场取名叫青山农场，下定决心和仍然留在中国的丈夫离了婚，很快又和她的出版人查理·沃尔什结婚。从此之后，她一直在青山农场安心写作，领养了一大堆有着亚洲血统的弃儿。她喜欢小孩子，由于生第一个小孩时难产，她失去了再次生育的能力，便把母爱花在了别人的孩子上。

有一种传说十分生动，这就是获诺贝尔奖的消息刚传来的时候，正在吃早餐的赛珍珠因为激动，把喝汤的勺子弄掉在了地上。这消息很意外几乎是不容置疑的。虽然她回美国已经好几年了，虽然她的书还在畅销，她的《大地》被改编成了戏剧在剧院上演，又被改编成电影在美国上映，但是她在文学界的声誉并不怎么样。赛珍珠首先想到的是弄错了，因为在很多人眼里，除了老作家威丽·凯瑟外，美国没有哪位女作家配得诺贝尔奖，而在女作家中间，赛珍珠又是最没资格获奖的。赛珍珠太年轻，经典之作还太少，甚至都难以算得上是一个真正的美国人，把如此显赫的诺贝尔奖授给赛珍珠是不慎重的。与其说获诺贝尔奖最初给赛珍珠带来的是惊喜，还不如说是一种害怕出错闹笑话的恐慌。她是个敏感的女人，在盛气凌人的美国作家同行面前有些自卑，她承认自己的生活背景和文学修养都不足以使她得奖。即使事实证明得奖已经确凿无疑，她仍然缺乏必要的勇气。所以没有拒绝去斯德哥尔摩领奖，是害怕让别人觉得她放肆无礼。诺贝尔奖使赛珍珠的文学事业达到了顶峰，然而由于获奖所受到的攻击给赛珍珠心灵上造成的伤害，多少年之后也没有痊愈。

美国人对诺贝尔评奖委员会早就憋了一肚子火。从 1901 年开始，直到三十年以后，他们才慢吞吞地把奖颁给刘易斯，他们伤害了美国人。尽管此后的八年间，又两次把诺贝尔奖颁给美国人，这就是 1936 年的奥尼尔和 1938 年的赛珍珠，但是美国人还是不高兴。对诺贝尔文学奖的抨击，从来就没有停止过。整整三十年里，竟然没有一个美国人可以获奖，获奖者总是在欧洲的圈子里打转，美洲大陆似乎根本就不值得考虑，马克·吐温被当作了儿童文学作者，德莱塞的左翼思想太严重。就算是在欧洲，评奖委员会也是有眼不识泰山，他们漏掉了大文豪列夫·托尔斯泰，漏掉了普鲁斯特和乔伊斯，漏掉了卡夫卡，没有得奖的好作家和得奖的好作家几乎一样多，或者说是更多。赛珍珠实在是把这个奖看得太严重了，她想不明白为什么自己的得奖不被美国人视为一种国家荣誉，而反被认为是耻辱。她为此伤透了心，并为此终生对美国文坛心存芥蒂。在以后的若干年里，赛珍珠总是小心翼翼地避免和她的美国同行们打交道。

美国人对刘易斯的获奖同样不满，他为美国争得第一枚诺贝尔文学奖奖牌以后，美国人不是庆幸，而是愤怒。好在他对此根本不在乎，刘易斯颇有些像文坛的坏小子。1926 年，他拒绝去领普利策奖，理由是得不得这个奖无所谓。他从不在乎那些作家同行们在他背后说什么。这一点赛珍珠做不到，事实上，得奖给她带来的更多是烦恼，美国人不高兴，中国人也不高兴。自从《大地》出版以后，中国人一直在批评她的小说，她获诺贝尔奖所以没有在中国引起强烈的抗议，重要的原因是当时中国的头等大事，是全民族的抗战，是决战台儿庄，是武汉保卫战。中国人已经没有闲心去抗议她的小说。

赛珍珠能够得奖，完全是因为一系列的偶然原因。得奖常常就是运气。在亚洲，中国和日本已经全面开战，在欧洲，战云密布，任何一位可能引起政治纠纷的作家，都被谨慎地排除在获奖者之外。以性心理分析著名的弗洛伊德，早在两年前就被提名诺贝尔文学奖，这一次，他又被提名为医学奖的候选人。但由于他是犹太人，考虑到极度仇视犹太人的希特勒此时正大权在握，手上正抓着引燃世界大战的导火索，弗洛伊德事实上也只能是被提名而已。反正提名者约有三十位，而在当时复杂的国际形势下，对于评委会来说，选择处于中立位置的美国作家最恰当。至于在过去的八年里，美国人曾两次获奖已不重要。文学不是政治，文学又经常会被政治所左右。那一年的诺贝尔奖，同时和赛珍珠被提名的，还有写《飘》的美国女作家米切尔，平心而论，如果是让米切尔得奖，还是赛珍珠更合适一些。

3

刘岳厚和赛珍珠相比，两人的运气相差太远了。把这两个人硬放在一起谈论，实在有些荒唐。刘岳厚从没想到过要得诺贝尔奖，他的要求很简单，只要能变成铅字就行。这两人无论是文化背景，还是个人气质，相差都太远。刘岳厚只是一个普通的乡村小学教师，他的实际文化水平，或许是有教师以来最差的一类。除了能写一手漂亮的“欧阳询”，从各方面看，他都不适合从事教学工作。他从来就没有喜欢过教育工作。对于他来说，当小学教员不过是比当农民要强一些。他出身农民，可是最看不起的，就是农民。赛珍珠在对哥伦比亚新闻学院的学生作演讲时，曾经很动情地说过：

> 实际情况是这样，不创作小说，我就不会快活，这些书人们读不读，我是全然不顾的。有那么些不幸的人，若不是正在写作，或已经写完，或即将去写一部小说，就会觉得浑身不那么自在，我就是其中一个。

尽管刘岳厚的文学事业一无可说，可是他确实有赛珍珠一样的毛病。尽管他没有发表过什么作品，尽管他在文学上从来也没有真正地开过窍，可是我从没见过比他对文学更痴迷的人，他比我所能见到的作家更专注于文学。刘岳厚一生最大的悲哀，就是始终不能在文学上获得成功。凭他的痴迷和专注，他在文学方面未能有任何作为，实在是一件太遗憾的事情。在刘岳厚病重的日子里，我无数次想到一个问题，这就是如果老天爷开眼，给他一个机会，结局又会怎么样呢？如果让刘岳厚写的文字发表出来，如果让他得到公众的赏识，得到专家的认可，让他得奖，让他成名，一切又会怎么样呢？

我完全能想象刘岳厚一旦真成了名，会怎么样。毫无疑问，他如果成名，绝对不会可爱。他完全可能堕落成一个无行的文人。在对文学痴迷的一生中，有几次机会似乎就在身边，一伸手便可以抓住，但这样的机会，无一不像彩色的肥皂泡，看上去很美丽，却说爆就爆。如果“四人帮”不被粉碎，他那部长篇小说完全可能发表，他将像当时走红的一些作家一样，成为独步文坛的佼佼者。“四人帮”粉碎以后，他仍然存在着机会，许多在“文革”后期开始写作的作家，反戈一击，很快成为新时期文学的新人，成为第一批伤痕文学作家。我始终有一个固执的想法，这就是哪朝哪代，总会有喜欢写东西的人，而一个喜欢写东西的人，也很可能在哪朝哪代都会写作。文人有时候会被人看不起，这不能不说是个原因。

刘岳厚发表的唯一文字，是省报上一篇将近五千字的小说。这是一篇地道的伤痕文学，写一个地主的女儿，如何不能被她所爱的男人爱。在小说中，刘岳厚显然是掺和了一些个人生活的调料。小说中的地主女儿，多少有些胡冬琴的影子，而男主角自然是刘岳厚理想中的自己。这篇小说的发表，完全让他陷入一种失控状态，他买了无数份报纸，到处散发。我至今还能记得他在给我的信中流露出的那份得意，他说这次只是在省报上获得成功，下一步他将向《人民日报》挺进，要在《人民文学》和《收获》这样有影响的刊物上发表小说。他当时给我的印象，是巨大的成功指日可待。

刘岳厚的这篇小说，在当时的背景下，如果真得个全国奖，也不奇怪。实话实说，和新时期最初那几届得全国奖的小说相比，他的这篇小说，和得奖作品中的蹩脚小说放在一起，说不定还要强一些。这也是刘岳厚死不瞑目的原因之一。有一段时期，他总是喜欢指名道姓地说自己比谁谁谁的文章好。当某位作家越来越走红的时候，他便对我说这人原来并不怎么样。刘岳厚总是说谁谁谁过去的水平和他差不多。他总是不服气，自以为是，好在他不过就是在省报上发了一篇小说，还没有成名，还没有得奖，要不然不知道会如何猖狂。

一辈子没写出什么名堂来，对刘岳厚来说，可能还是件好事。以他的文化素养和不知天高地厚的性格而论，成名得奖，都将是灾难性的。他将可能被彻底地异化，成为一个小丑似的人物。仅仅是发表一篇小说，就足以使他忘记了自己是谁，他把登着自己小说的报纸，送了一份给胡冬琴，然后约她在桑树田里见面，见了面，不问三七二十一地就拥抱她。要不是怕被别人注意到，胡冬琴肯定会大喊大叫。她推开刘岳厚，说我们都是做爹做娘的人了，又是亲戚，怎么可以这样。刘岳厚也不管她是真不愿意，还是假不愿意，愣头愣脑地又一次抱住了她，要亲嘴。胡冬琴急了，死活不肯答应。远远地，有人沿田埂走过来，刘岳厚死皮赖脸地说："不让我亲，就让我摸一摸。"说着，就把手伸过去，隔着胡冬琴的裤子，放在她那个地方不肯移开。

胡冬琴真的恼了，说："你怎么这么不要脸！"

刘岳厚喘着气说："我不要脸了。"

胡冬琴说："你不要脸，我还要呢。"

说完，把他往桑树上一推，掉头就跑，刘岳厚想追没追上。这事很快就闹得全村都知道，姚五妹那火爆脾气，怎么能受得了这种委屈？像审贼似的，逼着刘岳厚一点一点地交代，他的那点良好感觉，早就被一盆冷水浇没了，经不住审问，相信坦白从宽、抗拒从严，挤牙膏一样把自己的罪行都说了出来。姚五妹恨得咬牙切齿，说："你这个不要脸的东西，我和她哥在一个房间里待了整整一月，我都没让他碰一下，你竟然去摸她。”刘岳厚便强调自己是隔着裤子摸的，姚五妹说：“隔不隔一层布都一样，她让你摸，我明天也去找她哥哥，要做就做彻底，我就脱了裤子让他摸，你看我敢不敢！”

虽然姚五妹说的是气话，但是在以后的日子里，刘岳厚一直为了这件事，抬不起头来。他的成功毕竟是短暂的，而且在别人眼里也算不上什么成功。在别人眼里，他只是个成天写东西的没用东西。随着时间的推移，他变得越来越没有用。三十年河东，三十年河西，作为一种比较，当年姚五妹死活不肯嫁的胡冬琴的哥哥胡矮子，反倒逐渐成了人物，娶了一个有两个小孩的中年寡妇，两人辛辛苦苦地过日子。大的一个儿子首先成为暴发户，紧接着小的一个也成了有钱的主，弟兄两个盖了楼房，成了村子里数一数二的人家。

刘岳厚一家的地位，在村子里却越来越糟糕。年轻一代中，识字的人越来越多，大家也就越来越不把刘岳厚当回事。祠堂小学的复合班被取消了，他成为镇小学的教师，校长嫌他不能安心教学，逢开会必点名批评他。家家都在搞副业，都在动脑筋发财，想弄点钱盖房子，只有刘岳厚永远是在不切实际地写文章，写那种挣不到一分钱的文章。刘岳厚终于成为全村的笑柄，成为一个不切实际的典型，以至于当大家指责一个人将来可能会没出息，就说他以后会变得像刘岳厚一样。姚五妹和胡冬琴这对姑嫂，由昔日的冤家变成了好朋友，她们合伙养长毛兔，闲时就拿刘岳厚开涮。既然刘岳厚挣不到钱，姚五妹只有靠自己想办法，她尝试着各种能赚些钱的副业，有什么事都要和胡冬琴商量。刘岳厚意识到，自己心直口快的老婆对胡矮子已经不仅仅是歉意，不止一次流露自己当年没能嫁给他，真是瞎了眼。

刘岳厚得了癌症来南京住院，姚五妹在病房里毫不掩饰地对陪她探视的胡冬琴说，当年她如果成全了他们就好了。胡冬琴说，你成全了我们，你好嫁给我哥。姚五妹说，我凭什么非要嫁给你哥，天下男人那么多，凭什么不嫁给这个不中用的家伙，就一定要嫁给你哥，难道我就不能谁也不嫁？两个人半真半假地说着，全不在乎刘岳厚听了会怎么想。胡冬琴的嫂子在一年前病故了。刘岳厚得了不治之症之后，两家的来往十分密切。胡矮子的大儿子看中了姚五妹的二女儿，刘岳厚心里有些不愿意，姚五妹说，你不愿意有什么用？他们小的愿意，我也愿意，这就行了。

因为写作，因为永远不成功的写作，虽然刘岳厚还保持着自以为是的心高气傲，但是他完全失去了一个男人所应得到的尊重。他成为一个喜剧性的人物。村子上的人看不起他，他的老婆看不起他，他的子女也看不起他。他越来越潦倒，偏偏对写作的热情痴心不改。他马不停蹄地参加各种各样的写作函授班，有一度还想进南京大学的作家班深造。他让我帮他活动，让我带着他去见中文系的领导。中文系的领导是我大学同学，在我的熟人面前，他总是非常矫情，十分做作地说惭愧，说自己有愧于做我的老师。

“我的学生都已经写出了名堂，可是我还像小学生一样地在学习写作！”他常常这样一本正经地介绍我和他的关系，显然他有些得意自己的学生中，好歹有一个能算是作家的人。“当年他可看不出是个能写东西的料，我记得他的祖父、他的父亲并不想让他成为一名作家，可是，他还是成了作家。”

刘岳厚是在凌晨咽气的。他刚断气，刘丽英就毫不客气地打了一个电话给我。我一直想不明白刘岳厚怎么会有一个如此自说自话的大女儿，她毕业于一所中专学校，完全靠自己的能力跑到省城来闯天下。她和刘岳厚一样，从来就不怕麻烦我，她似乎并没有意识到，在这个时间打电话给别人，是否合适。在电话里，她问我能不能去一趟医院，因为她虽然已经给她丈夫也挂了电话，但是她的丈夫出差在郊区，恐怕一时还赶不到。我困意蒙眬地从床上爬起来，穿上衣服，黑灯瞎火地赶到医院。刘岳厚已经被罩上了白床单，护士小姐正在催家属赶快把尸体送往太平间，一看到我，不耐烦地说："你怎么才到？"

当我推着刘岳厚从电梯间出来时，天已经蒙蒙亮了。医院里很静，在通往太平间的路上，我们没有遇上任何人。由于刘丽英不像别的家属那样哭哭啼啼，我们这么静悄悄推着尸体从医院的大院里走过，反而显得庄重和肃穆。无论是我，还是刘丽英，对刘岳厚的死亡都做好了充分准备，医生对我们详细地介绍过他的病情。事实上，所有的人都在等着这一天。这一天终于来了。从大楼间的缝隙中，黎明的太阳正在升起，刘岳厚的故事就此彻底告一段落。

4

赛珍珠的小说曾被改编成过电影，是获得了奥斯卡奖，还是提名，我有些弄不清楚，反正当时的影响很大。早在三十年代，电影就是个让小说家头疼的东西。它吸引了大众的口味，歪曲了小说的精神。最荒唐的一点，莫过于赛珍珠小说中的女主人公，都由纯粹的好莱坞的大腕明星来演，让一个纯粹的西方人扮演中国的农妇，其滑稽可想而知。《大地》中的阿兰一角，由出生于东欧的娜兹莫娃扮演，而《龙种》则由中国观众十分熟悉的赫本主演。

由米高梅公司拍摄的赛珍珠小说，扩大了赛珍珠小说的影响，也肆无忌惮地糟蹋了赛珍珠的小说。赛珍珠后来一再被人误会，与看完电影留下的恶劣印象有关。实力雄厚的米高梅公司为了拍摄《大地》，曾向中国派了一支豪华阵容的剧组，这个剧组在中国并没有受到想象中的热烈欢迎，恰恰相反，剧组的一切活动，都受到了严格限制。美国人感兴趣的，是如何表现中国人的落后。东西方在意识形态方面的对立由来已久，在西方人的神怪故事里，扮演心地丑恶的反角，通常是东方人，而东方人的故事里，红发蓝眼睛大鼻子又肯定是坏人。为再现所谓真实的中国，《大地》剧组到处寻找破旧的村庄，越破越好。中国当局对这种做法十分恼火，他们给剧组设置了重重障碍，在电影就要开拍之际，一定要把村庄重新粉饰一下，女人们都要穿上干净的衣服，头上还要戴一朵花。

成为美国人笑柄的，是有关当局竟然异想天开，希望电影中出现一辆美国式的拖拉机，让拖拉机来代替赛珍珠小说中必不可少的大水牛。中国人坚持认为，既然美国人是想拍一部中国的电影，就应该拍对中国有些好处的片子。中国目前虽然落后，在中国政府的领导下，一切正在改革。可是美国人才不会花他们的钱来为中国做广告，他们按照自己的想法干着，中国人拿他们没办法，只好捣乱。美国佬遇到了一些事先绝不可能会想到的麻烦，各式各样的小事故接二连三，而最后的事故却是致命的。当剧组返回美国以后，装在锡盒中的大部分胶片，竟然被硫酸腐蚀坏了，结果电影正式上映的时候，整部片子中只有十二分钟的镜头是在中国实拍的，其他的只好在美国补拍。影片中有一个著名的满天飞舞的蝗虫的镜头，是在美国的西部拍摄的。还有作为活道具的大水牛也是美国正宗国产，它后来成了好莱坞的宠物，人们参观好莱坞时，都争着和它一起拍照。

带有神秘色彩的东方传奇，似乎也在起着作用。美国剧组显然是得罪了东方的神灵，导演欧文·赛尔伯格在拍摄途中突然病逝。继任的导演满怀恐惧地把片子拍完后，壁炉上方悬挂着的巨幅画像无缘无故地跌落下来，差一点砸在了他的脑袋上。美国人再也不敢到中国来拍摄他们的电影。《龙种》开拍的时候，他们干脆以一种游戏的态度来拍摄。赛珍珠曾应邀去拍摄现场做客，在那里，她发现扮演女主角的赫本，穿的是一件男人的上衣，所以这么做的原因，是大明星赫本特别喜欢中国男式上衣的条纹。谁都清楚当时中国妇女留着什么样的发型，可是赫本坚持要留自己喜欢的刘海。电影中的桥，也是想当然的，至于梯田，更是漏洞百出。美国人设计的梯田，不是台阶形，而是上下垂直的走向，这种所谓在镜头上十分好看的梯田，根本起不到防止水土流失的作用，在现实生活中毫无意义。

反正中国人正在进行浴血抗战，好莱坞想闹什么笑话就让它去闹。赛珍珠已经把版权卖给了好莱坞，她根本不可能阻止这种胡闹。事实上，美国人对东方的兴趣，也不可能太长久，不过是隔了若干年以后再时髦一番。时至今日，东方题材的影片又有重新走俏之势，这显然也是罗燕女士找到我的原因之一。如果重新拍摄赛珍珠的作品，我首先想到的，就是不要再闹好莱坞曾经闹过的笑话。今天的好莱坞和过去相比规模更大，实力更雄厚，影响力也更大，但是这并不意味着就能不出洋相。今天出洋相的可能性和以往相比，机会是一样的。技术方面也许会更完善，演员的演技也可能会更出色，然而观众的口味也变得越来越挑剔，越来越难欺骗。

当这篇小说快写完的时候，我遇到了可以记下来的两件事。一位我认为也许是中国最优秀的男演员，从法国又打电话又托人带信给我，说是很喜欢我最近在《收获》杂志上发表的长篇小说《1937 年的爱情》，这消息让我很高兴，因为我确实觉得，如果我的这部长篇能够拍电影，这位男演员是最佳人选。然而同时，我又有种预感，这件事很可能不成，我的小说也许根本就不适合改编成影视，起码目前情况是这样，类似的情况已经遇到过许多次。

另一件事，是罗燕女士和我约定的日期就要到了。几天前，我有幸与苏童和黄蓓佳一起去苏北签名售书，聊天时完全出于偶然，黄蓓佳很高兴地告诉我和苏童，她正在为罗燕和胡雪桦改编赛珍珠的小说。我立刻反应过来，黄蓓佳很可能便是罗燕向我提到的那位美国人。这是一场十分有趣的游戏，很可能他们是怕我会有什么想法，于是给我了足足一个多月的时间，让我研究赛珍珠，沉浸在赛珍珠的故事里。如果黄蓓佳能让他们满意了，他们就没有必要再来找我。如果不满意，便再让我继续为他们打工。我突然明白一个月前我与胡雪桦和罗燕见面时，为什么晚上七点钟就匆匆结束谈话。罗燕说她和一个朋友有约，这个朋友显然就是黄蓓佳。

我真心地觉得有这么个机会，重新走近赛珍珠，并不是什么坏事。我不觉得自己是在浪费时间，不想就此埋怨谁。原因有时候并不重要，结果也同样不重要，我觉得心满意足的，是我完成了走近赛珍珠的这个过程。当我走近赛珍珠的故事，又一次抚摸着已经成为往事的历史时，我已经忘记了自己的原始动机。在过去的这段日子里，我交替地回忆着两个人不同寻常的故事，一个是在文学上取得殊荣的赛珍珠，轻而易举地就走进了文学的大殿，登堂入室，对号就座。一个是在文学上毫无成绩的刘岳厚，终生在文学的殿堂之外徘徊，忙碌了一辈子也不知道大门在什么地方。这两个不同的人不同的命运，多多少少让我有些感想。对于我来说，这篇小说结束以后，赛珍珠将重新回到书橱里去，继续载入史册，而刘岳厚则将埋在村头的土坡上，很快地被人遗忘。

三十年前，我还是刘岳厚的学生。那时候，我在祠堂小学读书，在学校门口那条大河里游泳，在村头那个高高的长着青草的黄土坡上玩耍追逐。如今，那个巨大的黄土坡已经坟满为患，好不容易才找到一个埋葬刘岳厚的地方。从接下刘岳厚遗稿的那一天起，我就为它感到深深的烦恼。把它接下来，本身就是个错误，事实上它已经成为一个不小的负担。我不想保留这包凝聚着他一生心血的手稿。而且我相信，他的手稿即使变成铅字，放在书橱里，也不会有人看。他从来就没有达到过应有的高度。这一大包手稿毁了他的一生，也安慰了他的一生。刘岳厚值得留下的，只是一份对写作的热爱，这种热爱才是文学存在的重要意义之一。一个人最终有没有达到目的，并不重要，重要的是应该去追求，重要的是追求的这个过程。明年春天，我将重返旧地，去刘岳厚的坟上扫墓，然后将那份对于我来说已经成为负担的手稿化为灰烬。这些手稿是刘岳厚的，最后还是应该属于他。

1996 年 10 月

白天不懂夜的黑

第一章

1

家庭烦恼谁也避免不了，每当心情不太好，为生活琐事郁闷，尤其和老婆拌过嘴，陷入了都不想搭理对方的冷战，我便情不自禁想起林放当年离婚后的那种快乐。那种被解放了的快乐难以言表，是个男人都会忍不住羡慕，都会被他内心深处的喜悦打动。鳌鱼脱了金钩去，摆尾摇头更不回，林放最著名的一句话，大丈夫何患无妻，离婚从来不等于世界末日，当然他的话还可以有另外一个著名版本：

“男人吗，怎么能不离一次婚？”

后来，经历了三年牢狱之灾，林放的人生哲学中，又增加了一句至理名言：

“男人吗，要想有那么点出息，你恐怕还得坐一次牢？”

时间回到1986年秋天，距今已快三十年，我们几个写小说的朋友凑一起，在湖南路上一家叫黑森林的餐厅请林放喝酒。那时候，身边的人好像都没什么钱，轻易也不敢上馆子，只有遇上谁发表文章，混到了一点小稿费，才会去馆子庆祝一番。林放是我们共同的朋友，他离婚了，从道理上来说，心情肯定不好，情绪一定低落，兔死狐悲唇亡齿寒，我们便在背后替他瞎操心，决定趁机聚会一下，毕竟也朋友一场，有福同享有难同当，干脆请林放喝个酒，好歹也安慰安慰他。

林放是我们那文学小圈子里第一个结婚的人，第一个离婚的，当然，也是第一个公开发表小说，而且发表在当时最有影响的《人民文学》上。那时候，我们都是刚开始学习写作的文学青年，都觉得他会因为离婚很沮丧，林放的前妻李明霞是位干部子女，人长得又高又大，虽然不能说是沉鱼落雁那样的绝色美女，起码也是相当漂亮。当初林放不顾一切地追求李明霞，我们都很佩服他的勇气，都觉得他会碰壁，都觉得这事不太可能，没有太多现实性。结果碰壁归碰壁，有一度可以说头破血流，功夫不负有心人，最终还是心想事成，硬生生地把李明霞追到手，高高兴兴抱得美人归。

外面都在传说这家馆子价格很贵，很能宰人，吃完结账常会吓人一大跳。本地创办不久的一张晚报曾以“黑森林真黑”为题，发过篇幅不短的报道予以揭露，可能因为这原因，他们对文化人心存戒意，态度不太友好。林放那天来得最晚，我们点好了菜恭候大驾光临，却迟迟不见人影。那时候没手机，也不知道他到了什么地方，女服务员不停地过来催促，问什么时候能上菜，我们只好一个劲地往门外看，连声说等等，再等一会。在大家焦急的等待中，姗姗来迟的林放终于出现，他一脸快乐地走了进来，毫无歉意地看着我们，说你们怎么选中这么一个地方。

早已不耐烦的女服务员脸色很难看，白了林放一眼，噘着嘴说：

“现在总可以上菜了吧？”

我们也顾不上与林放再敷衍，齐声说：

“上菜，现在就上，赶快上。”

喝什么酒已记不清，说过些什么话也忘了，能记住的只是林放的春风得意。他滔滔不绝口若悬河，一个话题跳到另一个话题，从头到尾，基本就是他一个人在说话。好汉不提当年勇，几年前在《人民文学》上发表小说的光环不复存在，那时候他已经不怎么写小说了，兴趣早已转移，很显然，还有更重要的事正等着他去完成。林放的这次出场，只是给大家传递了一个最简单信息，原来离婚也可以是件很快乐的事情。很快到了结账的时候，女服务员面无表情地送账单过来，我们中间有个比较认真的人接过账单，很仔细地看着，核了一下价格，一边看，一边咂嘴，然后嘀咕了一句：

“操，真他妈不便宜！”

我们七嘴八舌，都说给打个折，零头免了吧。女服务员面无表情，根本不愿意理睬。林放掏出一本红色的特约记者证，对女服务员亮了亮，说去跟你们老板招呼一下，商量商量，告诉他今天有个晚报的记者在这吃饭，让他打个折怎么样。女服务员不屑地看着林放，说我们这不打折。林放说，这事你说了不算，去跟你们老板说。女服务员扭头走了，不一会，老板一本正经出来了，非常诚恳地问哪位是记者同志，点头哈腰地又问菜肴味道如何。我们异口同声，一边将林放推出去，一边称赞说菜还不错，说厨师手艺很好，只可惜价钱稍稍贵了一点。老板看了看林放，说能觉得菜不错就行，我这呢讲究的就是一个质量，如果是别人，换了别人，我真可以给你们打折，是晚报的记者，这个就对不起了，我是一分钱折扣也不会打。

老板的话是存心让林放下不了台，老板又说，我这就是不给报社的记者打折，不打折就是不打折，你们总不能为这个再投诉我们吧，别人都说要防火防盗防记者，做生意的都害怕你们，我不怕，老子就是不怕。他这么气势汹汹地一说，我们都有些不太高兴。首先，我们也不是什么记者。其次，聪明反被聪明误，林放那个特约记者证本来就是蒙蒙人的，现在既然蒙不了人，那就什么都算不上了。事情到这一步，犯不着跟餐厅的老板斤斤计较，立刻把钱付了。说好是大家请林放，来了七个人，除了林放，剩下的六个人掏腰包平摊，当场把账结算清楚。林放有些不好意思，说怎么是你们几个请我吃饭呢，应该是我来请你们。你们想想，我终于把婚离了，终于离了，这可是件大好事，应该好好庆祝庆祝：

“喂，你们别这样看着我，我说的可是真话。”

2

我和林放最初是通过上夜校认识，说起来他还是我的老师，正经八百地教过我。1977 年，也就是“四人帮”粉碎的第二年，我在郊区的一所夜校上课，林放是教我们作文的语文老师。按说也没比我大几岁，可是因为在当时的报刊上发表过文章，他给人的感觉，写作方面非常有才华。确实很有才华，印象最深的是给讲解鲁迅小说，说得头头是道，说得丝丝入扣，让人恍然大悟茅塞顿开，经过他的分析，我们终于明白了什么叫要点，明白了鲁迅的小说好在什么地方，明白了鲁迅为什么要这么写，同时，也开始明白还有哪些不足。

那时候，林放是一所中学的语文代课老师，还不是正式编制。能够谋得这份教职，缘于几年前的批林批孔，他一篇批判孔子的文章大出风头，得到有关领导高度赞赏。在夜校也是兼职，很快高考恢复了，这样那样的补习班如雨后春笋，临考前夕，他的作文课人满为患。林放是我见过的命题作文高手中顶尖人物，他教我们怎么猜题，怎么审题，怎么套题，怎么出奇制胜，怎么让改作文的老师眼睛为之一亮。林放还能写一手好字，在书法上下过功夫，用粉笔在黑板上书写，坐下面的女学生便不住地咂嘴。记得当时有一本油印的作文选集，里面收了他写的二十篇范文，在当年，这本集子就像高考秘籍，足以应付各类可能出现的作文命题。

我和林放一同参加了高考，恰巧又在同一个考场。那时候刚恢复招生，只要是个学校就是考场，就人满为患，有太多的人参加考试，很多届的学生都挤在同一个战场上拼杀。南京天气又非常热，没有空调没有电风扇，考生们挥汗如雨，一个个都跟洗桑拿一样。记得考完语文后，灰头土脸湿漉漉地从教室出来，远远看见林放正在那边与人高谈阔论。他伸手招呼我过去，问考得怎么样，问那几个病句是不是都改对了，作文有没有走题。我脑袋晕乎乎的，基本上属于一种中暑状态，甚至都记不清刚考过什么。

结果让人十分意外，林放居然没考上大学。这说明考试貌似相对公平，可是仍然会有人才流失。也许其他课目没考好，也许还有别的原因，譬如政审什么的，反正高考落榜从此成了林放的一个心结，提到了就特别窝火。多少年来，我一直是他举例的对象，为了表明自己的人生不得志，在爆出了一句粗口之后，他常常会很幽默地再补上一句：

“我的学生考上了大学，而我，他的辅导老师，却被无情地拒绝在了大学的门槛之外。”

第二年，林放干脆直接参加研究生考试，不幸地又一次名落孙山。这一次更加冤枉，他进入了复试，是口试，根据那时候惯例，进入复试的人基本上都会录取，可能他太狂妄了，口出狂言，把人家给狠狠地得罪，弄得考官很不开心，结果就自食恶果。考的是文艺理论，林放只顾自己满嘴跑火车，一个劲光知道卖弄，大谈“车别杜”，也就是俄国的车尔尼雪夫斯基，别林斯基，杜勃罗留波夫。或许早就明白口试一定会跟他讨论这个，林放做足了准备，俄国人名字都很长，长长的一大串，他故意跟人家玩深奥，一说起别林斯基，就是“维萨里昂·格里戈里耶维基·别林斯基”，一提到杜勃罗留波夫，就是“尼古拉·亚历山大罗维奇·杜勃罗留波夫”。这样的卖弄很像我们小时候看了电影《列宁在 1918》，都喜欢卷着舌头说“弗拉基米尔·伊里奇·列宁”，其实这称呼也是小孩子的想当然，“列宁”只是笔名，列宁的真名应该是“弗拉基米尔·伊里奇·乌里扬诺夫”。在口试中，林放竟然与考官为“车别杜”的排名争论起来，他坚持认为应该把车尔尼雪夫斯基放在别林斯基前面：

“别林斯基确实也不错，不过我还是觉得，他要比车尔尼雪夫斯基略差一点，毕竟尼古拉·加夫里诺维奇·车尔尼雪夫斯基写过一部很著名的长篇小说《怎么办？》，有这样一部长篇小说，和没有这样一部长篇小说，显然是不一样的，你说呢？”

林放属于那种在哪都有气场的人物，在什么地方都能反客为主。考官的脸当场气绿了，据说这家伙曾正经八百地学过俄语，开口闭口全是别林斯基语录，动不动就是“艺术是形象思维”，文学人物是“熟悉的陌生人”，可硬是被林放的狂妄吓得不敢开口。眼前的这位考生完全忘记了身在何处，根本不把他这个考官当回事，是可忍，孰不可忍，最后，忍无可忍的考官总算想到一句别林斯基的名言，可以用来回击林放，可以很好地教训一下这个不知天高地厚的小子：

"'不好的书告诉你错误的概念，使无知者变得更无知'，别林斯基的这句话太好了，我想它是可以击中一个人的要害的。"

林放意识到不妥的时候，事态实际上已无法挽回。他注意到了考官脸上的不屑，突然想到自己命运还掌握在这个迂腐的家伙手里。醒悟也来不及了，林放遇到了典型环境中的典型人物，他已经被击中了要害，考场上的过分张扬让他付出了沉重代价，嘴上讨得的便宜最后让他吃了大亏，临了，他是唯一一位复试被淘汰的考生。教训很深刻，代价很惨重，这件事对林放的打击不大也不小，说不大，是因为他觉得自己就算被录取了，跟着这样的导师学习也是无趣。说不小，是因为工作还没有正式落实，他仍然还是工人编制，仍然还是"以工代干"的职校兼职老师。如果被大学录取，这一切问题就都不再是问题。

差不多是在同时期，林放开始狂写小说，如痴如醉，连续不断地向本地的几家文学刊物投稿，一次次被退稿。接着，他又向北京的《人民文学》和上海的《上海文学》轮番发动进攻。《上海文学》没有理睬林放，《人民文学》却在退了几次稿子后，刊用他的一篇小说，而且是放在头条位置上隆重推出。这在当时是一件非常了不得的大事，非常引人注目，非常轰动，从此林放在文坛上便有了点声势，所谓一登龙门，立刻身价百倍，毕竟《人民文学》是当时最有影响的刊物，人们不得不刮目相看。在我认识的一批文学青年中，林放是那种多才多艺的人，能写一手很不错的毛笔字，会拉几下二胡，还会画画，新诗旧诗都能来几句，现在《人民文学》又发表了小说，他在我们心目中的地位越发高大起来。

上世纪七十年代末，文学成了最大时髦。因为进了中文系，因为赶上了文学热，我免不了也跟着瞎起哄，追随班上同学一起学习写小说，写了便向林放征求意见。说老实话，林放不仅是我的语文老师，辅导我如何顺利地通过高考，他还教我怎样写小说。是林放最先发现了我的写作才能，记得当时大学校刊拒绝刊登我的一篇小说，弄得你很没面子，让人垂头丧气，他听说后哈哈大笑，鼓励我不要灰心，不要被这种微不足道的退稿击倒。他说这其实是个非常好的开端，你要用这个来励志，要把这事当作起点，要用你的实力来证明自己，要让有些人明白，要让他们明白当初的拒绝是多么愚蠢。

转眼进入八十年代，文学变得更加疯狂，一时间工农兵学商，好像所有的人都在看小说写小说。市面上给人介绍对象，有一句重要的广告词就是“喜欢文学”，喜欢不喜欢小说成了文化标签，只要能发个文章就会引起异性注意，只要办文学刊物就会畅销，只要是个文学讲座就会有人抢座位。林放周围聚集了一帮喜欢写作的文友，我们志同道合，一起写诗，写小说，我和林放关系也开始变得微妙起来。他不允许我再称他为林老师，觉得这样的称呼过于见外，有些生分，不足以反映我们之间的交情。俗话说一日为师，终身为父，有一段时间，他正狂追李明霞，考虑到她比我还小两个月，称呼老师把他喊老了，为了使自己听上去更年轻一些，为了拉近距离，他竟然放下身段，很认真地对我说：

“从今天开始，要是敢在李明霞面前再喊我一声林老师，我立刻跟你翻脸！”

第二章

1

上世纪八十年代文学热，既空前，也肯定绝后。它给当时的文学青年提供了最广阔发展空间，那时候，我们跟在林放后面，马不停蹄地参加各种文学活动。外地名家来南京作讲座，文联和作协举办作品讨论会，文学青年自发地一次次聚会。我们甚至考虑要创办一份民间刊物，自己油印，发表那些不能公开发表的小说，这主意最初是林放提出来，为此还结交了几个画画的朋友，这些哥们的字好，可以让他们刻钢板。然而林放的小说在《人民文学》发表了，他已被文坛所接受，约稿源源不断，根本来不及写，这个民办刊物的想法，自然而然地就流产了。

在《人民文学》刚发表小说的那段日子，林放的人生最春风得意。那时候，常有编辑来南京向他组稿。正好给了林放充分的展现机会，只要有可能，便将人马招集在一起，胡乱找地方开会。奇文共赏疑义相析，当时能提供这种碰头聚会的地方很多，也很随意，在学校找个教室，公园寻一片草地，甚至可以安排在工厂的食堂里。一起玩的文友中有位小蔡是玻璃厂炊事员，如果那天正好厂休，我们就把活动安排食堂的大厅，椅子是现成的，桌子是现成的，玻璃厂的副厂长也是文学爱好者，他对我们这类活动非常支持。

林放改不了文学活动中的夸夸其谈，他这人最适合作为文坛的小头目，人越多，场面越大，越兴奋，越能出风头。有一次，作协举办全国短篇小说奖得奖小说研讨会，记得是七十年代末期，那时候作协和文联没分家，我还在大学读书。在长江路的总统府，一间很有气派的会议厅，所有陈设都是当年旧物，给人的感觉仿佛是在拍摄民国的老电影。我始终没搞明白为什么会安排在那，会议由前辈作家方之先生主持，他是我父亲的老朋友，曾经一起被打成右派，大家原来就很熟悉，几乎是看着我这个晚辈长大，开会前看见我坐在后排，他有些意外，十分热情地跟我打招呼，笑着说你怎么也跑来了。林放便悄悄地问这人是谁，弄明白以后，很羡慕地说：

“这家伙还算是个不错的作家，对了，你可以考虑帮我介绍介绍，能够认识这样的老家伙，肯定会有些好处的。”

我觉得这样做很怪异，不知道如何回答才好。林放常怀有一种结识天下文友的豪气，他也最喜欢评点作家，总是运用一种非常极端的口吻，对作家和作品不是捧杀就是骂死。难得的是还能觉得方之不错，活着的老作家一向不被他放在眼里，尤其是那些被称之为“重放的鲜花”的右派作家，他认为在文学观念上，右派作家和左派作家没太大区别，说来说去，都是他妈的主旋律作家。因为已经有些影响，林放被安排在前排就座，主持会议的方之宣布游戏规则，说今天我们开会，讨论得全国奖的短篇小说，大家是不是考虑换一种思维，不说这些小说有什么好，有什么精彩之处，而是反过来，琢磨琢磨这些小说还有什么不足，想想还有什么可以改进的地方。

这样的讨论会注定要让林放大出风头，很快就轮到了他发言，先还是坐在那里说，说着说着，他猛地站了起来，高瞻远瞩慷慨激昂，把获全国奖的短篇小说几乎挨个地调侃了一番。文坛上向来不缺乏狂妄之徒，然而狂到林放这么彻底，这么不留一点情面，实在是也不多见。他把这个讨论会变成了批判会，一口一个我觉得这些人玩的什么伤痕文学，就是血淋淋地在人身上不痛不痒的位置，用削铅笔的小刀浅浅地划了道口子，让血流出来，用手抹一下，抹得到处都是，然后再展现给别人看：

“伤痕文学难道就是这样，就是玩一些如此浅薄的把戏，用血糊淋剌的东西来赚取读者眼泪？”

林放全然不顾在场老作家的脸色，继续口吐狂言。那年头，能够获得全国短篇小说奖，几乎就跟科举时代的金榜题名一样，这些小说是很多学习写作人的模板和榜样，除了方之对林放的某些话还点头表示赞扬之外，大多数与会者的脸色都不好看。老作家们一脸不屑，作协领导低头问身边的人，这个狂妄无礼的年轻人是谁，哪个单位的，以后凡是这种人就不要再让他来开会了。林放的发言不仅把老作家们给得罪了，其实年轻人也未必就真心喜欢。他总是改不了指手画脚好为人师的脾气，自以为是年轻作家的代言人，滔滔不绝继续说着，口若悬河没完没了，终于有人站了起来，毫不客气地打断他的演讲，希望他能够留点时间给别人。

“好吧，我就先说这么多，”林放意犹未尽心有不甘，趾高气扬地又补了一句，“我觉得文坛希望，不是那些已得奖的小说，也不是在座的老作家们，说句不客气的话，应该是像我们这样的年轻人，是坐我身后这些正在写却还没成名的小字辈。”林放回过头来，指了指我们所在的位置。他的话立刻引起嘘声，是我们这些年轻人发出来的，很显然，他这话太过分了，是在讨巧做秀，是在哗众取宠。作为林放的朋友，作为坐在他身后这一群年轻人中的一员，我们太知道他的真实想法，他的文学野心早已充分暴露。虽然年龄上大不了几岁，我们都知道在他狂妄的心目中，唯我独尊，除了他自己，根本不会再有别人。老作家都不入他的法眼，我们这些跟在他后面写小说的小屁孩，这些无名之辈，更不可能在他的视线范围内。

2

那天去参加讨论会的还有李明霞，很显然，林放的兴奋与她在场有关。英雄难过美人关，那时候，也正是林放开始对李明霞穷追猛打的阶段。生命诚可贵，爱情价更高，多少年来，我一直顽固地认为，如果不是因为这位冷艳的李明霞，如果不是她从半道上冒出来，林放的未来很可能是另外一种命运。那年头的男女恋爱，本质上都是很保守，所谓谈恋爱，首先都是精神的恋爱，君子动口不动手，媒妁之言父母包办也罢，自己对上眼的自由恋爱也罢，基本上也就是一个“谈”。林放原来有个女朋友张跃，长得也很不错，我们也都认识，谈了好多年的恋爱，早已到了谈婚论嫁的地步，证领了，连婚期都订好了，就安排在五一劳动节。

林放和张跃从小认识，在一条街上长大，可以算是青梅竹马。双方大人都熟悉，林放跟张跃外公学过毛笔字，他那手颜字功夫，就是张跃外公帮着打下的。他们还是小学同班同学，都在“文革”开始的那一年升入中学，张跃考上了当时南京最好的中学，林放只是进了一所普通中学，两个人差距立刻拉开，他因此对张跃更加刮目相看。很快就是“文革”的狂风暴雨，红卫兵大串联，参加形形色色的造反派组织，然后知识青年上山下乡。林放他们那一拨人差不多都去了农村，张跃去了苏北农场，林放则是个例外，始终赖在城里没有下乡。那一阵，居委会天天派人到他家做思想工作，要吊销户口，林放母亲想尽一切办法，通过医院的朋友做假证明，找认识的熟人开后门，最后硬是死皮赖脸地让儿子留在了城里。

很长一段时间，林放像个黑户，非常孤单，成了一个遗弃在城市里的孤儿。他显然被这社会抛弃了，岁数相仿的人都下乡，林放成为一名不折不扣的落后分子，跟不上时代步伐，惨遭社会淘汰，对母亲的顽固不化很有些怨言。落后难免让人感到自卑，也就是在那时候，他开始跟在苏北农场的张跃通信，通过书信打发无尽寂寞，利用文学抒情放飞自己的想象。他的信总是写得很长，任何一个话题都能绵延不断。相比之下，张跃的回信便没有多少话可以说，在一开始，她还试图向他描述农场生活的有趣，年轻人在那里如何积极向上，如何大有作为，大家是怎么样吃苦耐劳。这些学生作文一样的天真描述，曾经让林放十分羡慕，也十分向往，让他更加痛恨自己的掉队和落伍，恨自己未能跟上时代的洪流，未能成为广大的上山下乡知青中的一员。

回城探亲的知青很快用现实给林放上了生动一课，农村生活根本不美好，留在城里才是真正幸福。林放进了一家街道小厂，也就十几号人，工作很无聊，每天重复着一样的机械工作，然而对于上山下乡的知青来说，这个已经足够幸运。再以后，他们谈起了恋爱，在离别的日子，林放开始一封接着一封写情书。回顾自己的写作历程，林放毫不隐瞒，说他的文学基本功，得力于青年时代的两个锻炼，一是批林批孔写批判稿，还有一个就是没完没了地给张跃写情书。

我们这伙人都认识张跃，都知道林放就要和她结婚，都知道他们已经领过证，日子就订在五一劳动节。然而婚礼前夕，林放突然看中了李明霞，他决定放弃与张跃结婚，转而疯狂地追求李明霞。这样的变故搁在今天，根本不能算什么事，放在保守的上世纪七十年代末，显得非常的出格。

“在李明霞身上，我终于发现了自己，”那一阵子，林放像老和尚念经一样叨唠，不停地向我们发布他的爱情宣言，“你们知道不知道，因为有了这个李明霞，我才明白，什么叫爱情，我才明白，什么叫人间真爱。”

此次婚变留给我们的最深刻印象，不是林放如何向大家解释他的真爱，也不是李明霞躲躲闪闪的半推半就。我们难以忘怀的是张跃的不屈不挠，一开始，采取的方式还很文明，她找到了我们，挨个进行谈话，控诉和抱怨，用手绢擦鼻涕和眼泪，希望我们能够帮他说服林放回心转意。能找的人都找了，威胁也好，宽恕也好，说来说去也就那么几句话，可怜她还没有正式结婚，就已经成了一个不折不扣的怨妇。那时候，张跃已从苏北农场调回南京，在一家小商场当营业员，她找我们谈话的时候，常常穿着一身工作服。那年头营业员工作服是一件白大褂，看上去跟给人看病的医生一样。

“都帮我带个信，我知道你们能够找到他，”张跃对每个人都说着同样的话，都是差不多意思，有一次她在街头拦住了我，眼睛里饱含泪水，不依不饶地说着，“你帮我告诉林放，告诉他，对他，我是死也不会放手的。”

林放一开始采取的应对策略，躲着死活也不见。三十六计走为上策，他的决心已定，主意已经拿好了，别人说什么都没用。他承认自己就是忘恩负义的陈世美，承认自己就是一个王八蛋，就是见异思迁，承认自己因为地位改变而变了心，承认自己已看不上张跃。只要能和张跃分手，只要能达到分手目的，别人说什么都没关系，别人怎么骂他都可以。爱一个人可以不要理由，不爱一个人同样可以不要理由。

最后是妇联出面干涉，那时候的妇联特别婆婆妈妈，最喜欢管这样那样的闲事。妇联大义凛然地站出来打抱不平，向林放发出了最后通牒。如果林放不悬崖勒马，如果不与张跃拜堂成亲，如果非要一条路走到黑，那么就得做好吃不了兜着走的准备，他的工作调动将要受到影响，他的美好前程很可能就此终结。当时省文联正在筹建创作组，领导们已在考虑要让林放当专业作家，鉴于他在创作上的突出成就，考虑到他的文学影响，让林放进入专业作家队伍也应该算是顺理成章。与张跃分手正好是一个关键的时间点，文联有关领导与他进行了沟通，转达了妇联方面的态度。如果一定要和张跃分手，林放就不得不考虑到可能会有的严重后果。

3

林放没当成专业作家，妇联的态度起了决定作用。事实上，与张跃分手没有完全影响他的前程，此处不留爷，自有留人处，省文联创作组不要他，林放所兼职的夜校终于将他正式收编，由最普通的集体所有制工人编制，转为正式的全民所有制干部编制。那时候，林放是南京文坛的佼佼者，是差点就获得全国短篇小说奖的优秀作者。有关评奖的流言蜚语圈子里广为流传，林放自己也特别喜欢这样那样的内幕消息，说别人怎么悄悄把他给挤掉了，说某评委如何特别喜欢他的小说，把某某当红作家如何开后门的丑闻当笑话讲。没得到奖毕竟是件遗憾的事，不过他信心十足，觉得自己已是无冕之王，觉得自己写的小说，要比那些得奖作家写的东西好得多。

那时候，我父亲在一家文学刊物当副主编。文学刊物很火爆，每天都会有大量投稿。风气十分民主，用什么稿子，不用什么稿子，主编说了不算，副主编说了也不算，必须一级一级报上来。小说组长这一档次变得很重要，大量小说都卡在这里，小说组长不签字，就不可能送三审。后来很火爆的两个作家，有两篇小说一直压在编辑部讨论，一篇是汪曾祺的小说《异秉》，一篇是赵振开的小说《旋律》，发表还是不发表，成了编辑部争议话题。当时，编辑部很多人还不知道这两个人是谁，都知道是托熟人转过来的，而且都是我父亲的面子，都觉得小说的味道有点怪异。为了显示公平，为了程序公正，即使熟人介绍，也要进行认真讨论。结果过了很长时间，《异秉》发表了，《旋律》却被退还给原作者。

《异秉》是汪曾祺“文革”后最有影响力的小说之一，如果及时刊登，发表日期完全可以赶在他的成名作《受戒》之前。赵振开就是诗人北岛，《旋律》如果没被退稿，很可能是他公开刊物上发表的第一篇小说。父亲去世前，对自己的编辑生涯要说还有什么遗憾，那便是没处理好这两篇稿子。他不是个能够抗争的人，虽然身为副主编，但是他这一票根本起不了决定作用。相对于后来大名鼎鼎的汪曾祺和北岛，林放当时要比他们红得多，他的小说在《人民文学》打响了，稿子刚寄到编辑部，大家便奔走相告，立刻定为重头稿件，准备隆重推出。

林放在附信中强调这小说是部不同寻常的力作，暗示它极有可能竞争全国短篇小说奖。考虑到有过一次不愉快经历，曾经退过他稿子，林放觉得这一次有理由要求，要求编辑部必须将他的小说放在重要位置上发表。结果就真的在头条刊登出来，林放不知从什么地方获得消息，说我父亲并不太欣赏这篇小说，这让他有些恼火，也有些抓狂，因为一直觉得我父亲还算是个有点眼光的老家伙，是识货的伯乐，应该比别人更看好他的小说才对。

“很可能你爹就没看懂我的小说，他可能也没有仔细看，”林放跟我抱怨了好几次，不止一次解释他的小说为什么要那么写，那么写高明在什么地方，“有了机会，我得跟你爹聊聊，我得告诉他，这篇小说必须要多看两遍才能真正弄明白，他们这一代人的文学观都得好好改变。”

有一天，林放突然出现在我家，正好有事路过，心血来潮便敲门进来，说要和我父亲切磋小说，要彻底改变一下他们那代人落伍的文学观念。好在父亲不在家，林放也因此失去了一个兴师问罪机会。那时候受林放的狂妄影响，我们对父辈作家都不怎么太尊重，在文学上都有一种浓烈的弑父情结。由于林放已不是第一次到我家，对这里早熟门熟路，连我们家的保姆都知道他是谁。

每次看到我们家保姆，林放都有种说不出来的愤慨，因为他母亲曾给人家当过很多年保姆。母亲当保姆一直是林放心中的隐痛，用他的话说就是“这个才叫真正的伤痕”。林放母亲本是南京大户人家的千金小姐，是一名女大学生。抗日战争期间，在重庆与一位年轻的国军军官结婚。后来抗战胜利，还都南京，他们家在颐和路一带有栋很漂亮的洋房。再后来国共内战，林放母亲成了寡妇。再后来，南京解放，她不得不下嫁一位很普通的锅炉工，这个锅炉工就是林放的生身父亲。

“现如今吃香喝辣的都是这帮右派作家，这些人被共产党打成了右派，现在一个个平反了，一个个都神气活现起来，一个个都他妈的玩起了伤痕文学，他们身上又能有什么大不了的伤痕呢？不就是受了点小小的委屈吗？不就是被共产党这个妈妈打错了屁股吗？”林放喜欢用一种非常不屑的口气，评论文坛上成名的右派作家，一个接着一个点名批判，“和我母亲经历的痛苦比起来，他们这些人遭受的那点苦难算什么，像你父亲这样的右派，家里居然还有保姆。别跟我说什么五七年的反右，别跟我说什么‘文化大革命’，像你们家这样，再怎么落难，都不能算劳动人民。是的，有的人确实被打右派了，在

‘文革’中确实挨批斗了，可这过去的几十年里，除了偶尔倒点小霉头，你们家不是照样用保姆吗，照样剥削阶级，谁给你们家做保姆呢，是我妈这样的人。三十年河东，三十年河西，我母亲好歹也上过大学，虽然她没大学毕业，可是你母亲呢，是你自己说的，你告诉过我，她连小学都没毕业。”

林放的手上始终在玩一把折叠水果刀，这是我母亲的一位朋友从法国带来了，刀口非常锋利，弹簧的力道极大，轻轻一碰，立刻着魔似的弹开。我不时地提醒林放，让他当心划手，可是他根本不听我，一边说，一边无数遍地将刀弹开，折叠起来，再弹开，反反复复地玩着。只要一提起文学话题，他就会喋喋不休，他就会咄咄逼人，说着说着，那刀在他的大拇指上拉了一下，立刻是一个不小的口子，裂开了，像孩子张开的小嘴一样。就听见低沉的一声惨叫，林放眼睛瞪得多大的，他盯着那刀口看了几秒钟，然后用手紧紧捏住，然后脸色由红变白，然后便问我距离最近的一家医院在什么地方。

如果林放不是忽发奇想来我家，如果不是反复地玩那把锋利的水果刀，如果不是被刀划破拇指，后来的故事完全另外一个模样。我们立刻去最近的一家医院，挂急诊，进行伤口缝合。那是一家部队医院，虽然离我家很近，我还是第一次去，因为在过去的岁月，部队医院并不对外服务。正是在这里，林放遇到了李明霞。李明霞是这家医院的一名护士，在一开始，她与别的护士并没有太大区别，年轻漂亮，穿着白大褂，戴着口罩，露出一双很大的水汪汪的眼睛。她那天只是在急诊室值班，急诊室里很空，除了李明霞，还有一名年轻的男医生。林放这样的小伤口在医生和护士看来，完全是小事一桩。

我跑去缴费和取药，再次回到急诊室，林放已在那里与医生和护士非常热烈地聊开了。他们已经开始谈论文学，林放握着自己尚未缝合的手指，高高地举在那里，在最短的时间内，已将当红作家的身份亮了出来。那是个文学异常火爆的时代，年轻男医生和护士李明霞眼睛发亮，对眼前这位正高谈阔论的林放充满了羡慕，他们碰巧刚看过他的小说。林放神采奕奕，居高临下地说着：

“都说作家是灵魂的工程师，这话当然不错，可是作家自己首先要有灵魂。”

都过去很多年了，我仍然忘不林放握着手指说话的神态。他的动作有些夸张，有些别扭，更有些做作，因为总是要努力把自己的两个手高高举起来，仿佛是要准备戴上手铐一样。我注意到他一边大谈文学，一边用眼睛穿过高举的双手，死死地盯着那位护士，也就是说死死地盯着李明霞看，表情近乎滑稽。动作虽然很别扭，丝毫也没影响林放夸夸其谈。我走上前把缴费单递了过去，打断了他们的谈话。接下来，开始为林放缝合伤口，李明霞转过身来，十分严肃地挥了挥手，示意我到门外去等候。我很听话地向门口走去，临出门，回头看了林放一眼，看到他皱着眉头，松开了紧握着的拇指，一时间，那伤口好像已经弥合了，然而很快，鲜红的血又涌了出来。

第三章

1

那时候，林放一举一动，都是注定要成为一名优秀作家的模样。

不止他自己这么认为，我们这些跟在后面写小说的文学青年，围绕在身边听他谈论写作的文学爱好者，也都同样相信会有这么一天。我们都相信林放前途无量，他确实是当时所能见到的在文学方面最出色的一个人。林放那时候的小说确实写得很不错，确实要比很多有名气的作家都写得好，要好得多。

说老实话，我也不清楚治疗室究竟发生了什么事，为什么会出现那样的意外。当时我被撵出了治疗室，完全是个局外人，他们还在里面大谈文学，一边谈文学，一边进行伤口缝合。忽然就听见林放一声惨叫，很夸张的一声大叫，非常夸张的一声大叫，我连忙跑进治疗室，听见医生在抱怨，连声说林放的反应太激烈。他反应太过度，抗拒动作幅度过大，结果用来缝合的针断了，针尖留在拇指上。

文学拉近了大家距离，他们已变得很熟悉，开始缝合前，年轻的男医生跟林放商量，告诉他手指部位比较敏感，打麻药的实际效果并不好，跟直接缝合也没太大区别，因此建议林放不如咬咬牙，干脆不要使用麻药。林放接受了这建议，第一针缝得还算顺利，问题出在第二针上，那针尖好像遇到了什么障碍，怎么都穿不过去，医生就在手上使劲，结果这使劲的时候，林放仿佛触电一样，因为疼痛，他一把抓住了李明霞的胳膊，动作有点过大，反正是用力一挣扎，喊了一声，身体一扭，那针尖就断了。接下来便有些麻烦，原先缝好的那一针先要拆除，关键还要将断掉的小针尖给找出来。要在血肉模糊的拇指上寻找那个小玩意并不容易，林放疼得不住地呻吟，额头上全是汗珠。年轻的男医生也开始冒汗，也着急了，也有点手足无措，他说你最好再忍一忍，林放先是不说话，然后回过头来，苦着脸，看着我说：

“忍，还要怎么忍，我已经忍无可忍！”

医生说：“这个也没办法，这个你只好忍了。”

原本十分简单的一个小缝合手术，活生生变得很不简单。十指连心疼，接下来，林放的每一声惨叫，每一次颤抖，都让站在一旁的我感到很痛，都让人不寒而栗。好在问题最终都要解决，经过一次次探索和寻找，断在拇指里小米粒那么长的小针尖找到了，伤口也终于缝好，整个手术过程中，林放始终都是抓住了李明霞的胳膊，就像抓住一根救命稻草那样，死死地抓紧了不肯放手。手术终于结束，林放转过头来，对着我长长舒了一口气。就在这时候，李明霞冷冷地来了一句：

“喂，你现在可以撒手了吧。”

这是印象中，我听到李明霞说过的第一句话，此前她可能也说过什么，但是一点记忆也没有。后来大家认识了，话不多的李明霞喜欢当着别人的面，用这件事来奚落林放，说他这人的最大本事，就是把自己的痛苦转移到别人身上去。很显然，痛苦还是痛苦，根本解决不了什么问题，李明霞说林放当时不仅使劲地捏她的胳膊，还趁机将头扎在她怀里，在她身上顶过来顶过去。

“林放使劲地拉住我的胳膊，一会往这边拉，一会又往那边拉，脑袋恨不得能钻到我身体里去，好像这样做了，痛苦就能减少一点似的，我真不明白他当时到底想干什么，喂，林放你那么做有用吗？有什么意思呢？”

林放常说他与李明霞的故事，从痛苦开始，最后又从痛苦结束。一个伟大的爱情故事就应该这样，就应该在开始时刻骨铭心，到结束时，仍然还是刻骨铭心。说老实话，在一开始，我对李明霞的印象并不深刻，她穿着白大褂，戴着口罩，一双一会有神一会没精打采的大眼睛，很难得地才会看我一眼。她根本没把在林放身边跑来跑去的我当回事，毫无疑问，林放很快就用文学引起了她的注意，这在当年也算不上稀罕，在那个文学过度发热的年代，文学确实是个最好的泡妞利器。

再一次见到李明霞，她已经成为林放身边的一名文学女青年。好像就是在方之主持的那次文学研讨会上，一开始，我甚至都没认出她是谁，脱去了医护人员的白大褂，摘去了口罩，穿着一身宽大的解放军军装，这时候的李明霞完全变成了另外一个人。我只知道在开会期间，我身边始终坐着一名现役的女军人，她很矜持，跟我一样，只是过来蹭会听报告的，从头到尾没说过一句话。林放站起来发言的时候，我们都是坐他身后的坚定支持者，很像今天电视娱乐节目中的亲友团。一旦林放说到精彩的地方，我们就相互使一个眼神，暗暗地挥一挥拳头，用这种方式来表示对他的有力支持。

林放对李明霞的追求就像小说里写得那样离奇，具体的细节始终没有弄明白，说开始就开始了。在那个年头，林放的行为显得很有诗意，非常浪漫。终于有一天，林放对我们宣布，他要解除与张跃的婚约。早在一年前，他跟张跃已领了结婚证书。新房也准备好了，大家还帮着一起收拾过，将旧房子用石灰水重新粉刷一遍。虽然没正式吃过喜酒，我们这些跟在他身后窜来窜去的文学屌丝，早就把张跃当作了嫂子。我们都吃过她下的面条，张跃最拿手的是小煮面，搁点肉丝，搁点榨菜，飘几片碧绿的小青菜，让人一回想起就会情不自禁流口水。我们不止一次看张跃坐在小凳子上为林放洗内衣内裤，为他收拾房间，为他补破袜子。林放家人也把张跃当作自家儿媳妇，林放母亲曾经反对过他们的交往，因为刚开始，林放源源不断写情书那阵，张跃还在农村插队。

2

李明霞出身于军人家庭，父亲是军区后勤部一名不大不小军官。

她们家姐妹四人，个个都是当兵的，有两个是话务员，有两个是护士。李明霞最小，当兵也快十年了。对于我们这一代人来说，当兵是件非常让人眼红的事，能当兵的都不是普通家庭。我们这一代男孩子都有过穿假军装的经历，都戴过那种一眼看上去就知道是假的解放军军帽，都在腰间束过假的人造革军用皮带。林放全力以赴地向李明霞发起爱情攻势，抛弃了一心一意准备嫁给自己的张跃，这在当时真是很出格。当然，很可能正是因为出格，尽管内心深处大家更喜欢张跃，我们仍然义无反顾地支持林放。那年头不允许做不该做的事情很多，但是这些不允许和不该，并不意味着不能做，解放思想已是一句很著名的流行口号，林放要追求他的真爱又会有什么错呢。

李明霞父亲坚决反对女儿嫁给林放，他讨厌林放这个女婿有着太多理由。首先，跟别的女人领了证，在法律上，这就是停妻再娶，林放已经算是一个二婚的男人。其次，他的家庭成分也有问题，母亲曾嫁过一个国民党军官，也就是自己当年在战场上不共戴天的对手，让女儿去嫁个手下败将的后代，说老实话不甘心，虽然这男人并不是林放的亲爹。第三，李明霞父亲也不喜欢写东西的文化人，他看不上这些舞文弄墨的家伙，文化人在过去年代最没什么骨气，到什么山上唱什么歌，到什么年头写什么东西，跟自己的行伍出身完全不是一路人。

很长一段时间，李明霞态度都是模棱两可。林放陷在爱情深渊中，苦苦挣扎不能自拔。到后来干脆就是较劲和赌气，他发誓要不惜一切手段，非要将李明霞追到手不可。李明霞从来没爽爽快快答应，也从来没干干脆脆拒绝，始终表现得很清高，根本就不太在乎林放，时刻都想向我们这些尾随在后面的人表明，他只是自说自话单相思，只是剃头挑子一头热，只是癞蛤蟆想吃天鹅肉。熟悉林放的人都知道，他这个人非常自大，为人处事态度傲慢，文学方面有一种近乎病态的苛刻，但是在心仪的李明霞面前，他似乎总是不能扬起高贵的头颅。记得那时候李明霞也写过一两篇小说，毫无疑问，她的小说十分糟糕，基本上属于牛头不对马嘴，林放偏偏要给予非常高的评价。任何一个有点写作经验的人，都可以轻而易举地看出，李明霞根本不是当作家的材料，林放却一次次赞不绝口，一次次向外地赶来组稿的编辑强烈推荐。

“十九世纪的法国，有四个最伟大的作家，这四个作家是谁呢，是雨果，是巴尔扎克，是大仲马，还有一个就是乔治·桑，如果我的判断没有出错，如果你们还愿意相信我的话，那么你们眼前这位李明霞，有一天很可能会成为中国的乔治·桑，退一步说，起码也应该成为南京的乔治·桑。”

恋爱中的林放对李明霞的文学判断大失水准，那段时候，我们都在背后戏称李明霞为南京文学界的乔治·桑，同时又把林放称为“南京的萧邦”或“李明霞的萧邦”，因为林放尽管对西方古典音乐不太了解，一窍不通，可是总喜欢提到那个弹钢琴的萧邦，常常要用萧邦来举例子。譬如一个作家的写作能力，要像萧邦弹钢琴的手指头一样灵活，要想写什么就写什么，就能写出什么。写作跟弹钢琴一样都是不折不扣的技术活，天才仍然离开不了精湛的技术。当然更重要一点，天才最后都离不开女人照顾，天才都需要一个强大的女人来照顾他，伟大的萧邦如果没有遇上伟大的乔治·桑，他的故事无疑就必须得改写。

林放和李明霞故事中的许多章节，对我们来说其实是一片空白。渐渐地，我们之间交往越来越少，开始变得生疏。他继续在国内有影响的刊物上发表作品，每发表一篇小说，都会有不大不小影响，都会被《小说月报》之类的文学刊物转载。他的心思大都用在了恋爱上，被李明霞迷得神魂颠倒，被爱情冲昏了头脑。好在还没狠心完全丢下我们不管，仍然一如既往地推荐身边这帮兄弟，帮大家给那些向他约稿的文学编辑投稿。接下来一波三折，他与李明霞的距离越走越近，关系越来越密切，自然而然地与我们就越走越远。最后，历经磨难修成正果，梦想变成现实，南京文学界的萧邦和乔治·桑，终于走到了一起。

林放和李明霞说结婚就结婚了，也许一开始太不容易，太艰难了，真成功了，心中的美人真追到手，反倒会有种巨大的失落感。新房还是原来那间，重新粉刷一遍，据说李明霞对它非常不满意，因为睡在这间老房子里，只要一关上灯，她就会联想到林放先前的未婚妻张跃，眼前就会浮现当年可能会发生的种种情形。这里的一切都让李明霞不开心，尽管林放不止一次跟她诅咒，不止一次对天发誓，说自己只是与张跃领了个证，只是订了个结婚的日子，他们之间绝对没突破最后防线。林放一再强调，他们家非常传统，非常的传统，他母亲是个很古板的女人，根本不给他们机会，晚上只要天黑，一过了黄昏时分，就不再允许儿子与张跃单独在一起。

“我要是相信这话才怪，你那个妈根本就不是那一号人，她才不保守呢。”

林放说：“干吗要骗你，我说的都是真话。”

这样的对话照例不会有个愉快结束，注定不会有好结果。一方面，林放确实说了实话，他母亲确实保守，确实在婚前不允许儿子与张跃有那种关系，另一方面，在对李明霞的态度上，似乎又采取了一种完全不一样的应对策略。她老人家显然是睁只眼闭只眼，有时候，睁只眼闭只眼就是纵容就是鼓励。这又说明什么呢，说明内心深处究竟在乎呢，还是根本就不在乎。老太太显然别有用心，显然希望儿子能够既成事实地拿下李明霞。也许已意识到他们之间发生了什么，他们头脑发热时可能做过的那些事，正好是林放母亲所乐意见到。反正说一千道一万，李明霞与林放结婚，总有一种生米被强行煮成了熟饭的上当感觉，她觉得自己被这家人算计了，被林放的文学成就迷惑了。李明霞骨子里从来就不是一个浪漫的女人，她觉得自己是公主下嫁，鲜花插在牛粪上，吃了很大很大的亏。

3

那段日子也是我个人灰心丧气的年代，那时候，悄悄地写了一大堆东西，自我感觉差不多已经是个作家，可是到处碰壁，经常遭遇退稿，文学的信心大打折扣。对于我来说，上世纪八十年代文学热，那个时代的文学辉煌，只有在回忆中才觉得美好，只有在回忆中才感到温馨。事实上，我个人最初的文学经历惨不忍睹，灰溜溜地不堪回首。虽然靠着林放的推荐，我也算用笔名发表了几篇小说，这几个短篇一点影响都没有。

1983年秋天，我开始读研究生。尽管对学校生活早已厌倦，犹豫再三，最后还是决定赖在学校里。直接原因也是对前途感到迷惘，看不到自己的未来出路在什么地方。记忆永远是最不靠谱，一位年轻学者说起上世纪八十年代，充满了一种羡慕，觉得那个年代生机勃勃，全都是正能量的东西，当红的青年作家一个接着一个冒出来，电视节目里有河殇，报纸上有鼓舞人心的十三大报告，万元户靠利息就能吃穿再也不用发愁，大家都在听邓丽君的歌曲，看金庸的武侠小说。总之一句话，那个年代充满温情，充满阳光。事实当然不是这样，起码在我印象中不是这么完美，那一年，除了不断地被退稿，依稀还能回忆起的两件事，就是冷冷清清的“清污”，就是轰轰烈烈的“严打”。

清污的全称是“清除精神污染运动”，严打的全称是“严厉打击刑事犯罪活动”。

只要有时间允许，我都在埋头写作，手头已经完成了一部长篇，两个中篇，还有十多个短篇，这些玩意全都发表不出来。那时候，热爱写作又无法成功的文学青年，不是像我这样躲在大学里读书混学位，就是韬晦养志，蛰伏在不同的文学编辑部当编辑。有一天，新婚不久的林放到学校来找我，告诉我他很快就要当爹了，有些垂头丧气，一点都没有即将为人之父的兴奋。同时，他还带来两个让我沮丧的坏消息，一个是退稿，另一个还是退稿。两篇小说的退稿过程却不一样，其中有一篇内容出格，早预感到它不会发表，不可能发表，被退稿是理所当然。还有一篇小说，编辑部已通知要刊登，终审已经签字，没想到最后还是被退稿。

后一种退稿感觉特别不好，因为通知过要刊登，我一直在注意报纸上的广告。那年头，文学刊物都喜欢预告目录，我在报纸上一期接着一期追着看，希望能在目录广告上突然看到自己的名字。林放还是像过去那样为大家推荐稿子，我当年几乎所有的小说都经过他的手，不仅对我这样，对我们这个文学小圈子里的人一视同仁。不管谁写出了什么东西，先互相传阅，互相提些意见，然后做出相应的修改，然后再由林放选一个他认为比较合适的刊物寄过去。他总是热心过度地向文坛推荐，不遗余力地为我们鼓吹。当林放不动声色地将退稿还给我的时候，我努力做出不太在乎的样子，可是仍然掩饰不住沮丧。习惯早已成为自然，我已经习惯了被退稿，像这样定下来要发表的小说，最后被活生生地退回来，即将到手的鸭子又飞了出去，毕竟还是第一次，心里很不是滋味。

伴随着退稿的还有一封退稿信，字迹花里胡哨十分潦草，有几个字连猜都猜不出来，信是写给林放的，大意是说你推荐的这篇小说还算有些特色，不过它是前领导决定要用的，现在更换了新领导，新领导觉得这篇小说在主题思想方面，恐怕还有一些不合时宜，因此不得不“完璧归赵”地退还。退稿信中写上“完璧归赵”这四个字，在我看来，它既是活生生的讽刺挖苦，又有点滑稽，有点蛮不讲理，纯粹就是一种对作者的戏弄。

“退稿对你真算不了什么，”宿舍里还有其他人，我们在那谈话不太方便，便相约往楼下走。大约是看到我的脸色很不好看，林放一边下楼，一边回过头安慰我，说你的小说已有了明显进步，要知道，现在别人看不上你的小说，丝毫也不意味着你不行。楼道上不时有人上上下下，我不想让别人听见我们的对话，不想让别人知道我在写小说，故意不接他的碴。我们住在六楼，下楼的过程中，林放走在我前面，每拐过一层楼梯，也不管我要不要听，都要回过头来对我唠叨一句。

楼前有一片空地，有人在打排球，乒乒乓乓大力扣着球。一个球向我们飞过来，林放迎上去就是一脚，他的体育素质太差了，憋足了劲，本意是想把球踢还给别人，可是他的那一脚，反倒是把球踢飞了，踢往更远的方向。跑过来捡球的同学很不高兴，狠狠地瞪了我们一眼。林放继续谈论我的写作，继续对我进行鼓励和安慰，不过他跑来找我，显然不是为了谈别人的小说。我们沿着校园的林荫道漫步，目的地和方向都不明确，走到哪算哪，哪里人少就往哪里钻。话题很快到了自己的写作上，林放告诉我在过去的一年里，他写得很少，可以说是几乎没写。告诉我他遇到了巨大的写作瓶颈，突然觉得继续写下去一点意思都没有。跟他约稿的人还是很多，他的小说还是可以发表在头条上，但是文学风气已在悄然改变。林放说他知道文坛现在最需要什么样的文章，知道什么样的文风会占便宜，可是那样的文章，恰恰又是他最不愿意写的。

“我们最大的不同，是你他妈的根本不知道文坛究竟需要什么，到底是缺什么，就知道一个劲地瞎写，小伙子睡凉炕，全凭火力旺，而我呢，正好跟你相反，太敏感了，太知道怎么样去应对这个文坛，太知道写什么样的作品才能讨好取巧。”

林放说他对伤痕文学从来就没什么好感，当然他也不得不承认，自己写的那些所谓有影响的作品，那些差点得全国奖的小说，看上去稍稍有些出格，说白了，也仍然还是伤痕文学的套路。十年前，林放发表了他的第一篇批判孔子的文章，这是他的成名之作，当时还是在“文革”中，正是这篇批判文章改变了命运，他因此从街道的小厂借调到一所中学去教语文，从此和文学有了不解之缘。林放一直觉得红极一时的新时期伤痕文学，其实就是“文革”中大批判文章的变种，是一脉相承，是一种以小说形式写成的对“文化大革命”的批判文章，而作者也差不多是同一拨人，使用着同一种思维方式，在精神上有着割不断理还乱的联系。

穿过一片小树林，来到一栋女生宿舍大楼前，我们找了一条长石板凳坐下来，林放继续他的宏论，继续对当时的文学现象进行批判。有些话不止一次听他说过，我早习惯了他在文学上的口若悬河。他属于那种总是有理的人，在他嘴里，别人基本上都是错的，他说自己正在考虑写一组现代派风格小说，不玩时髦的意识流，意识流已过时了，老掉牙了，他要写那种最新潮的小说，要最新，要有点荒诞，要有点黑色幽默，还要有点古典的莎士比亚。林放特别强调不能具有拉美小说的风格，因为马尔克斯这家伙刚获得诺贝尔文学奖，很多人都会跟在后面亦步亦趋模仿。林放谈论文学的特别之处在于，看法经常独特，信心永远爆棚，他说对就是对，他说不对都是不对。

接下来，林放谈到了李明霞，这个话题是突然开始的，因为发现我根本不在听他说什么，他注意到了我的心不在焉。我们坐在石凳上，正对着女生宿舍大楼，一排排窗户前挂满晾晒的衣服，一个女生正探出脑袋来准备收衣服，看见我们坐在楼下，有些犹豫，对我们若无其事地看了一会，还是把自己晾的亵衣拿了回去。那年头女大学生的内衣内裤还根本谈不上性感，既没有花里胡哨的蕾丝花边，尺寸基本上也是偏大一号，松松垮垮跟大妈穿的并没什么区别，然而依然已是红红绿绿，像鲜艳的万国旗一样很刺眼。当然最引人注目的，还是那种细长的卫生带，当时的女孩子尚未开始流行用卫生巾，出于卫生的考虑，都喜欢在太阳下肆无忌惮地暴晒这些玩意。明知道自己这么做有些无聊，可是在林放唠叨个没完的时候，我忍不住要在心里进行计算，计算那一排排的窗户前面，一共挂了多少条卫生带。数目居然是惊人的，几乎每扇窗户底下都有，有的窗前还不止一条。

“李明霞这个人就是脾气太坏，”林放突然提到了李明霞，说他新婚的妻子已怀孕，在医院里做过 B 超，是个男孩，再有几个月，他就要当父亲了。林放说他结婚前绝对不会想到李明霞脾气会那么糟糕，发作起来是那样的不可思议。就像生理周期一样，也许每个女人都会有歇斯底里的一面，林放瞥了我一眼，继续抱怨婚后的不称心不如意。他说有人生有很多事，不结婚看不出来，一男一女一阴一阳，两个人不是真正地生活在一起，不是他妈的朝夕相处，有些矛盾根本不会凸现出来。

4

事实上，自从与李明霞结婚，我与林放的往来就变得越来越少。

作为见证人，他们的短暂婚姻留在我记忆深处的印象，无非是林放当年如何为了爱情奋不顾身，如何小心翼翼地躲着张跃。婚后的李明霞显然不太乐意林放继续与我们交往，她一点都不喜欢我们这个小圈子，对文学的兴趣说没就没了。很难想象她是因为小说，才跟林放走到了一起，很难想象她还与我们不止一次参加文学活动，一起听讲座，一起参见来南京的外地作家。记得有一次，我们当中有个人无意中对她提到了“乔治·桑”这三个字，问她为什么不再写小说了，李明霞立刻变脸，变得很不高兴，冷冰冰地提出了警告，希望以后别再跟她提什么小说不小说，她十分不屑地噘了噘嘴，说她不知道“乔治·桑”是谁。

仔细想想，关于这位李明霞，关于这位林放的前妻，我们真正知道的确实不多。能够回忆的东西，更多的是些不太靠谱传闻，是些流言蜚语的碎片。最初印象永远深刻，伴随着对林放的回忆，我总是会想到那家部队医院，想到林放与李明霞的初次认识，想到医院的急诊治疗室，想到医护人员的白大褂，想到戴着口罩的李明霞，想到她穿着宽大女军服的样子。很多年以后，林放和我回忆起李明霞，用到了性感这词，说我们当年不可能直截了当地说性感，通常只是用好看和有味道来谈论女人。那年头的女兵最有魅力，最容易让男人有不好的念头，李明霞是护士长，相当于副营级干部。林放死命地追求她，为了心中的爱情不顾一切，其中很重要一个原因，就是觉得和她睡在同一张床上，将一个女军官压在自己身下，这很了不起，很有征服感。

林放写过一个短篇《决定进入》，这是当年唯一一篇不被评论界注意的小说。他自己却很看重，说的是一个没有隐秘的年代，孤男寡女好不容易获得了一次单独相对的机会。两个跃跃欲试没有性经历的青年男女，躲在一间小屋里，差不多把什么都做了，可就是没完成最后一步。在当时，这离咸湿的色情只有一步之遥，或者换句话说，基本上已经是色情小说。运用了无数联想，到处都是隐喻象征，许多暗示其实就是明说，生存还是毁灭，进入或者不进入，在绕来绕去的小说中，成为一个非常哈姆雷特式的问题。

很多年后，在豪华别墅的迎湖平台上，林放说起往事依然无限感慨。时间进入了新世纪，从二十世纪过渡到二十一世纪，我们两鬓斑白，都步入中老年行列。这时候，林放与绢子同居了好多年，而张跃和李明霞的故事都已经太遥远。我和林放坐在那，一边喝茶，一边聊天怀古追忆往事。绢子正在不远处喂鸡，他们居然在别人的别墅里养了十几只草鸡。那条黄狗不时地跑过来向我献殷勤，它摇着尾巴，非要从我腿下钻过去。这条乡间常见的草狗叫小黄，是林放从附近老乡那抱来的，憨态可掬，你不理睬它，它拼命地向你挑衅，跳上跳下，在你腿边磨来磨去，想尽一切办法引人注意，想尽一切办法来表示它的存在。弄到最后，它也玩累了，趴在地上喘粗气。我摸了摸它的脑袋，只是轻轻碰了一下，它又开始跳上跳下，仿佛刚充了电一样。

"多少年来，我一直在想，一直在琢磨这个问题，当初为什么会那么喜欢李明霞呢，很可能和小时候的经历有关。"林放非常不愿意和别人说起李明霞，那天却主动打开了话匣子，跟我共同回忆这个早已消失的女人。他说昨天晚上做了一个梦，梦中遇到了李明霞，她的容貌已完全改变，充满了沧桑，在一开始，他甚至都没有认出来。林放说李明霞这人永远都会让人感到陌生，永远都会让人捉摸不透。不过有一点没有改变，这是不会变的，他们又干了那事，即使离婚以后，他们也不止一次这么干过，她并不会拒绝这个，有时候甚至比他还主动，比他更迫切，让林放最忍受不了的，不是她在做这件事时的疯狂，而是事情刚结束，他刚把自己的玩意拔出来，她就会立刻翻脸不认人，说翻脸就翻脸，说不高兴就不高兴，离婚前离婚后都这样。

林放母亲曾在一个军人家里当保姆，那一家的背景与李明霞家很相似，夫妻两个都是军队干部，住在部队大院里，有两个比林放年龄略大的女儿，一个即将升入中学，一个还在上小学。林放自小就羡慕部队大院的环境，那是一种完全与众不同的生活，营区门口站着佩枪的哨兵，大院里到处深不可测，大得你根本不可能知道它有多大，往任何一个方向走去都会觉得没有尽头。事实上，林放母亲在这家当保姆的时间并不长，林放也没去过几次，然而就算是不多的几次，留下的印象已经刻骨铭心。那时候正是三年自然灾害时期，林放刚上小学，全国人民都在饿肚子，都在与饥饿抗争，他记得喝过一次豆腐和豆芽煮的汤，这两种东西搁在一起煮，那个味道简直就是好吃极了。

我始终想不明白豆腐和豆芽搁一起煮，会是怎么样了不起的一道美味。重提往事，林放也想不明白当年他为什么会觉得那么好吃，那样让人念念不忘。“很可能搁了些猪油碴，你不知道那个年代有多糟，在部队当兵又有多好，什么东西都发，什么东西都分配，那豆芽还是我妈做的，我妈会发豆芽，豆腐和猪油渣是部队里发的。”我比林放小不了几岁，因为小这么几岁，总是理解不了当年的饥饿。对所谓的三年自然灾害没一点印象，从来没有那种困难时期吃不饱饭的记忆。林放说他母亲特别记恨那家女主人，为什么会那么记恨，他也弄不明白。

“恨和爱一样，有时候根本不需要什么理由，”林放意味深长地说了一句，回过头来，看着不远处的绢子，喂完了鸡以后，她又开始收拾菜地，正在采摘黄瓜。他对她喊了一嗓子，嘱咐绢子不要过于疲劳，然后又继续跟我说话，继续先前的话题。“也许我妈自己是大小姐出身，你想，这样出身的女人，本来是应该有丫环侍候的，结果自己去做了保姆，心里肯定会不平衡，我记得我妈那时候总是在背后埋怨，她总是抱怨这个女人这不好那不好。”

“也许那家的男主人看上你妈了，”我胡乱地插了一句嘴。

“这个也不是没可能，我妈那人你也见过，年轻时绝对是美女。不过，我对那家男主人一点印象都没有，好像就没见过这个男人。现在想想，也就是个不大不小的军官吧，没什么多大了的不起，印象中只有女主人和她的两个女儿，‘文化大革命’开始那年，我记得有一次在路上遇到过那家的大女儿，她已经到部队里去了，已经是正经八百地当了兵，你知道，部队大院的那些小孩，当兵和参军对他们来说根本不当回事，他们那日子不要太好过。想当年，我们这些人全部都要下乡，不下乡的，像我这种死皮赖脸留在城里，绝对会被人看不起。因此我跟你说，说一千道一万，想当年，我们这些平民百姓，怎么都还是平民百姓，跟李明霞她们完全不是一路人。”

“这么一说，我倒真是被你林放的话给绕糊涂了，你究竟是喜欢她们，还是记恨她们？”

“说不清楚，真说不清楚，”林放一时不知道应该如何回答，怔了一会，不怀好意地笑着说，“也可以说是喜欢，也可以说是记恨，有时候，喜欢和记恨是一回事。”

“结果呢就是，你如愿以偿，达到了目的，硬是把李明霞这个女人追到手，对了，应该说是把那什么乔治·桑给追到手了。”

这时候，绢子不经意之间，已站在了我们身边，手上捧着几根刚洗净的黄瓜。林放从她手上拿过一根黄瓜大口就啃，同时让我赶快尝尝他们种的绝对没有污染的绿色食品。绢子那天的气色看上去很不错，一点也看不出身体上有什么大碍，她显然已经听见我们在说什么，带有几分天真地问林放，你们说的那个什么桑是谁。林放对绢子看了一眼，根本不打算回答她的问题，继续示意我吃黄瓜，继续对我强调这黄瓜的优良品质，强调它的口味与大棚里种植的如何不一样。绢子见林放不愿意搭理自己，不想告诉她正在说的女人是谁，知道再等下去他也不会说，便非常识相地走开了。

第四章

说老实话，我跟着林放吃得津津有味，咀嚼的声音非常响亮，但是完全吃不出那黄瓜有什么特别。黄瓜就是黄瓜，再好吃都是黄瓜，再好吃也还是黄瓜。这就和我们都想不明白李明霞最后为什么非要那么做一样，想不明白她为什么会走极端，选择那样一种残酷方式结束自己的生命。有些事的答案太复杂，怎么捉摸也不会明白。在我们看来，李明霞当初与林放结婚，最不可思议最不合理，是她心里会一直不能放下张跃。这才真是地道的有理说不清楚，地道的无事生非和自寻烦恼，当然，也是地道的蛮不讲理。这个醋吃得莫名其妙，我们都觉得应该是张跃不能放过李明霞，应该是张跃找李明霞去兴师问罪才对，因为这个李明霞才是真正的第三者，是她在半路上杀出来横刀夺爱，然而事实恰恰就是完全颠倒过来。

张跃后来成了一个富婆，非常有钱，她的故事也可以写一篇好小说。很多结局都是想不到的，在一开始，我们还都能记得张跃的那种不情愿，记得她的失魂落魄，记得她如何不愿意放弃林放，记得她像祥林嫂一样对我们喋喋不休。强扭的瓜毕竟不甜，到后来，说分手也就真分手了，说放下也就真放下了，张跃与林放从此一刀两断，各走各的路，各组各的家。让大家想不明白的一点，反倒是婚后的李明霞一直在纠缠，她的心里一直放不下，一直在追究林放与张跃之间究竟有没有那种实质性关系。关于林放夫妇为这事没完没了的折腾，我们在过去就有所耳闻，相互之间也曾当作笑话议论。时隔几十年，这一切早就烟消云散，林放又一次和我重提旧事，也仍然整理不出个头绪，仍然是一个剪不断的混乱，仍然是一笔理还乱的糊涂账。李明霞已死了很多年，不管别人是不是相信，相信也好，不相信也好，林放认为还是有必要再跟我重申一遍：

“说老实话，想当年，我跟张跃真没做最后那一步，差一点就是差一点，前面的事都做了，大家也就是动动手，那时候她连打飞机都不会，更不会用嘴，哪像现在，就是摸来摸去，你摸我的，我摸你的——”

林放说这些话的时候，绢子就在我们不远处站着，她完全可以听见他说什么。林放根本不在乎她能听见，她呢，对这些话也无动于衷。林放说他当初跟李明霞说过无数遍，解释了无数次。可是话不投机半句多，没用的话无论多少也都白搭，废话永远是废话。大家心里都明白，李明霞其实就是不乐意嫁给他，她觉得嫁给林放太亏了，是亏大了。成也萧何败也萧何，想当年，文学实在太热，当红作家一度曾像今天的娱乐明星一样耀眼，头顶上闪耀的文学光环，掩盖了林放身上的种种缺点，不光我们明白这个道理，林放自己心里也一清二楚。很显然，李明霞刚结婚就后悔了，或者换句话说，还没有结婚都已经追悔不及。

林放与李明霞结婚不久，他们就开始闹离婚。李明霞是家中最小的孩子，也是四千金中是脾气最大的一个，性格最倔强。她最后屈尊下嫁给林放，用林放自己的话来描述，很可能完全是因为赌气，因为要和她父母憋一口气。百年修得同船渡，千年修得共枕眠，说来说去，都应该感谢文学，是文学的红娘鬼使神差，让两个原本完全不搭界的人走到了一起。当然也应该怪罪文学，如果不是文学的缪斯女神在中间牵线搭桥，南辕北辙的两个人也不会睡到一张床上，后来惨烈的悲剧就不复存在。

我们始终都是只知其一，不知其二。只知道他们结婚不久，李明霞有了悔婚之意。只知道林放一直在试图挽救婚姻，一直在努力消除他们夫妇之间的那种不和谐。因此，真得到离婚消息以后，大家首先想到的是如何安慰林放。我们一致认为，林放离婚后表现出来的那种满不在乎，那种神气活现，那股快乐劲儿，多少有些装腔作势。我们都知道他是个十分敏感的人，狂妄背后很可能掩盖着自卑，自信后面隐藏着极大的不自信，肯定还有很多话不方便对别人说。

婚后不久，林放便有了一个儿子，初为人父的他开始对我们抱怨，因为一个新生命的到来，已严重地影响了他的写作。如果说与李明霞恋爱，意味着林放个人的文学事业达到顶峰，那么这个孩子到来，就是他彻底走下坡路的开始。记得那一段时间，在我们面前，林放总是尽可能摆出一副当红作家的派头，开口还是谁追着他约稿，某某刊物又要邀请开笔会，他的一篇什么小说再次差点得奖。我们对这些一向都信以为真，都在内心羡慕和嫉妒，毕竟同为写作之人，什么约稿呀，笔会呀，得奖呀，对我们来说都是不沾边的事，都是遥不可及的梦想。

差不多也就是那段时候，林放开始下海做生意。最初是留职停薪，那些日子，下海是个非常响亮的词语，听上去很励志，充满了诗意。好像是个做生意的人就能发财，摆个小摊卖茶叶蛋都会赚大钱。我们都记得他一开始做的是麻袋生意，为什么最初会选择做麻袋生意，大家从来没有弄明白，反正吹得神乎其神，给人的印象就是，几乎不费吹灰之力，轻而易举轻轻松松地就能把钱给赚了。靠写作养家糊口过上好日子太不现实，文学再火也还不能当饭吃，林放觉得李明霞之所以后悔嫁给自己，说穿了，还是因为他太穷。

促使林放下海的直接原因，是他们夫妇带着儿子去李明霞三姐家受到了刺激。李明霞的三姐只比李明霞大一岁，因为年龄靠得太近，都争强好胜，小时候两人经常闹别扭。三姐夫是干部子弟，属于第一批下海做生意的佼佼者，他爹的官并不大，手上正好有那么点小权力。时间是大冬天，那天正好特别冷，北风凛冽雪花乱飘，到了三姐家，就看见迎面沿墙放着一大排电油汀，都是从法国进口的，都开在了最高档上，房间里的温度像春天一般暖和。从一进屋开始，林放夫妇不停地减衣服，先是脱去棉大衣，因为他们是骑自行车去的，为了保暖，穿了很多很多。然后开始脱棉袄，最后不得不十分狼狈地跑进卫生间，将厚厚的毛线裤脱了。

那年头，南京人除了偶尔有几家会生了火炉取暖之外，大多数老百姓过冬天都是死扛硬撑，靠衣服穿得多来对抗。都说南京人最抗冻，零下八度十度等闲过。结果那天在三姐家也没什么别的话可以说，说来说去，都与法国进口的电油汀有关。先是说这价格，很贵很贵，一般人买不起。再说它的用电，很多很多，动不动就跳闸，一般人家即使真拥有了，也仍然还是用不起，负担不起昂贵的电费。然后是关于这些神奇法国油汀的神奇来历，三姐夫朋友的朋友从哪弄到的批文，如何通过海关，如何巧妙地转一转手，一下子立刻赚到了多少钱。

林放曾经将那天的情景写进小说，用的是一大段意识流，这种写作手法在当时比较流行，但是他看来早已经过时了，整整一页纸的心理描写，没有用一个标点符号，他将自己与李明霞一件接着一件不断脱衣服的过程，把当时的活思想，一五一十地都如实记录下来，两个人的意识像热水一样搁在同一口大铁锅里煮，锅底下火力正旺，烈焰熊熊，水终于烧开了，热气腾腾地溢了出去，然后那热水就像有灵性的神龙一样，各走各的道，朝着不同的方向流淌，又突然交融在了一起，像麻花一样绞在一起，变成一根又粗又黑又大的辫子，李明霞的注意力开始集中在自己内衣的一个破洞上，明知道三姐夫不可能看见这个破洞，但是，她仍然认定他是可以看见的，这个男人是可以看见的，三姐夫的眼睛完全可以透视，三姐夫的眼睛像 X 光机，三姐夫的眼睛里全是那种欲望，在三姐夫的注视下，李明霞顿时有一种一丝不挂的窘迫，两条腿不知不觉地夹紧了，出汗了湿润了，她的皮肤很白皙，上面还有成片的小红点，那是最近一次食物过敏留下的，李明霞自小就觉得她比三姐强，和三姐相比，觉得自己什么都比她高出一头，她的学习成绩比三姐好，个子比三姐高，乳房比她大比她饱满比她硬实，人也比三姐漂亮，不管怎么说，李明霞是李家四千金中最好看的一个，三姐是李家四千金中最差劲的一个，三姐这样的女人这样的相貌，配配林放这家伙还差不多，他们才应该是一对，这个想法正好与林放不谋而合，林放也是这么想的，也许三姐夫也是这么想的，大家可能都是这么想，李明霞的活思想仿佛蠕虫一样进入了林放大脑，林放也意识到了李明霞内衣上的破洞，他觉得自己有些对不住李明霞，真有些对不住她，对不住她黑色内衣上的那个破洞，那个破洞放大一点就像女人的那玩意，那个看不见的破洞像个大苍蝇，破洞周围很多断线头像是苍蝇脚。

春风满面的三姐夫成了林放下海经商的领路人，不过他们根本不是一路人，很快就分道扬镳，最后是谁也看不上谁，谁也不愿意把对方放在眼里。在一开始，初出茅庐的林放不得不跟着三姐夫一起干，做麻袋生意就是三姐夫的点子，靠了这个，林放赚到了第一笔钱，这笔钱在当时就算是一个不小的数字了。那年头，做生意赚钱实在太容易了，就跟随随便便穿上一件西装那么简单。那年头，文学固然还是有那么一些火热，但是真要跟轰轰烈烈的做生意发财相比，绝对小巫见大巫，绝对相形见绌。让人难以置信的是，停职留薪下海驰骋商场以后，林放的文学创作势头没有停止，反倒又向前走了一步。

林放在我们面前始终放不下带头大哥的架子，他总是对的和正确的，无论说什么，永远都是振振有词，永远都是理直气壮。他说对就对，他说不对就不对，在文学方面，他永远是一个革命者，永远是一个造反派。他的嘴里永远也不会吐出好的象牙来，因为他总是在说别人怎么不对，总是在唠叨别人的文学观念出了什么问题。老一辈作家不入他的法眼，新的刚冒出来的文学新秀提到了就上火，先锋派现代派寻根派山药蛋派都会成为他恶毒攻击的对象，甚至对他自己过去的作品也毫不留情。他说的话常常前后矛盾，好在大家都已经听习惯了，很少愿意去跟他较真。文学这桩事光凭玩嘴是不行的，沉舟侧畔千帆过，病树前头万木春，莫斯科不相信眼泪。

那一阵子，林放诅咒发誓要写一部畅销小说，他觉得自己终于想明白了，靠获文学奖来改变自己的命运已不现实。纯文学说穿了就是一块遮羞布，唐诗，宋词，元曲，明清小说都是非常通俗的东西，凭什么要用“纯”这个字眼来描述当代的文学。文学玩雅了就是一条死胡同，文学必须得通俗，应该大俗，你们看看世界文学名著，琢磨琢磨那些文学大师，想想老巴尔扎克，想想大仲马和雨果，还有俄国的托尔斯泰，还有现在世界上活着的那些大名鼎鼎作家，哪一个不是畅销书作家，哪一个不是。林放决心要写一部够吃一辈子的书出来，这才是他的人生目标，大丈夫能屈能伸，现在下海做点小生意，敷衍几篇文学刊物喜欢的中短篇小说，都只是权宜之计，都只是暂时的求生手段。

既然李明霞一直在纠缠他与张跃根本不存在的那种关系，既然她喜欢无中生有，林放干脆就在气头上，把这件事非常爽快地承认下来。他承认了，石头也就落地了，铁板上也就钉上钉子。现在，执迷不悟的李明霞可以彻底安生了，这件事从一开始就荒唐，到结束仍然还是荒唐。对于一个乐意钻牛角尖的人来说，事实真相已不重要，重要的是她不能接受自己的判断失误。李明霞始终都有一种吃错药的偏执，为了证明自己的正确，她宁愿无事生非，宁愿冤假错案。然而对于身心早已十分疲惫的林放来说，更多的是一种懊悔，早知今日，何必当初。

林放获得了东北一家刊物颁发的文学奖，正好有笔生意要在那边做，他借着领奖出差去了东北，这也是他第一次去长春，有一位热心的女编辑来接他。女编辑刚离异，人很热心，长得也挺漂亮，打扮火辣，在颁奖期间对他非常照顾。颁奖活动结束，林放因为要与客户见面，多耽搁了几天，也就在这短短的几天里，居然和女编辑有了那种关系。这是他一生中的第一次出轨，活干得十分漂亮，又干净又利落，胆子大得让自己都吃惊，完全像个偷鸡摸狗的老手，把女编辑弄得神魂颠倒。

这以后，林放便意识到和李明霞的婚姻真的已走到了尽头。哀莫大于心死，李明霞动不动要玩一回离婚威胁，动不动就回娘家不归，这把戏早让他忍无可忍。一不做，二不休，索性来一次破罐子破摔，林放开始主动出击了，他故意激怒她，故意当着她的面，开始和别的女人调情搞暧昧。这一招无疑是玩火，而且也玩大了，玩得太大，李明霞似乎有所察觉，意识到他这是存心要毁家，意识到他是在故意这么做。夫妻本是同林鸟，真到了要劳燕分飞的时候，她倒好像有些于心不忍。然而假作真时真亦假，开弓没有回头箭，一个习惯了进攻的女人是不擅长防守的，有些狠话早已说习惯了，早就说顺了嘴，让她一下子还真改不过这个口来。

结果就是很爽快地离了，也不能算是快刀斩乱麻，这一刀砍下去了，乱麻还是乱麻。好在当时也没什么积蓄，更没什么财产，因此也就没什么大的纠葛。林放选择了净身出户，单位新分配了一套旧房子，是别人得了新房子让出来的，也没进行装修，人家前脚刚搬走，他们立刻后脚搬进去住。那年头还没房改，所谓有房没房，也就是一个居住权，大家对住房的要求都很低，有个地方能安身就行了。林放仍然搬回老宅去住，他母亲有些舍不得孙子，毕竟是孙子，老太太与儿媳有过矛盾，孙子一直都是她在吃辛吃苦地照顾，是她老人家一把屎一把尿帮着带大的。

离婚以后的林放，一开始还伪装出快活的样子，很快就意识到离婚的男人是真快活。离了婚，真的是自由了，真的是解放了。他再也不用听李明霞没完没了唠叨，再也不用跟她没完没了地玩冷战。再也不用去管儿子了，有个半大不小的孩子确实很麻烦，再也不用为儿子进不进幼儿园操心，儿子生病，也不用他陪着去医院。逢年过节也可以过得很安心，很踏实，再也不用硬着头皮去老丈人家看脸色，一向很势利的丈母娘肚子里憋了再多怨言，准备了很久的刻薄话，也已经没办法说给他话听。

那段日子，林放活得非常潇洒，让人不得不羡慕，很显然，我们都曾有过想效仿的念头，因为大家境遇都有几分相似，都是结婚不久，都是刚有孩子，都有几分穷困潦倒。对于一个写作者来说，家庭之累永远会是个很大束缚。一个在文坛上小有名气的林放，现实生活中尚且如此狼狈，我们这些到处碰壁，不断被退稿的业余作者，日子自然更不会好过。那时候我研究生毕业了，在出版社当小编辑，刚开始独立生活，新婚不久，女儿一岁多，家中没有一分钱存款。年轻人不会理财，每次领到工资，都是迫不及待地先赶往食堂，买上一大叠饭菜票，只有这样，才能确保月底不会挨饿。现在想想，真应该好好地感谢食堂，不敢想象没有食堂会是怎么样。贫贱夫妻百事哀，人穷万事难，我不会当家，太太更不会当家，为了是否该为女儿买辆学步车，我们吵得不可开交，结果为省下十一块钱，我被太太讥笑为天下最抠门的父亲。

我承认当时曾产生过离家出走的念头，而且不止一次，为了能够静下心来写作，甚至想到过要出家当和尚。正在写的小说一次次被中断，白天规规矩矩地去上班，要编稿子，晚上好不容易等孩子睡了，刚摊开稿纸准备写点什么，各式各样的状况便接踵而来。用习惯的黑墨水没了，台灯的灯泡突然坏了，火柴因为受潮怎么也划不着，好不容易将香烟点着了，从梦里醒来的太太又开始嘀咕干涉，说女儿还在咳嗽最好少抽烟。为了排除身边的干扰，我总是一边写作，一边用耳机播放磁带听音乐。记得当时最喜欢听贝多芬的交响乐，耳边无数遍地播放着《命运交响曲》，我觉得这样做非常励志。

有一天，林放神气活现地出现了我的办公室，上身是紫色灯芯绒西装，脖子上系着一根通红的领带，下面是牛仔裤，脚上一双布鞋，样子很滑稽。上世纪八十年代的最大特点是反差巨大，变化太激烈，无论你多么不和谐都没关系，都不为过。离婚后的林放看上去更像个做生意的文化人，或者说像玩弄文化的生意人，唯一与身份不太符合的地方，是居然还背着个军用书包。自从我们认识，每次见他，只要是还背着挎包，都是这个过时褪色的军用书包，这已经成为他的招牌，成为一个标志性的道具。绿色军用书包在“文革”时期非常流行，它基本上就是个“文革”符号，而林放现在还在用的这个书包，早在当年夜校做语文老师时已开始使用，用林放自己的话来说，一个人身上只要还挎着这么一个旧书包，就仿佛背着过去的历史。

林放从书包里掏出一套香港版的《天龙八部》，金庸最有代表性的作品，原来他此次来出版社，目的是想问问能不能出版这套书。那年头根本没什么版权意识，出版社随便找本港台畅销书出版，可以毫不费力地赚上一大笔钱。得来全不费功夫，这样的买卖实在太好做了，我所在的文艺出版社，最初就是靠盗版琼瑶小说发家致富。问题在于上级领导不让出这些书，主管部门出于一种意识形态的考虑，对港台文艺作品始终保持戒备，谁要是胆敢冒风险偷偷出版，坚决严惩不贷。

我带着林放去见出版社的总编辑，总编辑听说此事，一口拒绝了，斩钉截铁没任何商量余地。上面最近又一次打了招呼，口气十分严厉，用词更加坚决，擅自出版没有报批的港台作品，一律撤销其出版社番号。林放为此似乎也早有心理准备，他做出了很能理解的样子，微笑着对我们总编点了点头，然后若无其事地告辞，与我一起离开总编室，再次回到我工作的地方，继续跟我大声聊天。办公室还有其他人在工作，他开始天南海北一个劲地胡吹，谈笑风生，终于把别人都吓跑了。他的声音太大，别人在他干扰下根本没办法编稿子。

林放看了看四周，确定真的没有旁人，办公室的其他人都出去了，便再一次打开书包。这一次，居然摸出厚厚一叠钱来，不，应该说是整整三叠。那时候还没有一百元和五十元的钞票，面额最大也就是十元钱，他告诉我这些钱加在一起，三千元整。整整三千元，刚从银行取出来，只要我愿意，愿意将这一百五十万字的《天龙八部》压缩一下，缩写成三十万字的小说，这三千元便是干活报酬：

“别跟我说这还是笔小钱，别跟我说你根本就不在乎。”

我有些忐忑地说：“这还真不是小钱。”

“是小钱我也不会找你，跟你说，这活你真的能干，真的可以干。”

林放对我的处境十分了解，那时候还不流行屌丝这词，然而在当时，我确确实实有些狼狈，确确实实就是个不折不扣的屌丝。文学青年都是屌丝，林放对我的境遇一清二楚，他知道我孜孜不倦写了一大堆小说，知道在过去的几年里，我写过长篇，写过中篇，还攒了不少短篇，最后却一篇小说也没能发表。一个人的自尊心是必要的，但是自尊毕竟也不能当饭吃。他翻了翻我案头正在编辑的小说稿，非常不屑地白了一眼，说看看你编的都是些什么破玩意，就算是为人作嫁，起码也该编点像样的文章，这算什么呢，是在给别人改病句，在找错别字，你看看这又臭又长的一句话，你看看，究竟说的是什么呀。

林放说这些话的时候，我脑子里在飞快会盘算着，一百五十万字压缩成三十万，每天干掉三千字，一百天就可以拿下。豁出去拼三个月，可以活生生地挣三千元钱。三千元，当时可是一笔不小的数字，有这笔意外之财，冰箱也可以买了，彩电也可以买了，还可以给女儿买辆儿童三轮车。那时候，我们夫妇每月的工资，加一起还不足一百块钱。是可忍，孰不可忍，人为财死鸟为食亡，突然间，我那可怜的大脑里，全都是该如何花掉这三千元钱的念头。

很快到吃饭时间，带着林放一起去食堂。他非常奇怪我居然准备三个碗，还带有一口小锅。我向他解释，告诉他为了图省事，常常在中午就把晚上的饭菜顺便准备好了。我的住处离食堂不远，晚上用餐的人太少，食堂基本上不开放，要开也不会有什么菜。林放便笑我真会偷懒，说这个过日子的办法倒是不错，说像我这样的人一定是生活能力太差，一个自小家中就有保姆的人，大约从来都不会知道烧饭做菜是怎么回事。他判定我太太也是个不会当家的女人，判定我们夫妇平时为了生活琐事，一定没少拌嘴。

从排队买饭菜，到坐下来开始吃，自始至终，他都在大声喧哗，食堂里本来就吵就闹，你想不大声说话都不行。在这用餐吃饭的人大都互相认识，都是出版社系统的人，林放作为一个陌生人有些显眼，何况他嗓门又那么大。我们在角落里找了张桌子，正好有两个位子空出来。吃饭途中，他突然悄悄地告诉我，已跟他离婚的李明霞，最近又有了要复婚念头。他一直是在大声说话，突然压低了嗓子这么跟人交流，我还真有些不习惯，一下子反应不过来，旁边的人也把好奇目光投了过来。

“这事我说什么都不能干，好马不吃回头草，你说对不对，”林放若有所思，说离就离了，好不容易把婚离了，不能刚从虎口出来，又再次回到狼窝里。刚说完，他立刻进行纠正，说这个比喻不太对，不准确，不恰当，不应该说虎口狼窝，其实人生就这么回事，一千句一万句，说白了，当初就不应该结婚，就不应该离婚，当然，如果真离了婚，你更不应该再结婚。林放说自己不仅不会和李明霞复婚，而且一辈子也不打算再结婚了。说这番话的时候，他手上的调羹一直举在那，说完了，仍然高高地举着调羹，眉头紧锁，继续保持深思熟虑。我以为他还会再说些什么，他的话说着说着突然没了，接下来，干脆什么话不说，开始埋头吃饭，大口大口吃，吃得差不多了，又开始表扬食堂的菜做得不错，很符合他口胃。

从食堂出来便是分手，林放从书包拿出那套《天龙八部》，加上一千元现金，郑重其事地交给我，说一千元是预付金，完稿时，再一手付钱一手付货，最后不管用还是不用，书能不能折腾出来，他都会立刻把剩下的两千块付给我。一千块现金放在书上面很显眼，光天化日之下，当时就有熟人远远看见了，这让我觉得尴尬，因为自己并没有答应要做这件事，然而在林放看来，事情已经是明摆着，不拒绝就意味着接受，本来是件好事，为什么要拒绝呢。

《天龙八部》是我最喜欢的一部武侠小说，与林放对武侠的一概不屑不同，我是金庸的忠实粉丝。我喜欢托尔斯泰，喜欢海明威和福克纳，喜欢法国新小说，喜欢拉美的文学爆炸，同时也喜欢金庸。还是在大学三年级，我就把能找到的金庸小说都读了。改革开放从来就不是一步到位，那时候想见到一套香港版的金庸全集，非常不容易。那时候，再也没什么小说比金庸作品更适合用来放松心情，想当年临时抱佛脚，应付无聊的期末考试，考完了，躺床上通宵读金庸，差不多就是一种神仙日子。金庸小说给人的感觉很长，太长了，厚厚的一本又一本，总能让你一口气看下去，总能让你爱不释手，总能让你欲罢不能。

记得我们看的那些金庸小说，都是出自吕晓明家。吕晓明父亲是位很不错的工笔画家，那套金庸作品全集是位香港画商送的，那时候，吕晓明的父亲还不像后来名气那么大，一幅画能卖很多钱，送套金庸作品便可以换他两张画。吕晓明是师范学校的美术系学生，当时最大兴趣不是画画，而是跟我们一起写小说，写得相当出色，是一种非常现代派的风格。他也喜欢金庸，大家看武侠一个个入了迷，碰到一起就没完没了切磋，这让林放非常不高兴，他觉得我们这几个年轻人太没出息，都是准备要玩纯文学的，竟然会沉迷在武侠小说的泥潭中不能自拔。

事实上，即使是现在，林放准备出版缩写的金庸作品，对武侠小说的评价依然不高。金庸在他眼里仍然算不上什么好作家，赚钱归赚钱，文学地位是文学地位。接下来的两个晚上，我沉浸在《天龙八部》中，一边阅读，一边在痛苦琢磨。有时候被故事所吸引，完全忘乎所以。看着看着，又突然想到这只是个挣钱的活，自己应该考虑将那些内容删了，怎么样才能既保持精华，没有伤筋动骨，又很省事，轻而易举地便把压缩任务完成。凡事一带功利就会变得无趣，变得索然寡味。连续两晚上的煎熬，我终于意识到这事很难完成，金庸小说如果从中挑出一些精彩篇章，改编成一部电影或许会很成功，但是要想进行整体压缩，把摩天高楼变成一栋居民楼，把大树压缩成一棵盆景，这难度实在太大，起码在我看来是这样。

我不得不把一千块钱订金和《天龙八部》退还给林放，为此专门去了一趟他家。那时候，林放还是住在先前的房子里，离婚以后，他又搬回老宅去住了。对于我来说，这里是故地重游，所能见到的一切都非常熟悉，都可以感受到一种久违的亲切。刚认识林放时，他就住在这。房子不大，却是我们这些年轻人文学梦想开始的地方。想当年，七十年代末八十年代初，一有空就纷纷赶到这聚合，大家在这交流写作经验，分享文学甘苦。把林放获得的成功，看作是自己的成功，把他取得的成绩，当作自己的成绩。我们在这庆祝林放公开发表小说，为他有影响而高兴，为他出现评论而欢呼，最后又为他错失了全国奖而深感惋惜。青春岁月无限美好，我们在这煮酒论英雄，当时除了林放扬眉吐气，都还是跃跃欲试不得志的文学青年，然而大家非常的快乐。

也不过七八年功夫，很多事情完全改变了。青春已逝风光不在，林放仍然居住在这老宅里，还在断断续续写点小说，看上去更像个不折不扣的商人。吕晓明去西班牙留学了，专心画画，与文学早已没有一点瓜葛。美丽的董文方再也不写诗了，汪诚专心研究学问，邹越华在组织部给部长当秘书。丁磊磊的老公做生意发了财，她成了家庭主妇，据说成天在家打麻将，而且手气特别好。同学少年多不贱，五陵裘马自轻肥，当年意气风发的文学青年，现如今一个个都消沉了，都现实了，跟文学再也没什么太大关系。

林放似乎早料到会有这样的结局，我出现在他面前时，他根本就不意外，冷眼看了看我手中的拎包，不怀好意地笑着，不说话。我跟他解释说自己干不了，说自己决定反悔，不想再缩写《天龙八部》。林放便说这很正常，说我应该能想到这事你干不了，说我根本就不应该高估你，像你这样的公子哥，怎么吃得了这样的痛苦。我知道他不会这么说两句就轻易放过我，果然停顿了一会，又开始继续奚落，说你小子当时能放下架子接受，就已经让人很意外了，我当时就在想，这小子一定是穷疯了，人穷志短，马瘦毛长，这小子一辈子还没缺过钱呢，现在一定是遇到什么问题了，可惜这有些钱呢，也不是什么人都能赚，有些个钱，只是看起来好赚，这钱看着好像就在你手边，一伸手就可以拿到，真要想得到并不容易。

我心服口服地认输："你说得对，这钱我确实是赚不了。"

林放决定放过我，他表现得很宽宏大度，说你真还算聪明，没正式开始干活就反悔了，你说你要是干到一半，突然不想干了，这又算个什么事呢，还是现在这样最好，你也没什么损失，我也没什么损失，大家都没有损失。那一段日子，大约是林放生意做得最好的时候，他踌躇满志，说话气势一如既往地强大，很快就把话题转移到自己的生意上，他告诉我能赚钱的办法很多，只要想做，只要你肯吃苦愿意做，只要你胆子够大，只要有这关系那关系，只要你会利用关系。我觉得林放在我面前口若悬河，无非是在暗示，是在向我卖弄，表明他已赚了很多钱，已经很有钱了。在我印象中，林放确实是个传奇，他干什么都会比别人强，比别人容易。

那天晚上，林放请我在离他家不远的一家小馆子吃饭，不止是请我一个人，还有一位在南京大学学习的德国女学生。我始终没搞明白这人与林放究竟什么关系，反正说着话，又高又大的德国女学生就来了，骑着一辆男式自行车，背着一个山地包，大大咧咧地出现在我们面前。很显然，她并不是第一次来这里，进了房间，显得比我还熟门熟路，比我还更像这里的常客。林放为我们做介绍，她听说我刚从南大研究生毕业，立刻眉飞色舞，哇啦哇啦叫了起来，说想不到彼此还是同学，因为她是中文系的留学生，说我们很可能在一起上过课。我也感到吃惊，中文系确实有不少留学生，不过我从来没和他们一起上过课。

这位德国女学生有个中国名字，事隔多年，我早忘了她叫什么，只知道是准备研究中国民间戏曲，正在拜师学唱昆曲。用林放的话来说，洋人就是洋人，反正是个玩，用不着太当真，师拜了，学也学了，可从来就没唱像过，怎么唱都还有些歌剧味道，都会让你情不自禁地想到《茶花女》里的咏叹调。因为德国女留学生的加入，结果那天的谈话，很多话题都集中在德语文学上，我们从歌德与席勒说到了卡夫卡，从托马斯·曼说到了亨利希·曼，从茨威格说到诺贝尔文学奖得主海因里希·伯尔。那时候君特·格拉斯的《铁皮鼓》还没翻译过来，因为获得了好莱坞的最佳外语片奖，能够谈论它也是挺时髦的一件事。德国女留学生很吃惊能跟她聊这些，她觉得在中国玩文学的人很有意思，一说起外国文学经常头头是道，好像比外国人自己都更熟悉，很多留学生同学都有同样印象，她说在中国不止一次听人说起茨威格，说起伯尔，其实这两个人在德国根本算不上多有名，不错，伯尔应该还是有点名气，他得到了那个诺贝尔文学奖，在德国人看来，就算你得了这奖，也没什么了不起，不喜欢还是不喜欢。

我们每人喝了两瓶啤酒，林放经常在这家小馆子里吃饭，伙计和老板认识他，都过来打招呼。那时候刚开始流行称别人老板，小伙计一口一个林老板，叫得十分亲切。林放给人的感觉，也确实像个生意场上的老板。那年头，全民都在想着发财经商，下海做生意的风气，与八十年代初期轰轰烈烈的文学热相比，丝毫也不见得逊色，而且一波接着一波。是条幽深的小巷，就会有个卖盐水鸭卖烤鸭的摊位，到处都在破墙开店，到处都是新开设的贸易公司，到处都有倒卖进口旧衣服的，贩卖磁带的，转卖四喇叭录音机的。当时有个流行词叫“脑体倒挂”，意思是干体力活比干脑力活更挣钱，研究导弹的科研人员不如卖茶叶蛋的，上班当公务员的不如卖烤羊肉的，大学名教授的收入，远远赶不上各种收费学习班的野鸡老师。

也许啤酒喝多了，大家都有些尿急，周围又没有公共厕所。说老实话，早在林放家的时候，我就开始有了尿意，老房子照例没有卫生设备，都是使用马桶或者痰盂。从小餐馆出来，我急着开溜，匆匆向林放作别。本以为德国女留学生找他还有什么事，没想到她也迫不及待，也是脸色通红地要告辞。恰巧我们又同路，这意味着大家都还得在路上再受会罪。和中国所有城市一样，公共厕所总是个问题，总是很稀罕很尴尬，那时候，也没有什么收费公厕，我们憋着一泡尿上路了。人高马大的德国女留学生跨上自行车，她的上车姿势很奇特，先让车倒下来，人有些笨拙地跨上去，然后拨正了龙头，猛踩一下，笔直地朝前冲出去。

一路上因为内急，都在注意有没有厕所，说什么话都心不在焉。自然会随口说到林放，说到他的小说创作，说到他眼下正在做的那些生意，然而显然只是在找话说。路上行人不算太多，我们一边骑着车，一边东张西望。南京人都知道，在新街口广场有个著名的公共厕所，早在民国年间就有了，据说是中国历史上第一个能用自来水冲洗的公厕。为了能去方便，我们特地绕了点路，没想到赶到那里，厕所的门已被封死，是要拆了重建，还是干脆就要移走，也弄不明白，反正就是不能再使用了。这让我们感到很郁闷，哭笑不得，只能皱着眉头继续骑车上路。

第五章

1

李明霞的故事始终是个谜，就像不明白德国女留学生与林放究竟什么关系一样，天底下让旁人想不明白的事太多了，我对林放的这位前妻有着太多不了解。当然，即便亦师亦友的林放，我的所谓了解，也仍然有太多空白，留下了太多的不知道。说到底，大约只能算认识很久的熟人，自以为很熟悉，其实是熟悉的陌生人，认识的时间长，并不意味着彼此了解就一定有多深入，更谈不上有多全面。大家心目中，林放就是那个半途放弃了写作的人，这也是我一直想不明白的一件事，他的写作势头那么好，在文坛上曾经那么风光。

十有九输天下事，百无一可眼前人，林放遇到了不称心，常会用这句话来解嘲，来表达自己的狂妄和不得意。很长时间，没弄明白出处，不知道是属于林放原创，还是借用别人名言。终于有一天在网上看到一副对联，袁世凯的公子袁克文写的，只差一个字，下半句的“眼前人”写成了“眼中人”。眼前无人和眼中无人，意思看上去差不多，仔细品味和琢磨，却有着略微不同。眼前无人是看谁都不顺眼，看谁都看不上，心目中根本没人。眼中无人是没看见中意对象，潜台词是还存在中意者，还是能看上某些人的，只是目前所见之人都达不到那个审美标准。林放或许属于前一种，看谁都看不上，看谁都不顺眼，接下来的几年，我与他完全失去联系，大家在同一个城市生活，井水不犯河水，各忙各的事，各走各的路。俗话说士别三日，刮目相看，能听到的都是传闻，譬如他做生意发财了，发了大财，成了有名的书商，出手阔绰，在金陵饭店包了房间长住。金陵饭店是改革开放后的第一高楼，当年南京最高档的宾馆，不要说长住，能在这睡一两个晚上都会觉得牛 B。

传闻往往不靠谱，小道消息也绝非空穴来风，只要有点影子，通常八九不离十。好的传闻有，不好的传闻也会有，譬如听说林放犯事了，说出事就真的出事，出版了违禁的书，作为严打的典型，竟然被判了三年徒刑。又譬如他的前妻李明霞跳楼自杀，从七楼的楼顶上一头栽了下来，这事在当年非常轰动，本地几张报纸都有过详细报道。可惜我不读报，也不看电视，更不会听广播，对各式各样社会新闻没任何兴趣。当然，就算碰巧在报纸上看到，也不会想到这则新闻事件中的李某某，会是自己认识的那个李明霞。事实就是，我听说李明霞的故事很晚，已经是林放出狱以后。

到八十年代末期，我的运气突然好转，屡被退稿的小说，接二连二有了发表机会。好运气来了，拦都拦不住。不仅发表小说，而且有了好评，还得过几个奖。突然间，从默默无闻走投无路，变成一个略有影响的青年作家，仿佛林放当年一样，居然也会有编辑专门跑来约稿。听说林放被判刑，我立刻想到要去监狱探望，不过时间太晚，他刑期都快到了，都快要被放出来。林放家老房子正在拆迁，一拆一大片，全拆光了。他家变成了一大片工地，到处坑坑洼洼，好几台打桩机正在紧张工作，震耳欲聋。我感到十分茫然，当时也没手机，一旦失去联系，要想再取得联络还真有些麻烦。现在，主动权在他手里，林放出狱后存心要找我也不难，可以去出版社，我还在那上班，如果暂时还不想找，我只能守株待兔，耐心等候他的出现。根据多少年的交往经验，我相信他会出现，我相信他会来找我。

林放再次来找我，我已经离开出版社，去了作家协会。还住着出版社房子，过去的同事为他指点位置，画了一张草图，他很轻易地找到了我。说老实话，出版社福利很好，当年研究生毕业，我就是冲条件好而来。上世纪八十年代，出版社是福利最好的单位，文化人削尖了脑袋都往这跑。上班不久，大约也就两年多，分配了一套两室一厅，虽然是接龙的旧房，前面有高楼，一冬天没有阳光，我仍然心满意足。最让人感激的是，出版社并没有因为这套房子不让人调动，当时说好了，以后作协再分配房子，必须将现在的住房退还。

因此林放跟我见面，先兴致勃勃参观，为我降临的好运表示祝贺。牢狱之灾没产生任何影响，他若无其事地一边参观，一边感慨，说一个人起码要拥有这样的写作环境，才可以写出好作品。他说一个作家最起码的写作条件还是必要的，你总得有个安静的书房吧，总得有个地方能放下一张写字桌，像你过去那样，就一间紧挨着大街的破平房，又要拖儿带女，老婆动不动跟你吵架，还得上班应卯替人作嫁，还得看编辑室主任和总编脸色，那确实有点太艰苦了。不过呢，艰苦也好，艰苦可以磨炼人的意志，有苦难才会有作家，有痛苦才会有好作品，这也都是必须的，说来说去，你这小子最大优点是不肯放弃，不管写得好不好，小车不倒只管推，都还能坚持写下去，写下去，这也不容易，应该表扬。

说到最后，才随口问了一句：

“对了，最近又在忙什么呢？”

我告诉他正在写长篇，已写了十多万字。很显然，林放对别人在干什么毫无兴趣，注意力集中到了我那台电脑上，说没想到你已开始用这么个时髦玩意，这玩意究竟怎么样，我觉得它肯定会影响写作。接下来一段时间，我跟他解释电脑打字原理，示范如何使用五笔，他依然心不在焉，不相信电脑可以代替纸和笔。很快，林放开始喋喋不休自己的事，他的出现不会平白无故，虽然好多年不见，一个人本性不会改变。他依然信心饱满，告诉我在狱中完成了一部长篇小说，一说起这个就非常得意。完全又是你所熟悉的那种语调，林放反复强调这部作品很重要，凝聚了他生命中最有力的东西，能够而且应该传世，已寄给了某刊物准备先发表，今天来这，是希望我所待过的出版社能够出版。

很遗憾人离开了，当然林放也知道，即便我还在出版社，这书也不是想出版就能出版。他知道我只是普通小编辑，在出版社还是个微不足道的小卒子。最为关键的一点，他知道这长篇很可能不赚钱，这年头，钱是最大的王八蛋，让出版社出版一本赔钱书，必须是很大面子才行。长江后浪推前浪，江山代有人才出，林放意识到自己不再是当红作家，人走茶凉事过境迁，他当年的位置已被别人取代。作为一名曾经的书商，林放对文学市场了如指掌，他说前些年通俗文学还能畅销，还能多少挣些钱，现在风气完全不一样，不管纯文学还是俗文学，包括伟大的世界名著，只要跟这该死的文学沾点边，都不太会好卖。

从一开始，我就不太相信这长篇是坐牢期间写出来的，林放很神秘地向我透露，他的入狱与那场政治运动有关，显然是过于热情了，他比那些学生更像学生，结果就被有关部门给很好地收拾了。本来还是留职停薪，不拿工资，好歹也算是个有单位的人，一判刑便什么都没了，彻底的无牵无挂。事实的真相究竟如何，很难说清楚，很多人都喜欢这么说，很多人都喜欢编类似的故事。接下来，林放跟我大谈小说内容，开头怎么样，结尾怎么样，中间写了什么，要表达什么样的深刻主题。纪实与虚构如何交融，如何以悲剧的笔调写喜剧，以喜剧的气氛表达悲剧。如何既体现了传统小说的功力，又完全是现代派的技巧。我发现有些内容过去听他叨唠过，这意味着早在入狱之前，他的小说已开始构思。此外，关于李明霞的自杀章节，肯定是出狱以后才撰写，因为林放明白无误地告诉我，在出狱之前，他对李明霞的跳楼一无所知。

由于林放一再强调，有关李明霞跳楼自杀的那些文字绝对写实，没有任何虚构，因此他撂下手稿离去，我按捺不住好奇心，情不自禁地先翻阅这些章节。在小说中，李明霞竟然连名字都没改，完全是一种纪实风格，从他们的离婚开始写起，一直写到她如何跳楼自杀。不过我很快看出了破绽，小说永远是小说，所谓纪实，说到底还是蒙人手段，还是吸引读者的花招。根据林放的描述，他们夫妇离婚后，一直处在反悔位置的其实是他，他一直想复婚，想重新回到老婆和孩子身边，想为他们母子挣一大笔钱。然而性格最终决定命运，错误接着错误，结果这两个人始终在纠缠，始终藕断丝连，始终充满了敌意。用现代医学来解释，李明霞显然是位抑郁症患者，她的精神方面一定出现了严重问题。

根据林放小说中的描述，李明霞最后结局异常惨烈。都说虎毒不食子，然而在生命的最后关头，她选择了要带着儿子一起离去，结果便是每登上一步台阶，都会在内心深处狠狠地咒骂一声林放。或许这只是林放自己的想象，事实上，没人能够想明白最后为什么会这样。李明霞根本没什么必须要死的理由，她拉着七岁的儿子林开明，悄悄地走到省军区干休所一栋宿舍的楼顶上，在上面盘桓了很长一段时间，有人开始注意到了他们，有人听到了小孩子断断续续的哭声。再接下来，楼上楼下有了围观人群，人越来越多，李明霞紧拉着儿子的小手，毫不犹豫地纵身一跃，像两只飞翔的小鸟一样，从高空坠落了下去。在半空中，她松开了儿子的手，或许在这时候，她才有些后悔，后悔不该拉着儿子共赴黄泉，后悔没给儿子留条活路。在落地前一瞬间，画面被定格了，仿佛武侠电影中的慢镜头，李明霞依依不舍看了儿子最后一眼。

林放的小说最后并没有问世，刊物上没发表，出版社也没能出书。没有一家杂志愿意刊登，没有一家出版社愿意出版。落水凤凰不如鸡，过气作家受人欺，这部长篇成了心头抹不去的一个隐痛，只要一想到，就好像是在提醒人生的失败。它在我这存放了很多年，几乎成为一种负担，我总是徒劳地在为林放说好话，一次次帮他推荐出去，一次次复述着作者和小说中的故事，然后人家又一次次退还给我。循环往复，终而复始，好在林放自己留有一份底稿，因此，无论是他还是我，都不太担心小说会丢失。心高气傲的林放曾经嘱咐过，书稿如果真没有出路，也就不用再退还给他。

2

林放注定不会被文学的世态炎凉打败，文学不能让人东山再起，干脆就远离文学而去，天底下可以干的事情太多，好男儿没必要非得在文学这棵老树上吊死。这部小说是林放文学活动的绝唱，接下来很多年，他又一次在我面前消失了。既然长篇不能出版，我们不再继续往来倒是个不错选择，起码可以避免见面时的尴尬。三十年河东三十年河西，事在人为，有些事怎么努力都没用，相信林放不会埋怨我举荐不力，不会认为我没真心帮忙，他肯定也知道，小说最后发表不发表，能不能出版，绝对不是我能左右。

况且大家心里都明白，就算小说有机会出版，也不会产生了不得的影响。文学一踩脚满世界轰动的风光年代早已一去不返，说句不客气的话，他的小说根本不像想象得那么出色。林放的优点在于永不服输，他这样的人永远不会承认失败。与离婚相比，与坐牢相比，小说不能出版又算什么。林放这辈子还没怎么被退过稿，这部小说的遭遇，正好让他也体验一下不成功的滋味。一个真正男子汉是不会被打垮的，就像当初与李明霞离婚分手时满不在乎一样，林放对自己的坐牢，不但不当一回事，甚至还有那么点得意洋洋：

“男人吗，必须有了这样两件事，才能算功德圆满。你得像我一样，离一次婚，坐一次牢，没这个，你的人生一定会有缺憾，一定。没经历过这个，你成不了好作家。”

差不多有十年时间，我们没再见过面。他的长篇还放在我家里，伴随着灰尘和十多封退稿信，静静地躺书架上。如果我们见面，那些退稿信完全能够交代，足以证明我曾为他不懈地努力过。和过去一样，多多少少还会有些他的消息，或者正面或者负面，所有传闻都和文学无关。出狱后的林放并没像大家想得那样一蹶不振，他的胆子越来越大，人也活得越来越潇洒。物极必反，否极泰来，人生就是这样，越是看上去走投无路，越是可以走的路更多更开阔。

这期间，林放开过餐馆茶馆，经营过画廊和宠物店，还与人投资拍摄过一部电视纪录片。赚了不少钱，又赔了不少银子，坑害过别人，也被别人所坑害。有一段时间，林放让自己变成了一个传奇，交往的女人一个接着一个，中外不拒老少统吃，都是逢场作戏，都是时间不长久。有钱的时候，俨然是黄金王老五，专泡那种没心没肺的傻妞。做买卖亏空了，走投无路了，便跟在富婆后面瞎混，帮有钱的阔太太打理生意。虽然算不上什么小白脸，年纪也不小了，凭借文化人的文化招牌，应付那些有钱的妇人却绰绰有余。用林放自己的话来说，富婆没一个有文化，有文化的男人对她们就是天生的杀手。

那些日子的林放肆无忌惮，像神仙一样快乐。有一天，开车违章闯单行线，被交警拦下来，一言不合吵起来。交警又要罚款，又要扣驾照。他急中生智，便给当年一起写小说的邹越华打电话，邹越华刚新提拔为处长，正是如鱼得水神气得不行，立刻帮林放打电话找关系，七转八转，一波三折，终于解决问题。最后双方握手言和，那时候很多事不太正规，时间已是上世纪九十年代末，街上还没有那么多私家车，交通也不是那么容易堵塞，林放扬言有路子要找人，交警同志的执法权威受到挑战，恰巧也不是省油的灯，咽不下这口气，就在大马路上与林放僵持。僵持了很长时间，许多人在围观看热闹，临了，一名交警骑着摩托赶过来，对先前的那位交警耳语了几句，又对林放说了几句，然后假装要批评他，装腔作势轻描淡写，然后挥手请旁边的围观者赶快散开。

林放属于最早拥有私家车的人，无忧无虑自由自在，过着一种是男人都会羡慕的快活日子。很显然，无拘无束的他现实生活中既无权也无势，却很会借力打力，巧妙利用别人的权势化解危机。林放结识了许多与文学无关的朋友，荒唐之处在于，这些人心甘情愿地乐意结交，恰恰都是觉得他曾经是个作家，是个文化人。很多人都相信，林放的小说出版不了，文学道路上不能再继续走下去，最直接的原因是与政治有关，是因为参与了小说中带到一笔的那场运动。太多与文学无关的成功人士，年轻时都做过天真的文学梦，都有过不成熟的政治热情，现在这些人混好了，混阔了，林放放下架子和他们交往，跟他们成为好朋友，正好可以提供一个机会，帮助他们回忆逝去的青春岁月。

又一次见到林放是在邹越华母亲的生日宴会上，老太太过八十大寿，邹越华打电话给我，想借此机会，招集二十多年前一起写东西的老朋友聚聚。那时候，邹越华已离开了组织部，干上副区长。我始终搞不明白组织部的一个处长和副区长，哪个官更大一些，反正他的能耐够大，到场祝贺的人竟然有二十多桌。是个很大很热闹的场面，我被安排与媒体的官员坐在一起，这让人感到很不自在。当年一起写东西的老朋友也没来几个，丁磊磊带着已上大学的儿子，与几个阔太太模样的女人坐一桌，她拉着邻桌的董文方过来敬酒，我已经完全认不出她们。邹越华忙得不亦乎，我挥手把他叫了过来，问林放今天有没有来。

“他当然得来，今天这日子，他怎么能不来？”

丁磊磊和董文方也很想见林放，顺着邹越华的指点，隔着好几张桌子，我们远远地看到了他，便相约一起过去敬酒。这时候，林放在那头正好也往这边看，显然是看到了我们，然而他的目光立刻就转移开了。我们高高兴兴地赶过去跟他打招呼，让人感到意外和尴尬的，他的反应是好像根本就不认识我们。丁磊磊很亲热地摇他的胳膊，他这才做出刚想起我们是谁的样子，十分不屑地说：

“唉哟，原来是过来了几个有文化的名人。”

丁磊磊立刻反唇相讥，说：“别搞得不得了好不好，你说说清楚，谁是文化名人？”

林放说："谁是谁知道，反正我已经发过毒誓，再也不和文化人打交道。"

自始到终，林放都不太愿意搭理我。我都已经站在他面前，他仍然还继续装作没看见我。这是故意的装腔作势。我不知道自己什么地方得罪他了，有些丈二和尚摸不着头脑，心里就在想就在琢磨，毕竟许多年不见面。当时的场面乱哄哄，人声鼎沸，说话都得扯着嗓子大叫才行。主持人出来宣布，领导马上要说话了，请大家保持安静。我抓紧时间向林放先敬酒，他很傲慢地白了我一眼，笑着说自己已经宣布过了，不再跟所谓的文化人打交道，尤其是不再和写小说的人来往，因此这酒他不能喝。

我端着酒杯傻站在那里，丁磊磊和董文方也都莫名其妙，与林放一桌的人瞪着眼睛看我们，大家就那么僵持着，彼此都很尴尬。领导开始讲话，话筒里发出一阵刺耳的电流声，林放的戏似乎不太好意思再演下去，也没办法继续往下演，他有些做作地跟我们干杯，跟丁磊磊碰杯，跟董文方碰杯，然后再跟我碰杯。当然，谁都可以看出来，他这杯碰得非常勉强，纯属是在敷衍我们。

接下来，林放也觉得自己行为过分，突然又变得热情起来，大大咧咧地向他的同桌介绍我们。领导讲话声音很大，又是用了话筒，林放不得不停下来，等领导把话说完。偏偏这位领导同志话很长很啰唆，级别大约也还说得过去，官腔十足套话无穷，大家只好硬着头皮听，眼见要结束了，又扯开了一个新话题。终于说完，稀稀拉拉鼓几声掌，林放继续介绍，介绍完了我们，又介绍他的同桌。一个个轮着来，说到最后，终于轮到他身边那个年轻的短发女孩：

"这一位吗，看来我还得隆重介绍一下，叫绢子，对了，你们就叫她绢子好了，是我的女朋友。"

事后我们一直都在议论，这位胖乎乎的短发女孩与林放究竟什么关系。尽管说得很明白，她是他的女朋友，可这位叫绢子的丫头也太年轻了。丁磊磊后悔当时没追问清楚，宴会结束，她过来跟我相互留电话号码，喋喋不休地还在说这事。她说男人看来真还是得离次婚玩玩，离婚的男人是个宝，而且不妨还可以再坐几年牢，坐过牢的男人好像更有魅力，要不然林放怎么可能这么神气活现，怎么可能这么春风得意，怎么可以泡这么年轻的姑娘。转眼间，林放已无影无踪，丁磊磊便责问邹越华，跟他讨要说法，问林放今天究竟是怎么回事，干吗这么阴阳怪气，干吗非要在老朋友面前搞成苦大仇深的样子。

“说老实话，这个我也搞不太明白，”邹越华也是一脸无奈，也解释不了林放的变化，“你们说林放那脾气，他那些臭毛病，我们肯定都是知道的，我们还能不了解他，他现在变成这个屌样子，肯定是有原因。凡事都会有原因，但是，但是我跟你们说，这个叫绢子的女孩可不一般——”

3

这个叫绢子的女孩和林放结识以前，有过很多故事。她来自苏北农村的大海边，是名中专生，冒冒失失跑南京来读书，因为喜欢绘画，和艺术系一个男孩走到一起。结果便越来越艺术，书也念不下去了，毕业证书也不要了。那男孩很快抛弃她，于是男友一个接一个地换。据说林放喜欢她的重要原因，就是绢子的没心没肺，什么样挫折都不怕，什么样困难都能接受，什么样男人都会喜欢。林放与她的故事有许多版本，甚至他自己的叙述也每次都不一样。

反正跟画廊有关，开画廊的想法源自吕晓明，吕从西班牙学成归国，已是个很有名气很有市场的画家，知道未成名的青年艺术家蕴藏着重大商机。画廊前身是林放的那家茶馆，不景气的茶馆华丽转身为画廊很容易，地点也好，就在艺术学院后门口，代卖和收购青年教师以及学生的画作，同时也兼卖绘画用品。林放和绢子便在这不期而遇，与李明霞的一见钟情不一样，林放和绢子见了无数次面，相处了相当长时间，才突然有了感觉。

画廊最初由几个朋友合资，在一开始，林放也不怎么去，只是合资方之一，他是画廊前身的那家茶馆老板，说白了就是二房东。茶馆生意不好，画廊的生意也不怎么样。现实和想象总有很大距离，有一天，合伙人召集开会，吕晓明大发脾气，一个劲地指责负责画廊业务的经理，说他水平太业余。这经理是艺术学院的青年教师，刚提了副教授，被吕晓明训得不敢吭声，临了，弱弱地回一句嘴，说现在的年轻人中哪会有什么毕加索，哪会有什么莫迪里阿尼。说完意犹未尽，又接着加了一句，说今非昔比了，也别指望还有徐悲鸿和傅抱石。那天开会的结果，是画廊还得继续开下去，方针必须改变调整，改办绘画补习班，专门辅导准备考艺术学院的学生。年轻的副教授不再继续聘用，原来负责看店的小姑娘绢子先留着，找到合适的新画廊经理前，这里一切先由林放打理。

林放接手画廊，补习班立刻红火了一阵，有段时间人满为患，想报名都报不上。他的面子很大，像吕晓明这样成名的大画家都被拉过来给孩子讲课。一来二去，林放与绢子自然就熟悉了，渐渐地，渐渐地，不知不觉走到了一起。一开始，绢子称呼他叫林叔，后来有了那种关系，也是这么叫，再以后，两人干脆同居了，像夫妻那样生活，仍然不改口，还是这么称呼。所有人都不看好他们的这种关系，年龄悬殊太大，林放快五十，绢子刚过三十。两个人的生活态度都过于随便，作为一名离婚男人，又坐过三年牢，林放男女问题上有足够的想怎么就怎么的资本，绢子呢，又是个离不开男人的女人，生来就要有男人照顾，不是林放，也会有别的男人。

林放接手画廊不久，发现绢子是艺术学院副教授的小情人，那家伙的老婆也是老师，跑来跟绢子谈判，先礼后兵，大骂她不要脸。再后来，副教授夫妇干脆一起来闹，因为绢子怀孕了，他们哭着喊着骗她逼她去流产。最后绢子便去堕胎，然后那副教授又来纠缠，又想重温鸳梦，他太太又来闹。绢子不再理他，她开始迷恋上了更好的画家，有一天吕晓明过来看望林放，林放恰恰不在，便坐在画廊里翻看学生作业，无意中看到了绢子的几张画，大加赞赏。吕晓明当时不过随便说说，觉得她这样的平常女孩画成这样不容易，目的只是鼓励，绢子却当了真。

这以后，绢子一直纠缠林放，让他带她去见自己心仪的吕晓明。学绘画的女孩多少都会有些疯癫癫的，想看上谁就敢看上谁，说爱就爱，根本不会计较后果。吕晓明的名气很大，画的价格已经相当高，他竟然会说她的画好，这让绢子深受鼓舞。于是林放恰到好处地利用了这种疯癫，他跟绢子不断重复吕晓明的故事，说吕当年刚开始学画时如何如何，又说他当年怎么样屁颠颠地跟在自己后面学写小说，反正专捡绢子爱听的话说。为了哄她高兴，为了兑现承诺，林放甚至带着绢子去了一趟吕晓明家。吕晓明在郊区有栋漂亮的别墅，第二任太太对他看守得很紧，像防贼一样提防别的女人，而吕晓明看了绢子最新的一批习作，也不像上次那样叫好，态度完全改变了，一口一个你不能这么画，不能这么画，说到最后，干脆撂出一句狠话：

“这么画下去，你一辈子也画不好。”

绢子不吃不喝，失魂落魄了好多天，受伤害程度甚至比堕胎还要严重。好在类似打击也不是第一次，她在艺术学院后门口转悠了十多年，考本科没考上，考研究生没考上，形形色色的男人玩弄，被学生甩，被老师甩，继续画画的决心从来没有动摇。隔行如隔山，林放也不太明白她的画到底有没有前途，究竟是好还是坏。新一轮补习班又开学了，绢子抹干眼泪，开始跟着新来的学生一起听课，一起画素描，完全是决心要从头再来的样子。她成了画廊员工中的一个异类，别人都在背后笑话，绢子自己也知道别人在笑话，笑话就笑话吧。

绢子就住在画廊，林放一直觉得最好是让单身的男员工住在这看店，可是从一开始就这样。一开始，画廊里住着三名女员工，后来搬走了一个，还有一个外面有了男朋友，经常不住回来，因此画廊里更多的时候，都是绢子一个人住。林放几乎没花什么功夫，略使了一些小手段，就和绢子走到了一起。有一天黄昏，空空的画廊里剩下绢子一个人，林放说今天是我生日，不想一个人过，我请你吃顿饭吧。于是出去吃饭，喝了点酒，要了一大碗面条，酒足饭饱，林放便带着绢子去开旅馆。绢子自始至终很听话，都听从他的安排，到最后，林放有些悲哀地看着绢子，说我肯定不会娶你。绢子没说什么，然而意思也很明显，她根本没想过要嫁林叔。

其实那天也没真干，没干成，真刀真枪是后来的事情。那一阵子，林放也不缺乏女人，他正跟一个叫朱红娣的女富婆打得火热。朱红娣经常来画廊看他，大家都知道林放与这个有钱的女人关系非同寻常，一看到那辆红色法拉利豪车停在画廊门口，便躲在背后叽里咕噜议论。朱红娣的性格就像她那辆法拉利的发动机，来了从不掩饰，举止嚣张劲爆热烈，当着员工的面，公开地与林放打情骂俏。林放在女人应酬方面早已炉火纯青，兵来将挡水来土掩，收放自如运筹帷幄。他自然是不想让朱红娣看出端倪，然而女人最会看女人，女人最容易看出女人的心思，女人看女人一看一个准。有一天下午，朱红娣跟林放一边喝着金骏眉，一边把绢子叫了过来，酸溜溜地公开吃起醋来，对林放捅破了那层薄薄的窗户纸：

“喂，老牛吃嫩草的感觉怎么样，很爽是不是？”

邹越华母亲过八十大寿，林放与绢子已正式交往了一年多。这时候，他的人生走下坡路，性情开始变得古怪，说话腔调变得尖酸刻薄。画廊也办不下去了，补习班的买卖都这样，说好就好，说不行就不行。眼见着赚的钱还不够缴房租，几个合伙人又聚在一起商量，决定散伙。搁过去，聚散根本不是事，林放反正孤家寡人，撑不死饿不着，现在有了绢子，情况便不一样。在别人眼里，他和绢子的关系注定始乱终弃，没人看好他们，连他们自己都太不会看好。最初结果也是大家预料的那样，画廊停办后，两人分分合合，好一段日子，坏一段日子，混一天算一天。没人会想到最后会是那样，他们自己肯定也没想到，这两个人的最终结局出乎所有人的意外。

因为邹越华母亲生日那天没赶上，吕晓明为了表示歉意，特地在金陵饭店的璇宫设宴招待大家。林放事先也说好了要带绢子过来，最后却还是爽约，打手机怎么都不接。我们一边喝酒，一边等，等等不来，等等不来，便知道他又要玩花头。联系到生日那天宴会上的表现，他再玩什么都不奇怪。吕晓明选择金陵饭店还是有用意的，想当年我们这些人聚在一起写作，正是这栋大楼的建造年代，记得刚盖好试营业，董文方姑夫是筹建部门的负责人，他曾带着我们这伙人参观过一次，并请大家在璇宫喝咖啡。那年头能在金陵饭店最高处喝杯咖啡绝对奢侈，一转眼快二十年了，我们一个个早已青春不再，现在能聚在一起，很有些旧梦重温的意思。

吕晓明点了一大桌菜，跟我们大谈林放当年往事，说他留学期间，有一次从西班牙回来，曾在这拜访过林放。那时候，正是林放最风光的年头，他居然敢在金陵饭店包了房间常住，这在还是穷学生的吕晓明眼里，简直就是天方夜谭。当时也是学生们闹得最欢的岁月，天天有学生游行，不仅是学生，是个文化单位就有人扯着标语上街。记得那天真是让人大开眼界，队伍一支接着一支，口号声震天动地，吕晓明好不容易穿过游行队伍挤进金陵饭店，在高速上升的电梯里见到了李明霞母子，然后大家一起吃了一顿中饭，他第一次吃到了这里的看家菜“炖生敲”。就在这高高在上的璇宫，他们甚至还能看到楼下的游行队伍。林放和李明霞的关系看上去也还算融洽，根本看不出他们是一对离了婚的夫妻。事后在厕所里，吕晓明问林放有没有复婚的可能，林放一个劲摇头，说绝不可能，既然离了，干吗还要再复婚。说他又不缺女人，想找也不太难，要找个比李明霞好的女人更是易如反掌，比她好的女人多得是。

一旁憋着不吭声的丁磊磊忽然插嘴了，她有些想不太明白，打断了吕晓明的回忆：

“你是说，林放和李明霞离婚后，他们还有来往，他们——”

4

这以后，差不多又过十年，2013 年春天，才又一次见到林放。见面地点很传奇，居然是南京远郊一个别墅区。当时，我躲在那写长篇小说，进展顺利，工作极有效率。开发别墅区的董事长是熟人，一位文学发烧友，听说有人想找个僻静地方写作，便提供了一间管吃管住还带卫生间的员工住房给我。

是个能让人安心写东西的好地方，透过写字桌前的大玻璃窗，可以看见一大片灰蒙蒙的湖面，看见湖对岸的青山。一期别墅早卖了，都是豪华型，最便宜的一套也要超过一千五百万。二期别墅刚开始销售，价格更高，买的人并不多，双休日才会有人过来看。我沉浸在小说中，与正在写的人物共命运，有时候，突然会觉得外面不再安静，叽叽喳喳有喧闹声，销售人员领着想买别墅的人从湖边走过，这才意识到一个沉寂的星期又过去了。日复一日，一周接着一周，春天像卡片一样打开，一页页翻过去，梅花开了，木兰花开了，迎春花也开了，然后桃红柳绿。卖别墅的销售人员都是靓男俊女，大多数时候无所事事，什么也不用干，就在我隔壁房间玩电脑游戏。我们互不干扰，食堂刷卡吃饭时才会相遇。他们知道我是作家，正蛰伏在这写东西，每次看我的目光难免异样，多少带些同情。很显然，吃写作这碗饭不容易，看着我面如菜色的惨样，都觉得当作家太辛苦了。

那些日子很死板，上午写作，吃过中饭，再写两个小时，然后午睡，睡一两个小时，便去散步。晚上基本上在看书，给家里打电话，偶尔上会网。常看的那本书是波拉尼奥的小说集《地球上最后的夜晚》，这是女儿推荐的，手头就带着这么一本书，反反复复地看。有时候感觉非常好，爱不释手，有时候又觉得不怎么样，自己完全有可能做得更好。波拉尼奥常让人想起了王小波，他们的小说很相似，都很平静，都很快乐，我是说写作者自己能够感受到的那种平静和快乐。都死得早了一些，都在死后获得大名。美人自古如名将，不许人间见白头，想到他们英年早逝，因为死了才引人注目，我便忍不住有些悲哀。

与林放相遇，我的长篇小说已接近尾声。那是一个写作者心情最好的阶段，牢狱即将结束，大功就快告成。我没想到林放也在这里，没想到他会住在一期的别墅区。我们的相遇非常偶然，有一天突然心血来潮，决定去看看那些早已卖出去的别墅。通常情况下，我散步都在别墅区之外，周围环境更好，已销售的别墅属于私人领地，并不欢迎别人前去参观。有钱人总让人觉得羡慕，又总让人觉得愚蠢，关于别墅区的笑话，在这里我已经听说很多。几千万的豪宅更像是摆设，有钱的业主很少来居住，目前最真实现状就是，除了土豪们偶尔摆阔搞次 Party 聚会，百分之九十的别墅都空关在那。

沿着湖边一直往前走，很快到了湖对面。突然，一条半大不小的黄狗迎面跑过来，吓我一跳。我一向害怕狗，销售人员经常抱怨，别墅里喜欢养大型犬，不是德国大狼狗，就是比利牛斯山大白熊犬，还有人家养凶猛的藏獒。虽然有高高的围墙，有很厚实的铁栏杆，听到恶声恶气的狂吠，你就会很紧张，担心它们会跑出来。我遇到的那条黄狗非常友好，它向我一个劲地摇头摆尾，在草地上就势打了个滚。这时候，我发现自己站在一栋漂亮的大别墅前，院门大开，黄狗正是从这跑出来的，门口还躺着两只大花猫，懒懒地趴在水泥地上，听见动静，将头转了过来，一动不动地看着我。

或许出于好奇心，我伸长脖子往里看。一个穿条纹睡衣的女人，拿着一袋垃圾正走出来。她看人的样子有些奇怪，我也觉得面熟，只是想不起来在哪见过。她将垃圾扔进路边垃圾箱，意味深长地又看我一眼，转身往回走，重新回到院子深处，走到临湖的大平台上，与坐在那看风景的一个男人说着什么，然后就看见那男人起身，朝我这边张望，看见他大大咧咧地向我走过来。没想到这男人竟然就是林放，毫无疑问，我们当时都很意外，不仅因为很多年没见，关键是不可能想到，会在这个神奇的地方见面。

一时间，甚至都不知道该怎么招呼对方，我几乎立刻想起上次见面时的不友好，想起了他没有缘由的阴阳怪气。人生总是会有很多预想不到，我的脑海里闪过很多念头，他为什么会在这，这套漂亮的别墅难道是他的，对了，这个女人难怪面熟，她不就是那个绢子吗，林放许多年不见，一日不见，如隔三秋，想不到人家已发了大财，这年头，有人不知道怎么就发财了。林放显然也在琢磨，想不明白我为什么会出现在他面前，脸上的表情十分复杂。好在很短时间，简单的几句对话，我们已初步弄明白了状况，很快就知道对方是怎么回事。

“我说呢，原来你是躲在这写东西。”

原来我们都不属于这里，都不是这里的业主。林放脸上的疑惑解除了，十分灿烂地笑着，很中肯地说此地环境是很不错，非常适合写作。一时间，大家都变得很轻松，林放说他跟我一样，也不过是暂时借住在这隐居。说着说着，我们的距离一下子拉近了，假想的贫富鸿沟并不存在，他又变为我所熟悉的那个林放，我呢，也还是他心目中那个写东西有点好赌气的执拗家伙。林放告诉我，别墅只是他一个朋友的，反正空关在这，他和绢子就搬过来住了，绢子身体不好，正好可以休养一阵。他们在这住了都快两年，有钱人很傻的，花大价钱买了豪宅，自己没时间居住，反倒是让他这种没钱的闲人来享受。

接下来，我们坐在迎湖亲水平台上聊天。越过宽阔平静的湖面，我指着远处隐约能看得见的窗户，告诉林放，过去几个月，天天上午，我都雷打不动地在那写作。怎么也不会想到，我们居然是隔湖相望。林放笑了，很有诗意地说，相看两不厌，只有敬亭山，这说明什么呢，说明尽管我们不属于这里，并没有实际拥有这里的财富，可是只要你愿意，这里却可以属于我们，或者说有可能可以属于我们。我觉得他的话太浪漫了，太想当然，很显然，这里的财富根本就不可能属于我们。

以后的一段日子，每天黄昏时分，散完步，我都会到林放那去坐一会，聊聊天。那条叫阿黄的狗到时间就出现在会所周围，它是专门来接人的，一看见我立刻上窜下跳，然后陪我散步，前前后后地来回跑，最后又把我送到林放那里。阿黄是一条非常通人性的草狗，看上去实在太普通了，据说现在连农民都不愿意养这样的草狗，但是性格真的非常可爱。我和林放坐那聊天，它喜欢在我们身边打转，拼命地讨好我，只要你一招惹它，便在地上撒欢打滚。

林放的田园生活让人很羡慕，有个院子，有一块地，种了好几样蔬菜，养了十几只鸡。我觉得这才是一个作家应该有的生活，并把这层意思说给林放听，林放听了，讥笑我太贪婪，说你也不好好想想，凭你写那几本破书，也想买这样的豪宅。他说现在的作家难怪写不出像样东西，原来都像你一样，都还在做着资产阶级的美梦。林放一向喜欢强词夺理，喜欢曲解了别人的意思，我告诉林放，向他做出解释，说自己从没想过要拥有这样的大别墅。吃不着葡萄的人，完全有资格说葡萄是酸的，对一个真正的作家来说，这样的豪宅太奢侈了，是个太大而且没有必要的负担，我知道自己配不上它，只是希望能像林放这样，心态充分自由，帮别人看守别墅，有个相爱的女人陪着，养条草狗，养几只下蛋的母鸡，吃自己种的蔬菜。

只不过是随便一说，没想到林放听了我的话，神情立刻有些异样，有些沮丧，皱起眉头，似乎正在思考，准备用强有力的话反驳。想了一会，他笑着摇摇头，不准备再说了。那种不跟你计较的态度，让人十分意外，让人有种踏空的感觉。在我印象中，林放向来得理不饶人，无理也是说话要占上风。过了一会，林放说我还能不明白你的意思，按照你的逻辑，按照你们的逻辑，不就是想说我林放不成气候，不就是觉得我让你们失望了。出水再看两腿泥，我知道不止是你，其实你们都对我很失望，都觉得自己看走眼了，都觉得我不应该沦落到今天这种地步。我不明白他为什么突然要这么说，林放说你们想得都不错，既然我有那么多不一般的经历，离过婚，坐过牢，阔过，穷过，有过数不清的女人，我当然最应该成为一个有所作为的好作家：

“不过可惜了，很可惜我还不是！”

林放笑着自我解嘲，多少有那么点做作。他以退为攻，说要失望也只能让你们失望，只能是对不住大家。人生不得意十有八九，有时候想想，连他都会觉得对不住自己，也不甘心这么一个结局。林放只比我大三岁，感觉上要大许多，或许当过老师，或许很早就文坛上成名，在我面前他永远都像个前辈。他说这番话的时候，我第一次在他眼神里看到了忧郁，这是一种从未见过的表情，那可不是我所熟悉的应有表情。正是一年中的最好季节，春暖花开，落日下湖面波光粼粼，远处青山绿意盎然，此时此刻此情此景，我很愿意与他一起重温过去，回忆青春，很希望能够畅谈一次文学，希望林放能关心一下我即将完成的长篇小说，可是很显然，他对这个一点兴趣也没有。

我们漫谈的话题，基本上都和文学无关，有一次，说到三十年前的一次聚会，那是 1983 年秋天，踌躇满志的林放请我们去他家吃饭，理由不是因为小说得奖，而是他那篇呼声很高的小说没得奖。那年头，作为一名当红小说家，春风得意的林放当仁不让地成为无冕之王，前辈作家都老得不行了，他觉得他们再也写不出像样东西，一副“天将降大任于斯人”的派头。他请我们吃饭，畅饮散装的鲜啤酒，不过是为了表明自己不愿意与得奖作家为伍的特立独行。记得当时的所有话题，都和文学有关，那时候文学是多么辉煌的一件事。转眼间，三十年过去，文学还是文学，文学已不是文学。

林放和我聊天的时候，绢子显得非常文静，她不是一个人在树底下画画，就是到菜地里摘弄蔬菜。对我们的唯一打扰，是过来送新采摘的黄瓜和西红柿，都是自家菜地长的，每次吃到，都能感受到一种他们的得意，这毕竟是他们的劳动成果。林放常会很细心提醒绢子要注意身体，让她加一件衣服，让她起来在院子里多走几步。对于女孩子，他一向都是这么体贴和关心。在闲聊中，林放不无得意地跟我卖弄这些年的艳遇，说自己经历的女人已太多了，对爱情早就麻木。他嘲笑所谓的爱，想明白了也就那么回事，说他这辈子该吃就吃，该喝就喝，该做什么就做什么，好事坏事都没耽误，总算是没有白活一场。说到最后，当然不能不说起绢子的身体，他告诉我绢子的肾不好，说她患有严重的腰子病，目前只能是依靠血液透析来维持生命。我对透析并没什么了解，大致知道这是比较麻烦的事，难怪绢子看上去有些虚胖和浮肿，总是病歪歪的样子。

5

我的小说写完，离开的日子也就到了。别墅楼盘的董事长说好要从北京赶回来，一起吃顿告别饭，可是临时又有了别的更重要应酬，改由别墅的销售负责人李总宴请。这位李总是位精明强干的大美女，她向我表示祝贺，祝贺小说完成，欢迎以后继续来这写作。我向她表示感谢，并有些讨好地告诉她，在小说结尾处，自己已标明了写作地点。李总没太听明白这话的意思，或许也是觉得无关紧要，她很认真地对我说，这小说能拍成影视就好了，电影和电视的影响大，如果真要拍摄，她愿意提供赞助。

早在前一天，就跟林放和绢子说过再见，道过别了，因为今天是绢子要去透析的日子。李总跟我毫无目的地漫谈，谈文学，谈经济形势和房价，谈影视，谈男女演员的秘闻。她听说我经常去一期别墅区，去跟那个叫林放的人闲聊，一到下午那条叫阿黄的草狗会来迎接我，便兴致勃勃地跟我大谈林放。这让人感到很意外，虽然我口口声声地说是老朋友，可是李总对林放的了解，似乎一点也不比我少，居然知道很多我所不知道的事，而她知道的这些，正好能够解决了我的很多疑问。

首先，终于弄明白那栋别墅的业主不是谁，过去只知道是林放的一个朋友，究竟什么样的朋友一直存疑。林放曾带我参观过别墅内部，我注意到主人卧室里的照片，女主人看上去很像林放的初恋女友张跃，那一双眼睛特别像。如果真是这样，便是个非常有趣又带点暧昧的故事，我确实听说过张跃很有钱，而且听说他们的关系非同一般，后来确实还有过来往。无巧不成书，事实上，我一直都在做着这样的假设，很遗憾，老情人终成眷属的猜想并不成立。

其次，女业主既不是张跃，林放与别墅主人也根本谈不上什么朋友。说白了，他们之间就是一种雇佣关系，只是帮人家看管别墅，业主按月付钱，好像是每月五千块钱。林放要负责的任务也就是打扫院子，种点蔬菜，业主来别墅度假时为主人做做饭。李总告诉我，这里的别墅给许多人提供了就业机会，有钱人太忙，买了豪宅，根本没时间好好享受，基本上都是用来养狗养鸡养保安。因此，虽然受雇于人，听上去不那么好听，林放才属于真正享受别墅的人。那套别墅是这里的楼王，是那片区域中最好的一栋，业主是一家上市公司的大老总。

李总告诉的第三件事，林放正准备为绢子捐肾。关于这个，事先我还真一点都不知道，而这恰恰是他在此地广为人知的重要原因，也正是因为这个，人家大老板才愿意沽名钓誉，为林放提供了一个看管别墅的好差事。记者专门采访过，一本家庭类杂志上有过长篇报道。

故事也不算复杂，绢子要比林放年轻许多，但是她的肾已坏死，要想拯救的唯一办法是肾脏移植。根据相关法律规定，必须有一定婚姻年限的夫妻才能捐献，为此，他们补办了结婚手续，此前林放和她只是一般同居关系。会所的工作人员都相信我来这里，是要写这个动人的老少恋艳情故事。一个老男人为了爱情，不惜为心爱的女人捐出自己肾脏，这剧透听上去就不错。

为了给绢子治病，林放卖掉了自己名下唯一一套房产，那是他家祖居拆迁后分得的。由于对此事一无所知，结果我只能像个局外人，一边喝酒吃菜，一边十分惊奇地洗耳恭听，听李总说她所知道的林放，听一起吃饭的工作人员讲他们听到的段子。大家好像都喜欢带着正能量的故事，有点伤感有点悲情，当然，更有点伟大和崇高。只有为你爱的人做出奉献，才是真正爱情。当时在场的人对我难免有看法，难免不理解，都想不太明白。不明白这个作家天天躲在他们会所里，究竟写了些什么玩意。不明白这个所谓三十多年的老朋友，天天还跑去聊天，对林放要捐肾的事却一无所知。我自己也觉得奇怪，忽然觉得过去的那些日子，非常不真实。

告别宴会说结束就结束，说好李总的小车带我回南京。一路上，都还在继续说林放，继续探讨肾移植。李总的一个亲戚也准备要做这手术，现如今这样的移植已很成熟，关键是肾源匹配，像林放这样正巧配型成功，可以说非常难得。李总亲戚已排了很长时间的队，一直在等待合适肾源。或许耳边有关林放的声音太多，或许李总一直在念叨，突然间我有些冲动，有些热心过度，说我来帮你问问林放，拿出手机就给他打电话，号码拨过去，得到的回答却是，“对不起，你拨打的号码是空号，请查实了以后再拨号。”

这号码是很多年前邹越华给我的，从来没用过，没想到第一次使用竟然这样。李总回过头，睁大了眼睛看着我，显然她也听见手机的应答，那声音很大。一时间，有些尴尬和狼狈，不知道如何向李总解释。我干脆不解释了，打不通就打不通，也没什么大不了。多一事不如少一事，就算真打通，事已如此，又能跟林放说什么呢。

2014 年 3 月 19 日　碧树园

2014 年 4 月 16 日　南　山